ESSAIS

SUR DIVERS SUJETS

DE

LITTÉRATURE

ET

DE MORALE

TOME SECOND

ESSAIS
SUR DIVERS SUJETS
DE
LITTÉRATURE
ET
DE MORALE.

Par M. l'Abbé TRUBLET, de l'Académie Françoise & de celle de Prusse, Archidia-cre & Chanoine de Saint-Malo.

Sixiéme Edition revue & corrigée.

TOME SECOND.

A PARIS,

Chez BRIASSON, rue Saint Jacques, à la Science.

────────

M. DCC. LXVIII.

Avec Approbation & Privilége du Roi.

TABLE
DU TOME SECOND.

a iij

TABLE.

Fin de la Table du Tome second.

ESSAIS

ESSAIS

SUR

DIVERS SUJETS

DE

LITTERATURE

ET DE MORALE.

DE LA LECTURE

ET DE LA MÉMOIRE.

Lorsqu'on ſçait penſer, il y a toujours à apprendre par la lecture de quelque livre que ce ſoit; car ſi ce n'eſt pas du livre qu'on apprendra, ce ſera de ſoi-même; & c'eſt la ma-

Tome II.   **A**

niere d'apprendre la plus utile, auffi-
b: n que la plus agréable.*

Le profit qu'on tire de la lecture
ne confifte donc pas feulement à retenir ce qu'on a lû ; & il ne faut pas
croire qu'elle ne foit utile qu'à proportion qu'on a de la mémoire. La
lecture, celle même des Livres les
plus médiocres, étant une occafion de
penfer, donne de l'exercice à l'efprit.
Voilà fa principale utilité ; parce que
c'eft fur-tout en penfant que l'efprit
s'étend & fe fortifie. J'avoue que
quoiqu'on retienne bien mieux fes
propres penfées que celles d'autrui,
on pourra oublier celles que la lecture
avoit occafionnées, auffi-bien que celles des Livres mêmes ; mais on aura
toujours perfectionné en foi la faculté
de penfer , ce qui vaut beaucoup
mieux que d'avoir retenu des penfées.

---

* *Rouffeau écrit à M. de Crouf x: Je profite en lifant*
les Lettres dont vous m'honorez , non-feulement des
penfées qu'elles renferment, mais encore de celles
qu'elles me donnent. *Lettres de Rouffeau*, Tome 4
n. 119.

Nous retenons bien mieux nos propres penſées que celles d'autrui, non-ſeulement, parce qu'étant nées dans notre propre fond, il eſt naturel qu'elles s'y conſervent mieux, mais encore parce que nous ſommes plus intéreſſés à les retenir. L'amour propre aide la mémoire.

Si la lecture donne de l'eſprit, elle n'en donne pourtant qu'à ceux qui en avoient déja, & à proportion de ce qu'ils en avoient.

II.

La lecture d'un ouvrage excellent échauffe le génie. M. *Boſſuet* liſoit *Homère* pour ſe préparer à compoſer ſes Oraiſons funèbres & ſon Hiſtoire univerſelle. Cette eſpèce d'yvreſſe va même quelquefois juſqu'à élever un génie médiocre fort au-deſſus de ſa portée. Il eſt vrai que cette élévation n'eſt que paſſagère. La comparaiſon de *Platon* n'en eſt que plus juſte : c'eſt l'aimant, dit-il, qui communique ſes propriétés au fer.   A ij

4

III.

Un autre effet de la lecture, c'eſt de former le goût ; & à cet égard celle même des ouvrages de mauvais goût peut avoir ſon utilité, par les réflexions qu'elle occaſionne, lorſqu'elle a été précédée de la lecture des excellens modèles, & que le goût eſt déjà formé.

Quelque peu de mémoire qu'on aît, l'idée générale du bon & du beau s'imprime inſenſiblement dans l'eſprit, à meſure qu'on lit de bonnes choſes. Cependant il n'eſt guères moins vrai du goût que de l'eſprit, que pour en acquérir, il faut en avoir deja naturellement. Le faux dans le goût eſt auſſi impoſſible à corriger que le faux dans l'eſprit. Plus un Ecrivain de mauvais goût travaille, plus il ſe confirme en quelque ſorte dans ſon mauvais goût ; & ſes derniers ouvrages s'en reſſentent encore plus que les premiers. C'eſt une choſe d'expérience ; & il ſe-

roit aifé d'en citer plus d'un exemple.
Ce qu'il y a de pis, c'eſt que pendant
que le goût ſe gâte toujours davantage, l'eſprit & le génie baiſſent.

I V.

Cette idée & ce goût du vrai beau
ſuffiſent avec le génie pour compoſer
de ces Ouvrages qu'on appelle proprement *Ouvrages d'eſprit*. Il n'eſt nulle-
ment néceſſaire, pour y réuſſir, de ſe
reſſouvenir en détail de ce qu'on a
lû; & même une mémoire aſſez fidèle
pour conſerver, non - ſeulement ce
qu'on lui a confié, mais encore ce
qu'on n'a fait, pour ainſi dire, que lui
préſenter, ſeroit plutôt un obſtacle
qu'un ſecours dans la compoſition,
en empêchant de produire du nouveau.

Je ſuppoſe deux hommes d'un génie égal, qui aient à compoſer une
harangue de réception à l'Académie
Françoiſe. Si l'un des deux avoit retenu ce qu'il y a de meilleur dans

toutes les harangues précédemment
faites, il feroit plus embarraffé à faire
la fienne, que celui qui n'en auroit lû
aucune, ou qui ne fe fouviendroit
plus de ce qu'il auroit lû. A la vérité,
plufieurs des penfées déja employées
viendroient à l'efprit de celui qui n'auroit rien lû, ou qui auroit tout ou-
blié ; mais comme c'eſt fon efprit qui
les lui fourniroit & non fa mémoire,
il leur donneroit prefque toujours
un tour original.

En travaillant fur un fujet, rien
n'eſt plus défefpérant pour un homme qui cherche du neuf, que de fe
fentir accablé de penfées ufées qu'il
faut rejetter. Ce font autant de dif-
tractions. L'action de la mémoire empêche celle de l'efprit ; fe reffouvenir
empêche de produire. Alors on fou-
pire après l'ignorance, & l'on voudroit n'avoir jamais eu d'yeux, ni
d'oreilles.

Tel Ecrivain feroit peut-être plus
abondant & plus varié, s'il avoit lû

davantage ; mais peut-être auſſi en
ſeroit-il moins original. Il y auroit
plus de goût dans ſes écrits, & moins
de génie ; moins de ces défauts qui
donnent lieu à des critiques, juſtes à
la vérité, mais très-faciles à faire ; &
en même tems moins de ces beautés
qui ſont ſi vivement ſenties par les
bons juges, & qui valent à l'Auteur
des louanges ſi précieuſes.

Quelques-uns de nos beaux eſprits ne ſont pas aſſez hommes de
Lettres ; & quelques-uns de nos hommes de Lettres veulent trop être
beaux eſprits.

V.

Une penſée que nous nous rappel-
lons d'avoir lûe, nous en fait quelquefois produire une autre toute différente & toute neuve. Quoique ces
penſées n'aient entr'elles aucun rapport, la premiere a été néanmoins
pour nous l'occaſion de la ſeconde ;
& nous n'aurions jamais trouvé celle

ci, fi nous ne nous étions pas reffou-
venus de celle-là.

On enfemence en quelque forte
fon efprit par la lecture. Mais au lieu
qu'on ne recueille dans la meilleure
terre que de ce qu'on y a femé, les
penfées d'autrui reçûes dans un bon
efprit, y deviennent le germe de penfées très-différentes, & fouvent fupé-
rieures; le grain le plus vil s'y change
dans le plus pur froment.

La lecture applique l'efprit à des objets vers lefquels il ne fe feroit jamais
porté de lui-même.

Il eft vrai encore qu'un homme qui
joint le goût à la mémoire, peut, en
prenant de côté & d'autre, raffembler
des idées, qui par l'arrangement qu'il
leur aura donné, paroîtront nouvelles à ceux même qui ont le plus de
lecture. C'eft en un fens donner du
nouveau, que de donner de nouveaux
affemblages. C'eft à plus forte raifon
donner du nouveau, que de faire fans
penfées nouvelles, une impreffion de

nouveauté, par le tour qu'on donne
à ce qu'on dit. Mais il faut pour cela
plus que du goût & de la mémoire. Il
y a une sorte d'invention & de génie
à déguiser si bien ses larcins, que les
lecteurs y soient trompés. Surpren-
dre les suffrages en cette maniere, c'est
les mériter.

V I.

M. *de la Motte* dit dans une de
ses Odes :

Choisissez des matières neuves,
Du génie uniques épreuves.

Otez *uniques*, cela est vrai. Ceux
qui n'ont point de génie, ne pouvant
rien tirer d'eux-mêmes, ne sçauroient
traiter que des sujets déja traités ; ils
disent ce qu'ont dit les autres. Au
lieu qu'il faut de l'invention, & par
conséquent du génie, pour entreprendre d'écrire le premier sur une
matiere. Mais il y a quelque chose de
plus difficile & de plus glorieux en-

core pour le génie, que de bien
écrire fur une matière neuve; c'eft
de traiter d'une manière neuve un
fujet ufé; & M. *de la Motte* l'a fouvent fait.

Il arrive quelquefois que deux efprits fort inégaux, traitant l'un &
l'autre un de ces fujets épuifés, l'Auteur médiocre réuffit mieux que le
grand Auteur, c'eft-à-dire, fait une
Pièce meilleure en foi. L'Auteur médiocre recueille ce que fa mémoire
lui rappelle de plus beau fur le fujet
donné; & le grand Auteur négligeant
tout cela, eft obligé, pour ne rien répéter, de recourir à des penfées moins
belles & moins convenables que celles qui ont été employées par les bons
Ecrivains qui ont travaillé avant lui
fur la même matière. Il auroit bien
trouvé lui-même plufieurs de ces penfées; mais il eft défendu, fous peine
de paffer pour plagiaire, de trouver
ce qui a déja été trouvé. Le public fe
défie fort des feconds inventeurs,

C'eſt un malheur en ces occaſions d'ê-
tre venu trop tard.

VII.

Dans le cas d'égalité de mérite entre des Ouvrages du même genre, &
ſur un même ſujet, faits en différens
tems par différens Ecrivains, les Auteurs des derniers méritent plus d'eſtime que les Auteurs des premiers,
en ſuppoſant que ces Ouvrages ſoient
les uns & les autres également neufs
& originaux. Ce qu'il y a de bon dans
les derniers, étoit plus difficile à trouver que ce qu'il y a de bon dans les
premiers.

On voit bien que je ne prétens parler ici que des Ouvrages purement ingénieux, & non pas des Ouvrages
d'érudition, de Philoſophie, &c.
Et quant aux Ouvrages purement
ingénieux, je ne parle, comme je
viens de le dire, que de ceux qui
ſont ſur le même ſujet, & non
pas de ceux qui ſont ſeulement du

même genre. Par exemple, les Tragédies de *Berenice* par *Corneille* & *Racine*, font des Ouvrages du même genre fur le même fujet; au lieu que *Cinna* & *Mithridate* font feulement des Ouvrages du même genre. Je ne veux donc pas dire que celui qui feroit aujourd'hui une Tragédie auffi belle que *Mithridate*, fût dès-lors plus eftimable que *Racine*. J'avoue au contraire que les excellens modèles font d'un grand fecours; qu'ils abrègent de beaucoup le chemin de la perfection; & qu'on pourroit furpaffer ceux qui nous ont précédés, fans leur être au fond fupérieur en talens. Mais je dis que je préférerois à *Racine*, celui qui, fans rien emprunter de la Tragédie de *Mithridate*, en feroit une auffi belle fur le même fujet. Peut-être même n'eft-ce pas en dire affez. Peut-être ce que je propofe, eft-il impoffible.

VIII.

Quoi qu'on puiffe penfer fur la

queſtion, ſi la mémoire eſt plutôt un
obſtacle qu'un ſeçours pour la compoſition des Ouvrages de pur agrément, il faut toujours convenir qu'elle eſt en elle - même un très - grand
avantage. *C'eſt un outil de merveilleux*
ſervice, dit *Montaigne, & ſans lequel le*
jugement fait bien à peine ſon office. On
ne ſçait rien ſans mémoire ; & il eſt
très-agréable de ſçavoir. Mais ſans parler des choſes dont la connoiſſance
fait ce qu'on appelle proprement un
Sçavant ; ne ſeroit - ce pas un grand
plaiſir que d'avoir la mémoire ornée
de ce que les plus beaux eſprits de
tous les tems ont penſé de plus ingénieux ? Si l'on n'écrit pas ce qu'on
ſçait, mais ce qu'on invente, on le dit
du moins dans la converſation ; elle
eſt le théâtre de la mémoire. D'ailleurs s'il ne ſuffit pas, pour être un
Auteur du premier ordre, de ſçavoir
beaucoup, & même d'avoir aſſez d'eſprit pour bien dire ce qu'on ſçait, cela
ſuffit pour être un bon Auteur, & pour

être en état de compofer des Ouvrages, finon fort eftimables en eux-
mêmes, au moins d'une utilité affez
étendue. Les Livres qui ne contiennent que des chofes communes, bien
exprimées & mifes dans un ordre
convenable, font ordinairement les
plus généralement recherchés. Il y en
a plufieurs exemples. La raifon en
eft que, fur la plûpart des matieres,
le commun des hommes n'eft capable
d'apprendre, & d'ailleurs n'a befoin
de fçavoir que ce qu'il y a de plus commun. Enfin le plus commun eft ordinairement le plus utile.

Un peu d'efprit & beaucoup de
mémoire fuffifent pour fe faire une
affez grande réputation par la converfation; & cette réputation eft fouvent plus avantageufe que celle que
peuvent donner les plus rares talens.
J'eftime le grand Auteur; mais j'aime
& je recherche celui avec lequel je
puis m'inftruire agréablement de plufieurs chofes.

Si les Ouvrages d'un homme qui a beaucoup de lecture & de mémoire, en valent quelquefois moins, parce qu'ils font moins originaux, lui-même en vaut mieux perſonnellement. Or la valeur perſonnelle eſt ordinairement plus utile que celle des Ouvrages.

Je n'ai que faire de remarquer qu'il vaudroit infiniment mieux n'avoir point de mémoire, que d'en avoir ſans eſprit.

Un ſot ſçavant eſt ſot plus qu'un ſot
   ignorant,

dit *Moliere.* Mais ſouvent le ſot qui a de la mémoire, eſt pis que cela encore. Non - ſeulement il dit ſottement ce qu'il ſçait, mais encore il l'étale avec oſtentation.

Tel eſt devenu fat à force de lecture ;
Qui n'eût été que ſot en ſuivant la na-
   ture. *

IX.

En général, & ſi cela ſe peut dire,

* *Eſſai de Pope ſur la Critique, traduit par M. l'Abbé*

dans la fpéculation, on eftime plus
l'efprit que la mémoire & que la fcience. Mais dans la pratique & dans les
occafions particulières, on admire la
fcience & la mémoire plus que l'efprit. On préfere l'efprit à la fcience,
lorfqu'on regarde ces avantages en
eux-mêmes, & indépendamment des
perfonnes. Mais on préfere prefque
toujours un fçavant homme à celui
qui n'eft qu'homme d'efprit, à moins
que le fçavant ne foit abfolument un
fot; ce qui n'eft pas fans exemple.

Les beaux efprits font ordinairement plus préfomptueux que les fçavans. On connoît mieux les bornes
précifes de fon fçavoir, que celles de
fon efprit : mais les fçavans font plus
glorieux & plus fiers que les beaux efprits. C'eft que le vulgaire les ref-
pecte bien davantage. Il ne fe croit

du Refnel, de l'Académie Françoife & de celle des
Belles - Lettres.

Les Sciences rendent les habiles gens plus habiles,
& les fots plus fots. *La Reine Chriftine.*

pas

pas leur pareil, ni même leur juge.

X.

Lorsqu'on ne lit que pour s'amuſer, il ſeroit à ſouhaiter de n'avoir point de mémoire, afin de pouvoir relire pluſieurs fois les mêmes Livres avec le même plaiſir. Il faudroit même, s'il étoit poſſible, oublier entièrement qu'on les a lûs. La ſeule penſée qu'on a déja lû un Livre, diminueroit un peu le plaiſir qu'on prendroit à le re-lire, n'en fût-il abſolument rien reſté dans la mémoire.

Je préférerois le plaiſir de pouvoir relire ſouvent les mêmes choſes, à la gloire de ne rien oublier. J'aime mieux apprendre que ſçavoir.

Tout ce que j'ai lû autrefois, diſoit *quelqu'un, m'eſt auſſi préſent, que ſi je ne venois que de le lire. Tout ce que je re-lis,* diſoit un autre, *m'eſt auſſi nou-veau que ſi je ne l'avois jamais lû. Vous êtes un homme admirable,* répondis-je

Tome II.   B

au premier ; *mais Monsieur*, ajoutai-
je, en parlant du second, *est bien
heureux.* *

DES CONTEURS

I.

C'est un bien de n'avoir pas trop
préfens les bons contes qu'on fait,
en forte que ce ne foit que la force de l'aprôpos qui les rappelle. Autrement on les fait à tout propos.
Du moins on cherche à en amener
l'occafion ; & cela eft prefque toujours apperçu. Mais quand même cela
ne le feroit pas, il eft rare qu'un conte qu'on cherche à amener, vienne
auffi à propos, que fi le hafard feul
s'en étoit mêlé. Il nous fert mieux à
cet égard, que toutenotre adreffe.

* *Memoriam fuiffe in Themiftocle fingularem ferunt ;
qui quidem etiam pollicenti cuidam fe artem ei memoriæ
traditurum, refpondiffe dicitur oblivifci fe malè difcere.*
Cicero Acad. Quæft. Lib. 2.

Quand un conte n'eſt pas heureuſement placé, le conte & le conteur y perdent également.

I I.

Tout conteur ſe répete ; voilà le grand inconvénient du métier. J'en connois un qui n'y fait point de façon, & je l'en aime mieux. *Il faut bien*, me diſoit-il un jour, *que vous me permettiez de vous redire de tems en tems mes petits contes ; ſans cela je les oublierois.*

C'eſt un homme très-bon à voir, diſoit-on d'un bon conteur ; *pour un jour*, ajouta quelqu'un, *& à fuir enſuite.*

Les voyageurs ſont conteurs. Il faudroit auſſi que les conteurs fuſſent voyageurs, & qu'ils parcouruſſent le monde, ſans avoir de demeure fixe. *

I I I.

A qui a beaucoup lû, entendu, & retenu, il eſt inutile de lui con-

* Le Comte de *Buſſy Rabutin* dit de M. de *Turenne* dans ſes Mémoires, qu'il ſçavoit mille contes : qu'il aimoit fort à les faire, & qu'il les faiſoit fort bien ;

feiller de ne point tant citer & conter. Il vaudroit autant lui confeiller d'oublier tout ce qu'il a lû & entendu.

On a beau avoir de l'efprit ; fi on a encore plus de mémoire, on en fera encore plus d'ufage dans la converfation, que de fon efprit. Rien ne corrige de trop citer & de trop conter, eût-on tout ce qu'il faut pour s'en paffer.

IV.

Quelquefois ceux qui n'ont que de l'efprit, font plus fujets à fe répéter, & d'une manière plus défagréable encore, que ceux qui n'ont que de la mémoire. Il y a des gens,

mais que, comme il fentoit le ridicule de ceux qui refont les mêmes devant les mêmes perfonnes, il commençoit toujours par dire ; *Je ne fçais fi je vous ai fait ce conte-ci ; mais quand cela feroit, il eft trop bon ; il faut que je vous le refaffe encore.* Il croyoit, ajoute le Comte de Buffy, que c'étoit affez, pour fauver le ridicule, de faire voir que ce n'étoit pas faute de mémoire, quand il recommençoit.

par exemple, à qui on ne peut refu-
fer une forte d'efprit, affez bon à la
vérité, mais petit, & borné à un petit nombre d'idées favorites. Paffion-
nés pour une fcience, pour un art,
pour un genre de littérature, ils ne
connoiffent & n'aiment rien au-delà.
Ils ne parlent d'autre chofe, & en difent toujours les mêmes chofes. Le
cercle de la plus heureufe & de la
plus riche mémoire, eft toujours fort
étroit; mais celui du meilleur efprit,
grippé d'un feul objet, l'eft encore
bien davantage.

V.

Un homme d'efprit fait de bons
contes à des fots qui n'en fentent
point la bonté; mais par-là il les a
mis en train d'en faire auffi; & ils lui
en font de mauvais. Il n'a point amu-
fé, & on l'ennuie.

DU GOUT ET DU TALENT.

Dans une compagnie où étoit M. de *** excellent Critique qui n'a jamais rien écrit, on vint à parler d'un Ouvrage qui paroissoit depuis quelques jours, & qui faisoit déja beaucoup de bruit dans le monde. M. de *** ayant dit qu'il l'avoit lû, on le pria de vouloir bien en donner quelqu'idée à la compagnie, & lui apprendre ce qu'il en pensoit. Il le fit avec beaucoup de justesse & d'agrément. Tous ceux qui étoient présens le remercierent de sa complaisance, & louerent son esprit. On lui reprocha tout d'une voix son opiniâtreté à ne vouloir rien écrire lui-même, ou à priver le public du fruit de ses travaux. Ce reproche étoit la louange la plus flatteuse qu'on pût lui donner ; & il y répondit avec autant de modestie que de politesse. Mais

comme on continuoit de le preſſer,
je me ſuis étudié, dit-il ; je crois ſçavoir à peu près ce que je veux ; ſur
cela j'ai pris le parti du ſilence ; & c'eſt
par-là que je puis mériter quelque
eſtime. Vous voyez bien, ajouta-t-il,
que je ne ſuis point trop modeſte.
Mais voici en deux mots mon apologie, ou, ſi vous voulez, ma confeſ-
ſion. J'écrirois, ſi j'avois autant d'eſprit que je puis avoir de goût, ou auſſi
peu de goût que j'ai peu d'eſprit & de
talent. Dans le premier cas, je ferois
de bonnes choſes ; dans le ſecond,
je ne m'appercevrois pas que j'en fiſſe
de mauvaiſes. Entre les gens d'eſprit
& de génie, que le deſir de la réputation, ou de l'utilité publique, joint
au ſentiment de leur capacité, engage
à écrire, & les ſots qui écrivent, faute
de ſentir leur incapacité, il y a les
gens de goût & de bon ſens qui n'é-
crivent point, parce qu'ils ſentent
qu'ils n'égaleroient pas les premiers,
& qu'ils ſeroient peu au-deſſus des

feconds. Je ne méprife point les Auteurs médiocres ; mais j'avoue que je
ne voudrois pas en augmenter le nombre : que fçai-je même, fi je n'augmen-
terois pas celui des mauvais? On peut
juger bien des ouvrages d'autrui, &
cependant juger mal de fes propres
ouvrages. Quand il s'agit de nous-
mêmes, le goût le plus sûr eft fouvent
trompé par l'amour propre. Il ne faut
donc confeiller d'écrire qu'à ceux qui
ne rifquent en écrivant que d'être médiocres, & non à ceux qui, comme
moi, ne peuvent prétendre tout au
plus qu'à la médiocrité. La prudence
défend de rechercher une place qu'il
feroit honteux de manquer, & peu
honorable d'obtenir.

RÉFLEXIONS SUR LE GOUT,
où l'on examine la maxime, Qu'il
faut écrire pour tout le monde.

Cette maxime n'étoit pas celle
d'*Horace*, ni de *Pindare. Ne travail-*
- lez

lez point, dit le Poëte Latin ; *pour vous attirer les applaudissemens de la multitude ; contentez-vous d'un petit nombre de Lecteurs.*

Neque, te ut miretur turba, labores ;
    Contentus paucis Lectoribus. L. 1.
                       Sat. 10.

    Le carquois que je porte, dit Pindare, *seconde Ode Olympique, est plein de traits vifs & légers dont le bruit frappe les personnes intelligentes, mais échappe à la multitude. Elle a besoin d'interprétes pour m'entendre.*

    Feu M. l'Abbé *Massieu,* qui a si bien traduit plusieurs Odes de ce Poëte, dit dans une des Remarques dont il a accompagné sa traduction, *qu'il n'y a point d'Ecrivain qui fasse plus d'honneur que Pindare à ses Lecteurs. Il leur fait sentir par-tout,* ajoute-t-il, *qu'il compte sur leur pénétration ; & se contentant de leur présenter un beau sens, il leur paroît être pleinement convaincu que, sans qu'il*

Tome II.   **C**

s'en mêle davantage, ils sçauront de reste
approfondir.

Mais le grand nombre ne sçait point
approfondir. Pindare, non plus qu'*Ho-*
race, n'a donc point voulu écrire
pour tout le monde.

Que Palemon, dit *Martial*, *fasse des*
vers pour la multitude.

Scribat carmina circulis Palæmon.

Pour moi, je ne veux plaire qu'à peu
de gens ; je n'écris que pour les oreilles
rares.

Me raris juvat auribus placere. *Lib.*
2. *Epig.* 86.

A ces autorités anciennes il me seroit aisé d'en ajouter bien d'autres ;
les Auteurs modernes m'en fourni-
roient aussi beaucoup ; mais ce sont
des traits assez connus. *

Au reste, une maxime aussi commune, & même aussi rebattue que

* Je citerai seulement ce passage de M. Pascal. *Rien*
ne passe pour bon que la médiocrité. C'est la pluralité qui
a établi cela, & qui mord quiconque s'en échappe par
quelque bout que ce soit. Pensées morales, 11.

celle *qu'il faut écrire pour tout le monde,* ne peut être abfolument fauſſe. Il y a toujours du vrai dans ces maximes vulgaires. Mais celle-ci eſt plus fauſſe que vraie ; du moins on en abuſe beaucoup. C'eſt ce que je me propoſe de faire voir par les réflexions ſuivan- tes.

I.

Il faut écrire pour tout le monde, ſi l'on veut plaire à tout le monde ; mais, pour arriver à ce but, il faut écri- re d'une manière moins parfaite, que ſi l'on n'écrivoit que pour les gens de beaucoup d'eſprit.

On ne plaît qu'en ſe proportion- nant à ceux à qui on veut plaire, & en ſe renfermant dans leur ſphère. Un excellent Ouvrage paroît mauvais à un certain ordre de Lecteurs, qui le trouveroient excellent, s'il n'étoit que bon.

Pour ſe mettre à la portée de tout le monde dans un Ouvrage d'inſtruc-

tion, il faut n'y employer que des
penſées communes & ſimples , ou
donner à celles qui ſeroient plus com-
poſées , & qui auroient quelque choſe
de plus ſingulier & de plus fin, une
étendue néceſſaire au grand nombre,
inutile, & dès-lors déſagréable aux
bons eſprits.

Vouloir plaire à tout le monde dans
un livre, ſoit d'inſtruction, ſoit d'a-
grément, c'eſt s'expoſer à déplaire,
ou à plaire moins aux gens d'eſprit.

Se preſcrire de ne mettre dans un
Ouvrage d'agrément que des beautés
qui puiſſent ſe faire ſentir à tout le
monde, c'eſt s'interdire les beautés
que les gens d'eſprit déſireroient le
plus d'y trouver, & qui ſont pour eux
le plus grand mérite des Ouvrages de
cette nature.

II.

On me dira peut-être qu'il y a de
grandes beautés qui ſe font ſentir à
tout le monde ; par exemple, celles

qu'on appelle plus particuliérement beautés de fentiment.

Je réponds premiérement que, quoique tout le monde fente certaines beautés, tout le monde ne les fent pas également.

Secondement, il eft d'autres beautés en grand nombre, & de très-grandes beautés, qui ne font bien fenties que des gens d'efprit.

Quant aux fentimens, ils ne font à la portée de tout le monde que lorfqu'ils font fimples, & rendus fimplement. S'ils font un peu compofés, & rendus avec quelque fineffe de tour & d'expreffion, ils échappent à la multitude; & quelquefois même ils lui paroiffent faux. Or cette fineffe ne confifte fouvent que dans une imitation plus parfaite de la nature. Elle confifte à faire parler à la paffion fon vrai langage, qui eft quelquefois très-fin; à dire les chofes dans fon ordre, qui n'eft prefque jamais celui de l'efprit; à fupprimer tout ce qu'elle fup-

C iij

prime. De-là peut naître quelquefois
une forte d'obfcurité.

Le fentiment eft dans tous les hommes ; mais il y eft inégalement, & par
rapport à la vivacité, & par rapport à
la finefle du fentiment. On peut avoir
le fentiment très - vif, fans l'avoir
auffi fin.

On ne reconnoît pas toujours dans
un Ouvrage une manière de s'exprimer dont on a pourtant vû, ou pû
voir plufieurs exemples dans des perfonnes agitées de quelque paffion. On
accufe quelquefois un Auteur de s'é-
carter de la nature, dans le tems même
qu'il la copie le plus fidélement. Peu
de gens la connoiffent toute entière.

Tel trait qu'on a critiqué dans M.
de *Fontenelle*, ou dans M. de *Marivaux*, comme étant affecté & peu naturel, eft l'expreffion la plus vraie &
la plus naïve du fentiment & de la
paffion. Que le Critique effaye de
fubftituer au tour qu'il blâme, un autre tour plus fimple & plus commun ;

non-feulement le trait paroîtra foible, languiffant & plat, mais encore
la vérité de l'imitation n'y fera plus.
En le rendant moins ingénieux, on le
rendra moins vif & moins paffion-
né. Quelquefois même ce trait accufé
de trop d'efprit, n'eft point ingénieux,
n'eft point fin, à proprement parler;
il n'eft que délicat. L'Auteur a fenti
plutôt que penfé.

Un homme qui a beaucoup d'efprit, en a toujours, en quelque genre
qu'il travaille. Un homme d'efprit
fait tout ce qu'il fait en homme d'efprit. Ainfi, felon la diverfité des genres, tantôt c'eft l'efprit, fi cela fe peut
dire, qui chez lui a de l'efprit; tantôt c'eft le fçavoir & les connoiffances; tantôt c'eft le coeur.

III.

Il y a des Ouvrages qui ne font
plus répandus, & plus généralement
goûtés que d'autres, que parce qu'ils
font moins eftimables, & moins efti-

C iv

més en effet des vrais connoisseurs. Ils
ne font à la portée de tout le monde
que parce que leurs Auteurs, peu capables de penser au-delà, n'étoient
point eux-mêmes des esprits supérieurs. Les Auteurs ne doivent donc
pas toujours *mesurer leur mérite à leur
succès*. Ils doivent croire au contraire
qu'il y a de grandes beautés *qui ne
font pas d'un goût si général que de moindres, lesquelles, par cela même, font à la
portée d'un plus grand nombre.* *

IV.

L'Ecrivain qui pense beaucoup, &
qui fait penser, ne sera jamais l'Ecrivain de la multitude. Elle ne sçauroit
monter jusqu'à lui ; & il ne pourroit
descendre jusqu'à elle, qu'en se ra-
baissant.

Il est vrai que c'est un talent, & un
talent estimable par son utilité, de
sçavoir se proportionner à toutes sortes d'esprits. Mais de prétendre que

* *M. de la Motte, Discours sur Inès de Castro.*

le grand homme devient plus grand encore en fe mettant à la portée de tout le monde ; de dire que le Pere *Bourdaloüe* prêchant au Village , & fe faifant entendre du fimple peuple , étoit plus admirable que lorfqu'il charmoit la Cour & la Ville ; c'eft vi-fiblement exagérer ; c'eft parler fans exactitude , & confondre toutes les idées. Certainement deux talens va-lent mieux qu'un. Je découvre une nouvelle grandeur en celui en qui je découvre un nouveau talent, quoi-qu'inférieur au premier ; fur-tout fi par une forte d'oppofition ces talens fe trouvent rarement enfemble. Mais ce n'eft pas par ce talent inférieur qu'il eft plus grand à mes yeux ; c'eft par la réunion de deux talens oppo-fés. Je l'admire fous quelque forme qu'il fe préfente, non que ces formes foient également belles , mais parce que je fçai qu'il les peut prendre tou-tes à fon choix.

Cela n'empêche pas que le meil-

leur Prédicateur ne ſoit celui qui plaît
davantage au plus grand nombre de
ceux qui l'écoutent, ſans déplaire au
plus petit : & en diſant ceci, je ne
me contredis point ; l'excellent Prédicateur eſt plus homme de ſentiment, qu'homme d'eſprit.

J'ajouterai néanmoins qu'un Prédicateur peut déplaire au petit nombre par des défauts que le grand nombre n'apperçoit point du tout.

V.

En parlant d'ouvrages excellens,
qui néanmoins ne ſont pas faits pour
tout le monde, je ne prétens point
parler de ceux qui traitent de matières peu connues du commun des hommes, & qui ſuppoſent dans les Lecteurs des connoiſſances particulières.
Je n'ai en vûe que les Ouvrages de
goût & d'agrément, les Livres d'inftruction ſur des matières communes,
& qui ne demandent que de l'eſprit
pour être bien entendus : & je dis que

beaucoup d'ouvrages de cette espèce,
par cela seul qu'ils sont plus fins, plus
précis, plus pensés, & par conséquent
meilleurs que d'autres, sont à la portée de peu de personnes ; que bien loin
de leur en faire un défaut, & de les
traiter d'ouvrages obscurs & alambi-
qués, il faut plutôt leur en faire un
mérite ; & qu'il seroit impossible de
leur ôter ce prétendu défaut, sans les
gâter.

Il est vrai qu'il y a beaucoup d'endroits dans ces ouvrages, accessibles
à la multitude : elle en est flattée.
Souvent l'Auteur les a mis à dessein ;
quelquefois même, comme je le dirai
dans un moment, contre son propre
goût ; & il leur doit une grande partie de ses Lecteurs. Mais ces endroits
sont-ils ce qu'il y a de plus estimable
dans son livre, ce qui le rend d'un
si grand prix aux yeux des bons juges ? On n'oseroit le dire. Il est donc
certain que le commun des Lecteurs
ne connoît que la moindre partie du

mérite de plusieurs ouvrages, pourtant assez répandus. Il les a entendu
louer, il les loue. Il les lit même avec
un certain plaisir. Mais au fond il n'est
pas capable d'en sentir les grandes
beautés. Il les estime plus qu'il ne
les goûte; & dès-lors son estime n'en
est point une, à proprement parler;
c'est une simple déférence au sentiment d'autrui, & des louanges sans
connoissance. Quelquefois même ces
louanges ne sont point sincères, &
n'ont d'autre principe que la vanité
de ceux qui les donnent. Toutes les
voix qui applaudissent, ne doivent pas
être comptées; & un Auteur en garde
contre l'orgueil, trouveroit de quoi
s'humilier dans ses plus grands succès.
Les uns ne louent un bon ouvrage
que par ce qu'il a de moins estimable, & même par ses défauts. Les
autres ne sont que des échos; ils ré-
pétent ce qu'ils ont entendu dire.
D'autres enfin ne louent que pour
se faire honneur, pour se donner un

aïr d'efprit & de capacité, pour fe louer eux-mêmes.

Demandez à tous ceux qui ont lû les maximes de M. *de la Rochefoucauld*, ce qu'ils penfent de cet ouvrage ; ils vous répondront tous qu'il eft admirable. Cependant la moitié de ceux qui feront cette réponfe, mentiront : ou s'ils penfent comme ils parlent, c'eft par prévention & non par lumière, ni par goût. Ils croient peut-être ce qu'ils difent ; mais ils ne le voient pas ; ils ne le fentent pas.

Il en eft de même de beaucoup d'autres ouvrages plus répandus encore que celui-ci ; de ces ouvrages qui ne font faits que pour plaire, ou du moins qu'on ne lit que pour le plaifir ; des Ouvrages même les plus frivoles, & qui par ce caractere de frivolité femblent être plus faits pour tout le monde. Et pour en citer un exemple, qui eft-ce qui n'a pas lû la *Princeffe de Cleves* ? Qui eft-ce qui ne l'a lûe qu'une fois ? Mais tous ces

Lecteurs en ont-ils bien senti toute la beauté ? Ecoutons là-dessus M. de *Fontenelle.*

Je ne demande aux Dames, dit-il, dans la préface de sa pluralité des Mondes, *je ne demande aux Dames pour tout ce systême de Philosophie, que la même application qu'il faut donner à la Princesse de Cleves, si on veut en suivre bien l'intrigue, & en connoître toute la beauté.*

M. de *Fontenelle* ne parle que d'application ; & il n'a osé parler d'esprit : il le pouvoit cependant ; mais il étoit plus poli & plus modeste de n'en point parler. On se révolteroit contre un Ecrivain qui demanderoit en propres termes de l'esprit dans ses Lecteurs ; mais il lui est permis d'en demander sous le nom d'attention.

M. de *Fontenelle* a donc voulu dire aux Dames, que celles d'entr'elles qui ont de l'esprit, & qui sont capables de quelqu'application, ne doivent point craindre, sur le titre de son Livre, d'en entreprendre la lec-

ture. Et pour leur marquer précisément le degré d'intelligence & d'attention qu'il exige d'elles, il dit que
c'est celui qu'il faut apporter à la
lecture de la *Princesse de Cleves*, si on
veut en suivre bien l'intrigue, &c. D'où
il s'ensuit que la plûpart des femmes
ne sentent point toutes les beautés
de cet ingénieux Roman, quoiqu'elles se flattent de les sentir parfaitement, puisqu'il est certain qu'il y en
a peu parmi elles, qui puissent bien
entendre *la pluralité des Mondes?*

Mais la comparaison entre ces
deux ouvrages est-elle tout-à-fait
juste; & peut-on dire que qui sent
bien les beautés de l'un, est par cela
même en état d'entendre l'autre?
Pour moi je ne le dirois pas. Ces deux
ouvrages ne sont point du même
genre. La sorte d'esprit qui fait qu'on
sent toute la beauté d'un Roman, est
bien différente de celle qui fait qu'on
entend aisément, & qu'on s'arrange
nettement dans la tête un système de

Philofophie. Avec quelqu'art que foit expofé ce fyſtême, il faut toujours, pour le bien comprendre, une certaine dofe d'efprit philofophique ; & c'eſt de cette forte d'efprit que les femmes ont ordinairement le moins. Les raifonnemens les plus fimples & les plus clairs font moins à leur portée que les fentimens les plus fins & les plus délicats, & même, fi l'on veut, les plus rafinés.

D'ailleurs, quand la *Pluralité des Mondes* n'exigeroit pas plus d'attention que la *Princeffe de Cleves*, il feroit encore bien plus aifé aux femmes de connoître toute la beauté de ce dernier ouvrage, que d'entendre parfaitement l'autre, parce qu'il leur eſt bien plus aifé de donner de l'attention à un Roman, qu'à un livre de Philofophie, quelqu'égayé que foit ce Livre. La matière du Roman eſt bien plus de leur reffort, & les intéreffe bien davantage ; les idées leur en font bien plus familières, comme

M.

M. de *Fontenelle* le dit lui - même.

Le tour dont il s'eft fervi pour inviter les Dames à la lecture de fon Livre & pour fe les rendre favorables, eft extrêmement adroit; il a mis dans fes intérêts toutes celles qui fe piquent d'efprit, en les prenant par leur vanité. J'en connois pourtant qui m'ont avoué qu'elles n'entendoient pas trop bien la *Pluralité des Mondes*, quoiqu'affurément aucune des beautés, ni aucun des défauts de la *Princeffe de Cleves* ne leur euffent échappé. Mais j'en connois bien davantage qui m'ont parlé de cet ingénieux Roman, d'une manière à me faire juger qu'il étoit trop fin pour elles. A la vérité ces Dames ne me difoient pas expreffément qu'il y avoit plufieurs endroits dans cet ouvrage qu'elles n'entendoient pas bien; elles auroient cru fe déshonorer par cet aveu; mais elles me le faifoient affez connoître, en me difant qu'il y avoit d'autres Romans qu'elles goûtoient davantage.

Tome II.   D

Elles cherchoient ensuite à justifier
leur sentiment par quelques critiques
bien ou mal fondées. Mais je voyois
aisément que ce n'étoient point les
défauts qu'elles croyoient remarquer
dans la *Princesse de Cleves*, qui leur
en rendoient la lecture moins agréable que celle de quelques autres Livres
de cette espèce, beaucoup plus défec-
tueux encore. Le plus grand défaut
de cet excellent ouvrage pour un
grand nombre de Lecteurs, c'est son
excellence même. La vraie raison du
peu de plaisir qu'ils ont à le lire, c'est
qu'il est trop fin, trop délicat, trop
pensé, & par-là au-dessus de leur
portée. Il leur paroîtroit plus beau,
s'il l'étoit moins.

Je crains encore, pour le dire en
passant, que l'extrême sagesse avec
laquelle ce Livre est écrit, ne lui ait
un peu nui. C'est le cœur, il faut l'a-
vouer, plus que l'esprit, qui lit les
Romans. Ils plaisent sur-tout parce
qu'ils flattent les passions. On a donc

bien raifon d'en interdire la lecture.
Madame de *Cleves*, plus foible &
moins vertueufe, feroit fans doute
un perfonnage plus intéreffant ; elle
nous reffembleroit davantage : &
peut-être que la victoire qu'elle rem-
porte fur fa paffion, eft encore moins
à la portée des cœurs ordinaires, que
le ftyle de l'Ouvrage n'eft à la portée
du commun des efprits.

V I.

C'eft une vraie peine pour les Auteurs d'un certain ordre, de trouver fi
peu de Lecteurs dignes d'eux, & avec
qui ils ne perdent rien. La *Pluralité
des Mondes*, je le répéte, n'eft parfaitement entendue que de peu de perfonnes. * On peut dire de cet ouvrage
ce que M. de *Fontenelle* lui-même a
dit de la *Recherche de la vérité*, par le
Pere *Malebranche* ; qu'il s'y trouve un

* De ce petit nombre étoit une femme d'efprit à qui on
affuroit que le fyftême de *Defcartes* étoit abfolument tombé,
& qui répondit qu'elle n'en étoit fâchée qu'à caufe du charmant Livre de la Pluralité des Mondes.

D ij

mélange adroit de quantité de choſes moins
abſtraites, qui étant facilement entenduës,
encouragent le Leſteur à s'appliquer aux
autres, le flattent de pouvoir tout entendre,
& peut - être lui perſuadent qu'il entend
tout à peu près. M. de *Fontenelle* ſçait
donc bien qu'il n'a pas fait ſon Livre pour tout le monde, je dis même
pour tous ceux qui font profeſſion
de lire des Ouvrages d'eſprit ; & il ne
l'a pû faire ; la matière ne le lui per-
mettoit pas. Mais il ſçait bien auſſi que
ſes autres Ouvrages, & par conſéquent celui-ci, dans les endroits mêmes où il n'eſt qu'ingénieux, & nul-
lement abſtrait, ne ſont pas pour toutes ſortes de Leſteurs. Il l'a bien fait
voir dans le *Jugement de Pluton ſur les
Dialogues des morts*, où faiſant tout en-
ſemble la critique & l'apologie de ces
Dialogues, il raille ſi agréablement ces
Critiques groſſiers, pour qui tout ce
qui eſt écrit avec une certaine fineſſe, eſt obſcur ou rafiné. Car il eſt aiſé
de voir qu'il y a de l'ironie dans plu-

ſieurs des aveux que M. de *Fontenelle* paroît faire contre lui-même dans cet ouvrage ; & ce ſeroit aller contre ſon intention, de les prendre au pied de la lettre. Ce n'eſt pas qu'en d'autres endroits il ne ſe critique lui-même de bonne foi, & ſans s'épargner. Cet ouvrage ſingulier par l'eſprit qui y brille de toutes parts, l'eſt encore plus par l'équité ſévère avec laquelle M. de *Fontenelle* s'y juge lui-même. L'Auteur ne s'y décèle que par ſon ſtyle *

VII.

Il y a des ouvrages qu'on trouve d'autant plus mauvais, il y en a d'autres qu'on trouve d'autant meilleurs, qu'on a plus d'eſprit.

Le même Ouvrage eſt trop penſé,

---

* Bayle annonçant dans ſes Nouvelles de la République des Lettres (Octobre 1684,) qu'on avoit réimprimé en Hollande *le Jugement de Pluton*, dit ; *l'Auteur de cette critique a de l'eſprit ; mais il n'a point ôté aux Dialogues la grande réputation qu'ils méritent.* On trouve enſuite cette note au bas de la page. *On croit que l'Auteur des Dialogues & celui de cette Critique ne ſont qu'un.*

trop ingénieux, trop bon pour certaines gens, & ne l'est pas assez pour d'autres. Il est au-dessus des premiers, & au-dessous des seconds. Je dis à ceux-ci : *Cet Ouvrage ne mérite pas que vous le lisiez.* Je dis à ceux-là : *Vous n'êtes pas capable de lire cet ouvrage.* Ainsi il arrive tous les jours que deux hommes ne prennent point plaisir à la lecture du même Livre par une raison toute opposée.

Il y a une infinité de gens qui ne goûtent que le médiocre, du moins en certains genres ; & ce n'est point outrer que de dire qu'on est presque aussi sûr de leur déplaire en faisant très-bien, qu'en faisant très-mal.

Le beau, le plus beau, si je puis m'exprimer ainsi, c'est le beau le plus singulier, le plus nouveau, le plus éloigné de ressembler à celui qu'on connoît. Or c'est justement cette sorte de beau qui trouve le plus d'improbateurs. Non-seulement ils ne le goûtent pas, mais ils en sont blessés.

Ce qui eſt propre à exciter l'admiration, quand il plait, révolte quand
il ne plaît pas.

Suppoſons une Nation, ou, ſi l'on
veut, une eſpèce d'hommes ſi ſupé-
rieurs à nous du côté de l'eſprit, que
le dernier d'entr'eux ſurpaſſât de
beaucoup à cet égard le premier d'entre nous, il eſt évident que nos meilleurs ouvrages leur ſembleroient très-
médiocres. Mais je crois auſſi que
les leurs, & ſur-tout les plus beaux,
nous feroient peu de plaiſir. Nos Critiques avoueroient tout au plus qu'il
y a beaucoup d'eſprit dans ces ouvrages ; mais ils n'y trouveroient
point de goût. Ces gens-là, diroient-
ils, n'écrivent que des énigmes. Ils
ne ſçavent point développer leurs penſées, ni faire ſentir la liaiſon qu'elles
ont entr'elles. On n'entend point ce
qu'ils veulent dire ; & peut-être ne
s'entendent-ils pas eux-mêmes.

VIII.

On ne se contente pas de dire qu'il faut écrire pour tout le monde, en ce sens que le gros d'un ouvrage doit être écrit, autant que la matière le peut permettre, d'une manière proportionnée à toutes sortes de Lecteurs, ce qui même ne seroit pas toujours vrai. On va plus loin encore; & il semble quelquefois qu'on prétende qu'il ne doit rien y avoir dans un ouvrage d'agrément, qui ne soit à la portée de tout le monde. On applique la maxime en question aux plus beaux traits d'un ouvrage écrit avec beaucoup de finesse & de délicatesse; & pour se venger en quelque sorte de ne les avoir pas entendus d'abord, on les condamne.

Je lisois un jour à un de mes amis, homme d'esprit jusqu'à un certain point, quelques endroits d'un excellent Livre qui venoit de paroître, & qui faisoit déja beaucoup de bruit. Il

ne

ne m'en parut pas auſſi frappé que je
croyois qu'il dût l'être. Je lui en de-
mandai la raiſon, & il me dit qu'il ne
les avoit pas bien compris. Je les lui
expliquai, & je crus qu'il alloit admirer avec moi. Mais il me répondit
un peu ſéchement, *qu'il falloit écrire*
pour tout le monde, & qu'un Auteur qui
avoit beſoin de commentaire, étoit
dès-lors un mauvais Auteur. Je répli-
quai un peu vivement qu'un Auteur
qui avoit beſoin de commentaire pour
quelques-uns, pouvoit être fort clair
pour d'autres. Mais, ajoutai-je ; vous
connoiſſez auſſi-bien que moi M.
de * * * Avec peu d'eſprit, il aime la
lecture des bons livres. Croyez-vous
qu'il entende tout ce qu'il lit, tout ce
que vous entendez vous-même ? Non
ſans doute. Mais ſi, pour condamner
tout ce qu'il n'entend pas, il ſe ſer-
voit de la maxime, *qu'il faut écrire*
pour tout le monde, que lui répondriez-
vous ? Mon ami comprit ce que je
voulois lui dire ; & comme il étoit au

fond d'un excellent caractére, il ne s'en fâcha point, & il reconnut son tort.

La Bruyere dit : *S'il n'y a pas assez de bons Ecrivains, où sont ceux qui sçavent lire ?*

IX.

Si on obligeoit les Critiques de profession à examiner les Auteurs à charge & à décharge, à remarquer leurs beautés aussi-bien que leurs défauts, & à rendre raison des uns & des autres, il y auroit beaucoup moins d'Ecrivains de cette espèce, non-seulement parce que leur malignité ne trouveroit point son compte dans cette sorte de critique, mais encore parce qu'ils en sont la plûpart incapables. Ces Messieurs ne sont pas pour l'ordinaire des esprits du premier ordre. Souvent ils critiquent des choses au-dessus de leur portée, & qui ne leur déplaisent que par - là.

On a reproché avec raifon à quelques Critiques des Anciens, d'avoir
condamné dans ces Auteurs beaucoup de chofes qu'ils auroient eux-
mêmes trouvées fort belles , s'ils les
avoient bien entendues. On pourroit faire le même reproche à plufieurs de ceux qui ont critiqué des
Modernes. Le peu d'efprit des uns
n'a guères moins produit de méprifes
groffières, que l'ignorance des autres ; & , par exemple, toutes les mau-
vaifes critiques de l'Abbé *des Fon-
taines* ne doivent pas être mifes fur le
compte de fa mauvaife foi. Il n'avoit
pas une certaine fineffe d'efprit & de
goût.

X.

Au refte, il faut mettre une grande
différence entre fentir & entendre ;
ceci me fervira à expliquer comment
la plûpart des bons ouvrages d'efprit font & en même tems ne font pas
à la portée de tout le monde. Choi-

E ij

siſſons quelques exemples. Les avan-
tures de *Telemaque*, les Poëſies de *Deſ-*
préaux & de *Rouſſeau*, ne contiennent
rien que la plûpart de ceux qui les
liſent, n'entendent facilement. Il faudroit être abſolument ſans eſprit &
ſans éducation, pour trouver de l'obſ-
curité dans ces ouvrages. Par-là ils
ſont à la portée de tous ceux qui liſent, & qui font quelqu'uſage de
leur eſprit. J'avoue encore que cet
ordre de Lecteurs peut ſentir une
grande partie de leurs beautés ; mais
on ſe tromperoit fort de croire qu'ils
ſoient en état de les ſentir toutes,
& dans toute leur étendue. Je ne dis
pas ſeulement qu'ils ne pourroient
rendre raiſon de ces beautés ; je
dis qu'ils ne les ſentent pas. Ils entendent à la vérité le fond de la penſée de l'Auteur. Par exemple, un
jeune homme qui lit ce vers de *Vir-*
gile.

*Secretoſque pios, his dantem jura Ca-
tonem.*

conçoit que le Poëte veut dire que
les gens de bien occupent un lieu ſé-
paré dans les Champs Eliſées, & que
Caton eſt à leur tête. Mais s'il n'a un
certain eſprit, il ne ſent point combien cette louange eſt délicate, toute ſimple qu'elle paroît. Il lit ce vers
ſans le trouver plus beau qu'un autre, ſans en être frappé, ſans y faire
d'attention particulière.

La fineſſe & la délicateſſe du goût
conſiſtent ſur - tout à ſentir le prix
d'une choſe excellente, mais ſimple,
& alors d'autant plus excellente qu'elle eſt plus ſimple ; à reconnoître,
à voir une penſée fine ſous des expreſſions ſimples ; à n'être pas trompé, pour ainſi dire, par cette ſimplicité ; en un mot à découvrir l'art
qui ſe cache.

E iij

XI.

Il faut peut-être plus de goût & d'ef-
prit , dit feu M. Coypel, *pour bien fen-*
tir les grandes beautés d'un ouvrage, que
pour en découvrir les défauts ; * vérité,
fi c'en eft une , bien trifte pour les
excellens Auteurs , & capable toute
feule de les empêcher d'écrire, à
moins qu'ils ne foient très-Philofo-
phes ; car il faut l'être beaucoup
pour fe contenter du fuffrage du petit nombre, & ne pas s'embarraffer de
celui de la multitude. Sans cette difpofition rien n'eft plus décourageant
que de fe dire : *Tout le monde fentira*
ce qu'il y aura de mauvais dans mon ou-

---

* *Dialogue fur la connoiffance de la Peinture.* C'étoit
auffi le fentiment de *Rouffeau.* Parlant en 1737 d'un
ouvrage qu'il avoit lû quarante ans auparavant, &
qu'il avoit trouvé fort beau, il dit. *Je ne fçais fi je me*
fuis trompé alors ; mais je fçais bien que j'étois plus dif-
ficile en ce tems-là que je ne le fuis aujourd'hui. Ce n'eft
que par une longue expérience qu'on apprend à démêler
les beautés d'un ouvrage. Il n'en faut qu'un très-médiocre
pour en découvrir les défauts ; & c'eft affez ordinairement
le partage des petits efprits. Lett. de R. T. 5. p. 150.

vrage ; peu de gens sentiront ce qu'il y aura de meilleur.

Or si le principe de M. *Coypel* est vrai, comme l'expérience semble le montrer, il est la preuve de ce que je soutiens ici. Un ouvrage n'est précisément à ma portée, qu'autant que je puis, sinon par moi-même, du moins aidé des lumières d'un autre, en sentir parfaitement toutes les beautés. Si je n'en sens que les défauts, je n'ai fait encore que le plus aisé ; & il s'en faut bien que je sois en droit par-là de me croire supérieur à l'Auteur que je critique. Mais d'un autre côté, je pourrois peut-être me flatter d'une sorte d'égalité avec lui, si je connoissois aussi-bien que lui-même, ce qu'il y a de plus beau dans son ouvrage. Disons tout, au risque de révolter par un paradoxe. Il est des beautés dans les excellens ouvrages qui ne sont bien senties que de leurs Auteurs mêmes. Je ne dis pas que l'amour propre ne leur exa-

gere souvent ces beautés ; mais auſſi
nous prenons quelquefois pour un
effet d'amour propre, ce qui n'eſt
en eux qu'une vûe plus diſtincte, &
un ſentiment plus vif du beau.

Comment un bon Auteur ne ſenti-
roit-il pas mieux qu'un autre les beautés de ſon ouvrage ? Premièrement
c'eſt ſon ouvrage, & par conſéquent
il le connoît, il le poſſéde mieux que
tout Lecteur. Du moins une ſeule lecture ne ſuffit pas ordinairement, pour
qu'un Lecteur, quelqu'éclairé qu'il
puiſſe être, ſoit auſſi au fait d'un ouvrage, que celui qui l'a compoſé.

En ſecond lieu, l'Auteur d'un excellent ouvrage a plus d'eſprit, & il
connoît mieux ſon art que la plûpart
de ſes Lecteurs. Cette derniere ſorte
de mérite lui donne un avantage conſidérable ſur ceux mêmes qui auroient
autant d'eſprit que lui, mais qui n'auroient que de l'eſprit. Si le goût naturel n'eſt pas éclairé par la connoiſſance de l'art, il ne va pas loin ; du

moins il ne va point à tout, en quelque degré qu'il puisse être ; & cette connoissance est toujours imparfaite sans la pratique de l'art même.

Si cette derniere proposition est vraie, comme on n'en peut disconvenir, on en doit conclure que les excellens ouvrages d'éloquence, de poësie, &c. sont remplis de beautés qui ne sont bien senties que par ceux qui sont eux-mêmes grands orateurs, grands Poëtes, &c. & qu'à cet égard il en est d'un beau Discours ou d'un beau Poëme, comme d'un beau tableau ou d'une belle statue dont les Peintres & les Sculpteurs connoissent seuls tout le prix. On dira sans doute que même par rapport au point dont il s'agit, la différence est grande entre l'Eloquence ou la Poësie, & la Peinture ou la Sculpture, & j'en conviens. Cependant elle ne l'est pas assez pour empêcher la comparaison, & pour détruire la conséquence qui en résulte.

On dit quelquefois : Cet Ouvrage
n'eſt pas à votre portée ; ce n'eſt pas
à vous à le critiquer. On pourroit
dire auſſi : Cet Ouvrage n'eſt pas à
votre portée ; ce n'eſt pas à vous à
le louer.

XII.

De ce qu'il eſt plus facile aux Lec‑
teurs d'appercevoir les défauts d'un
ouvrage, & aux Auteurs d'en bien
ſentir toutes les beautés, il s'enſuit
qu'ils ont beſoin des lumières les uns
des autres ; & qu'ils feroient bien de
ſe conſulter réciproquement. On veut
que les Auteurs demandent des avis
aux Lecteurs, & on a raiſon. Mais
les Lecteurs n'en devroient‑ils pas
auſſi demander aux Auteurs ? C'eſt
dommage que cela ne ſoit pas tou‑
jours poſſible. Pour moi, je l'ai fait
toutes les fois que je l'ai pu faire ; &
je m'en ſuis bien trouvé. Souvent
d'excellens Ecrivains m'ont décou‑
vert dans leurs ouvrages des beautés

que je n'y avois pas apperçues d'a-
bord, au moins dans toute leur étendue. Par-là je me fuis convaincu qu'il
feroit de leur intérêt d'être eux-mêmes leurs commentateurs , & de
joindre à leurs ouvrages des remarques à peu près femblables à celles
dont M. & Me *Dacier* ont accompa-
gné leurs Traductions. Je voudrois,
par exemple, que *Racine* nous eût
donné , comme *Corneille* , des exa-
mens un peu étendus de fes Piéces.
Ils feroient d'un grand fecours, pour
en bien fentir toute la beauté. D'ailleurs en indiquant les fources du
beau, on aide à le trouver ; en dévoi-
lant les myfteres de l'art, on con-
tribue à fes progrès. Mais il feroit à
craindre que l'amour propre ne fe
fît trop fentir dans les remarques que
les Auteurs feroient fur leurs propres
ouvrages. On les verroit, moitié illu-
fion, moitié mauvaife foi, s'attacher
encore plus que les Commentateurs
des Anciens, à relever des beautés

médiocres , à pallier des défauts évidens. De - là on conclud que, tout
bien confideré, on a eu raifon de
leur défendre de fe commenter eux-
mêmes. De-là le dégoût pour les pré-
faces.

Un de nos plus grands Poëtes me
difoit un jour en plaifantant , au fujet d'une de fes Tragédies qui avoit
eu peu de fuccès : Si j'ofois parler, je
vous ferois admirer ma Pièce. Mais
vous diriez que je fuis un orgueilleux,
& je ne voudrois pas vous donner
bonne idée de mon efprit aux dépens
de mon cœur. J'aime mieux que vous
méprifiez en moi le Poëte que l'homme.

XIII.

Je croyois que quelques - uns de
nos meilleurs ouvrages feroient encore meilleurs qu'ils ne font, fi leurs
Auteurs, en les compofant, avoient
uniquement fuivi leur goût, & n'a-
voient eu en vûe que de fe fatisfaire

eux - mêmes, & les perfonnes d'un
efprit excellent. Mais, au rifque de
plaire moins à celles-ci, ils ont cherché à plaire au grand nombre. Ils
ont envifagé le jugement que la plûpart de leurs contemporains feroient
de leurs ouvrages ; & ce jugement a
été leur régle en bien des chofes,
plutôt que leur propre goût. Cette
conduite eft gênante, & un véritable
efclavage. Il eft bien défagréable en
écrivant de renoncer, pour ainfi dire, à foi-même, & de n'ofer fe livrer
entièrement à fon génie, fur - tout
quand on voit évidemment que l'ouvrage n'en feroit que mieux. Mais
dans un fens cette conduite eft fage.
L'approbation de la multitude eft
moins flatteufe pour un amour propre
délicat, que l'eftime d'un petit nombre de perfonnes choifies ; mais elle
peut être plus utile à la fortune. La
gloire eft belle ; mais il eft doux de
vivre dans l'aifance ; & en travaillant
pour l'immortalité, il n'eft pas dé-

fendu de penſer un peu à s'aſſurer les
commodités de la vie préſente. Or
pour arriver à ce but, il ne s'agit pas
d'écrire pour une douzaine de perſonnes qui ſeroient peut-être bien-
aiſes d'être ſeules à vous eſtimer.
C'eſt au grand nombre qu'il importe de plaire ; & vous ne lui
plairez qu'en vous mettant à ſa portée.

XIV.

Un jeune Auteur avoit compoſé
une Comédie ſemée des traits les
plus fins & les plus délicats, toute
brillante d'eſprit. L'intrigue, un peu
compliquée, étoit néanmoins très-ju-
dicieuſe, bien ſuivie & bien démêlée.
Il va lire ſa Piéce à un Critique célèbre. A peine a-t-il commencé ſa lecture , que le front du juge ſe déride.
Un ſouris flatteur renaît à chaque inſ-
tant ſur ſon viſage. Les endroits
dont l'Auteur étoit le plus ſatisfait,
obtiennent auſſi une approbation plus

marquée. On l'écoute jufqu'au bout avec une attention qui, toute feule auroit été un éloge. Déja il ne doute plus du fuccès de fon ouvrage. Vous ne réuffirez point, lui dit froidement le Critique ; les trois quarts du Parterre ne trouveront point de comique dans votre Comédie : la multitude ne fçait point fourire : elle ne fçait que rire. Ainfi les endroits de votre Piéce qui vous plaifent davantage, & qui, pour vous le dire entre nous, me plaifent le plus auffi, tous ces traits d'un comique délicat ne prendront point ; trop heureux encore s'ils ne font pas fifflés. Allez lire votre Piéce à Meffieurs de l'Académie Françoife, fur-tout à M. de *Fontenelle* ; mais ne la donnez pas aux Comédiens. En vérité, ajouta-t-il en riant, vous êtes bien fimple d'écrire avec tant de fineffe.

X V.

Rire *à gorge déployée* à une Co-

médie , pleurer *à chaudes larmes à*
une Tragédie , feroient affurément
de grands plaifirs , même pour les
gens qui ont le plus d'efprit , fi pourtant il eft poffible de les leur procurer ; mais ils en connoiffent d'autres qui peut-être même ne font pas
moindres , quoique moins vifs. Sen-
fibles à plus d'une forte de beau,
ils ont quelquefois foutenu contre
le Public des Piéces qu'il avoit mal
accueillies * , parce qu'en effet elles
étoient moins touchantes ou moins
plaifantes , que celles aufquelles il a
coutume de donner fes grands ap-
plaudiffemens ; & ils l'ont amené à
leurs avis.

Moliere fentit dès la premiere repré-
fentation du Mifantrope, que le peuple
de Paris vouloit plus rire qu'admirer, &
que pour vingt perfonnes qui font fufcep-
tibles de fentir des traits délicats , il y
en a cent qui les rebutent faute de les
connoître . . . . . . La feconde repréfenta-

* Par exemple, *Britanicus* & le *Mifantrope*.

tion

tion du *Mifantrope fut encore plus foible que la première .... La troifiéme fut
encore moins heureufe que les précéden-
tes. On n'aimoit point du tout le férieux
qui eft dans cette Piéce**.

L'Auteur des *nouveaux Mémoires fur
la vie & les ouvrages de Moliere fait*
la même remarque. *Ces nuances,* dit-
il, *étoient trop fines pour frapper des fpec-
tateurs, accoutumés à des couleurs plus
fortes.*

XVI.

Souvent le public revient de lui-
même au vrai fur les ouvrages de
théâtre. La cabale, la prévention,
une légere circonftance avoient caufé
la chûte, ou le fuccès d'une Piéce.
Le public, à proprement parler, n'a-
voit point vû la Piéce; il n'avoit vû
que cette circonftance étrangere.
Elle ceffe d'avoir lieu; & le public
juge bien, parce qu'il ne juge plus
que de ce qu'il voit; il juge de la

* *Vie de Moliere.*

Piéce, par ce qu'elle eſt en elle-mê-
même. Souvent auſſi le public a beſoin d'être éclairé par les gens d'eſprit. Ils diſent ce qu'ils penſent d'un
ouvrage, & pourquoi ils le penſent.
Leurs diſcours font impreſſion, &
cette impreſſion ſe communique inſenſiblement. C'eſt comme une lumière qui, ſe répandant de proche
en proche, met les eſprits médiocres
à portée de voir ce qu'ils ne voyoient
pas, & de ſentir des beautés qu'ils
n'avoient pas apperçues d'eux-mêmes.

On diſpute quelquefois utilement
des goûts, parce que la manière de
ſentir dépend en bien des occaſions
de la manière de voir. Cela eſt vrai,
juſqu'à un certain point, des beautés
mêmes qu'on appelle plus particulièrement, beautés de ſentiment. Il
arrive aſſez ſouvent qu'une Tragédie
qui nous avoit peu intéreſſés la première fois que nous l'avons vû re-
préſenter, nous intéreſſe davantage

à une seconde repréſentation ; & ce plaiſir eſt quelquefois le fruit des ré-flexions que nous avons faites, ou qu'on nous a fait faire dans l'inter-valle.

XVII.

Il y a pluſieurs Tragédies & plu-ſieurs Comédies qui font autant d'ef-fet dans la repréſentation, & qui cau-ſent autant de plaiſir au plus grand nombre des ſpectateurs, que les meil-leures Tragédies de *Corneille* & de *Racine*, & que les meilleures Comé-dies de *Moliere*. Cependant elles font beaucoup moins eſtimées par ceux mêmes qui ne vont au théâtre que pour y être touchés ou réjouis. Ils n'en ont pas d'abord jugé de la for-te ; & s'ils ne conſultoient que l'im-preſſion que les unes & les autres de ces Piéces font fur eux, ils les croi-roient également bonnes. Mais peu-à-peu les gens d'eſprit les ont ame-nés à penſer autrement. Il y a, leur

ont-ils dit, deux fortes de défauts &
de beautés dans les Piéces de théâtre. Quelques-uns de ces défauts nuifent au fuccès d'une Piéce ; les autres
n'y nuifent point, ou y nuifent peu.
De même quelques-unes de ces beautés contribuent beaucoup au fuccès
d'une Piéce ; les autres n'y contribuent point, ou y contribuent affez
peu. Mais ces défauts, qui n'empê-
chent pas qu'une Piéce ne réuffiffe
au théâtre, font fouvent que malgré fon fuccès, elle eft peu eftimée
des vrais connoiffeurs. De même des
beautés aufquelles une Piéce ne doit
point fon fuccès *théâtral*, lui valent
fouvent la meilleure partie de l'eftime
qu'ont pour elle les gens d'efprit, &
par une fuite néceffaire l'eftime du
public. En un mot, il y a dans les
Piéces de théâtre des défauts & des
beautés qui, quoique prefque fans
conféquence pour le fuccès *théâtral*,
aviliffent néanmoins, ou relevent
confidérablement celles dans lefquel-

les ils fe trouvent, & fur-tout leurs
Auteurs.

XVIII.

Il ne s'enfuit pas qu'une Piéce de
théâtre faffe beaucoup d'impreffion
fur certaines perfonnes, de ce qu'elle
en fait beaucoup fur d'autres qui ont
beaucoup de fineffe d'efprit & de délicateffe de fentiment. Elle doit paroître froide à ceux qui n'en ont
point, ou qui en ont moins. Il faut
quelque chofe de plus fort, &, pour
ainfi dire, de plus matériel pour les
ébranler. *Un connoiffeur fe transportera,*
là où un homme groffier ne fera pas le plus
légérement ému *.

Il en eft de l'Eloquence comme
de la Poëfie. Le même Difcours touche les uns, & ne touche pas les autres, non-feulement à caufe de la
différente difpofition des coeurs, mais
encore à caufe de la différente portée
des efprits. Le Pere de *** prêchant

* *Journal de Trévoux, Novembre* 1736.

à *Verſailles*, touchoit à la Chapelle,
& endormoit à la Paroiſſe.

XIX.

Il y a des Piéces de théâtre qui
exigent beaucoup d'élévation de
cœur & d'eſprit dans les ſpectateurs,
& qui ne les intéreſſent qu'à proportion qu'ils ſont capables, ſi je puis
m'exprimer de la ſorte, de penſer
& de ſentir hautement. Telles ſont,
par exemple, les Tragédies de *Corneille ;* & c'eſt une des raiſons pour
leſquelles elles ſont communément
moins goûtées que celles de *Racine.*
Le cœur des François eſt plus ten-
dre que haut.

XX.

La plûpart des ouvrages que le public eſtime le plus aujourd'hui, ne
ſont parvenus que par dégrés à cette
approbation univerſelle. Un ſuccès
trop brillant dans les commencemens, eſt un mauvais préjugé pour

la fuite, & ne prouve fouvent que la médiocrité d'un Ouvrage. Des beautés qui font à la portée de tout le monde, ont bientôt fait leur im-preffion. De grandes beautés font quelquefois moins frappantes ; & il eft rare qu'un ouvrage du premier merite obtienne d'abord les fuffra-ges du grand nombre. L'eftime du public n'eft jamais plus conftante, que lorfqu'elle s'eft fait attendre quelque tems.

XXI.

Voici donc le vrai fens, & les bor-nes de la maxime, qu'il faut écrire pour tout le monde, qu'il faut cher-cher en écrivant à plaire à tout le monde.

Veut-on dire qu'on écrit mal, dès qu'on n'écrit pas d'une manière qui foit à la portée de tout le monde, & qui puiffe être également goûtée de tout le monde ? Cela ne fe peut foutenir. D'un côté, il y a en toute

matière des chofes qui peuvent, &
des chofes qui ne peuvent pas être
mifes à la portée de tout le monde.
De l'autre, il eft très-permis de n'é-
crire que pour les gens d'efprit, lors
même qu'on écrit fur des matières
qu'on pourroit abfolument mettre à
la portée de tout le monde.

Veut-on dire du moins qu'un bon
ouvrage qui plaît à tout le monde,
eft dès-lors plus eftimable que tout
autre ouvrage qui n'eft pas fi généralement goûté, quelqu'eftimé qu'il
foit des gens d'efprit ? Cela eft encore faux. Les Tragédies de *Racine*,
par exemple, plaifent beaucoup à
tous ceux qui les lifent, à tous ceux
qui les voient repréfenter ; il n'y a
point là-deffus d'exception. Je divife en deux parts tous ces approbateurs. Je mets d'un côté les meilleurs juges, ceux qui ont le plus d'efprit & de fentiment. Je mets de l'autre ceux qui en ont moins ; & cela
pofé, je dis que s'il y avoit des Tragédies

gédies qui fuffent encore plus goûtées de la première moitié de mes
juges que celles de *Racine*, ces Tragédies, quoique moins goûtées de
l'autre moitié, feroient encore plus
eftimables que celles de ce grand
Poëte. J'ajoute que je ne fuppofe
point ici une chofe impoffible.

Enfin veut-on dire feulement qu'un
ouvrage, quelque bon qu'il foit,
s'il n'eft pas à la portée de tout le
monde, aura peu de lecteurs, encore moins d'approbateurs, & par
conféquent ne parviendra point à
un fuccès général, ou du moins il y
parviendra qu'après un long-tems ?
Cela eft vrai, & je l'ai dit plus d'une
fois, Ecrire pour tout le monde eft
le moyen, non précifément de bien
faire, encore moins de faire au mieux,
mais de réuffir beaucoup, fi on
fait bien. C'eft une maxime que
dicte quelquefois la prudence, plutôt qu'un précepte de l'art.

XXII.

Quant à ceux qui veulent plaire
à la poſtérité plutôt qu'à leur ſié-
cle, qui ambitionnent une gloire
durable, plutôt qu'un ſuccès paſ-
ſager, la prudence leur dicte d'écrire
pour le petit nombre. Le ſort d'un
ouvrage fait pour la multitude, eſt
tout au plus de demeurer entre les
mains de la multitude ; mais il ne
paſſe point dans celles des perſonnes d'un eſprit ſupérieur. Au contraire, un ouvrage fait pour le petit nombre, parvient à l'aide du tems,
dans les mains de tout le monde.
Les gens d'eſprit élevent peu-à-peu
les eſprits les plus médiocres. On ſe
fait honneur d'être de l'avis de ceux
qui paſſent pour avoir le plus de lumière & de diſcernement. La vanité
qui fait d'abord parler comme eux,
mène enſuite à penſer & à ſentir comme eux. Ainſi les eſprits ſe perfectionnant de jour en jour, tel ou-

vrage trop fort pour le public vivant il y a cent ans, feroit très à la portée du public d'aujourd'hui. Nous fommes plus éclairés que nos ancêtres ; & nos defcendans le feront plus que nous. Il pourra donc bien arriver qu'ils feront affez peu de cas de quelques ouvrages que nous eftimons beaucoup ; & qu'au contraire ils en eftimeront beaucoup quelques autres, aufquels nous ne rendons pas une entière juftice. Au refte, il y a en tout tems de bons efprits, qui jugent comme jugera un jour la poftérité ; il y a en tout tems, fi je puis m'exprimer de la forte, une poftérité vivante.

SUITE DES RÉFLEXIONS

fur le Goût.

I.

JE connois un homme d'efprit qui n'eft pas bien perfuadé de ce que

G ij

j'ai dit après feu M. *Coypel*, dans le
morceau qu'on vient de lire, *qu'il*
faut plus de goût & d'esprit pour bien
sentir les grandes beautés d'un ouvrage,
que pour en découvrir les défauts. M.
Coypel lui-même ne l'a dit qu'avec
un *peut-être* ; ce qui marque qu'il
doutoit que ce principe fût bien vrai,
ou du moins qu'il le parût à tout le
monde. Voici donc la pensée de
l'homme d'esprit dont je viens de
parler, sur le plus ou le moins de
difficulté qu'il y a à appercevoir &
à sentir les défauts & les beautés d'un
ouvrage.

Il est certain, me disoit-il un jour,
qu'il y a des beautés fines que tout
le monde n'est pas capable de sentir, au moins dans toute leur étendue ; mais il y a aussi des défauts &
des fautes, quelquefois même des
défauts assez considérables & des
fautes assez grossières, qui échappent au grand nombre, & qui ne font
apperçues que des connoisseurs.

Quand je dis qu'une faute groſſière
peu échapper au plus grand nombre de ceux qui liſent un ouvrage,
je ne dis rien qui ſe contrediſe, &
que l'expérience ne confirme. Une
faute groſſière n'eſt pas ſeulement
celle que tous les Lecteurs apperçoivent d'eux-mêmes; c'eſt encore
celle qu'ils trouvent groſſière quand
on la leur fait appercevoir. Tous les
jours on s'étonne de n'avoir pas
remarqué de certaines fautes dans
un ouvrage, tant elles paroiſſent
groſſières lorſqu'on en eſt une fois
averti.

Mais s'il en échappe ſouvent d'aſſez conſidérables, à ceux mêmes qui,
avec le plus de lumières, examinent
le plus attentivement un ouvrage,
leur arrive-t-il auſſi, à moins que le
préjugé & la paſſion ne s'en mêlent,
de n'y pas appercevoir de grandes
beautés, de lire ou d'entendre un
beau trait ſans en être frappés ? Je
crois qu'on ne peut le dire ; & je

foutiens qu'un connoiffeur manquera
plutôt d'appercevoir une fottife,
qu'une belle chofe.

Souvent dans le plus bel endroit
d'un ouvrage, dans un fort beau
trait, dans un vers extrêmement heureux, il y a quelque chofe de dé-
fectueux qui n'eft fenti que par un
très-petit nombre de connoiffeurs,
qui quelquefois même ne peuvent
le faire fentir aux autres.

I I.

Pourquoi un Difcours qui nous a
paru admirable dans la bouche de
l'Orateur, nous paroît-il quelquefois
fi médiocre à la lecture ? Eft-ce feulement parce que ce Difcours eft dé-
nué fur le papier des graces de l'action ? Non fans doute. C'eft encore
parce que la rapidité de la pronon-
ciation ne nous en a permis qu'un
examen fuperficiel. Or dans un examen de la forte on ne voit, on ne
fent que ce qu'il y a de plus facile

à voir & à fentir. On voit les beautés mieux que les défauts.

D'où vient le fuccès paffager de
tant d'ouvrages, finon de ce qu'on
n'avoit vu d'abord que ce qui s'y
trouve de bon? Ils baiffent, ils tombent à mefure qu'on les examine. Le
tems y fait découvrir chaque jour de
nouveaux défauts.

Jamais Tragédie n'a eu un fuccès
auffi brillant que le Cid de *Corneille.*
Les grandes beautés de ce Poëme
frappèrent tout le monde. J'avoue
qu'on y fentit auffi quelques défauts;
mais la critique de l'Académie y en fit
voir plufieurs autres, dont perfonne
ne s'étoit apperçu avant cette critique, & qu'on avoit même pris pour
des beautés. La Piéce fut & fera
toujours admirée, mais on revint
peu-à-peu de l'éblouiffement qui en
avoit caché les défauts. Peut-être même que l'Académie ne les apperçut
pas tous; & je ne doute point que fi
elle examinoit de nouveau cette Tra-

G iv

gédie, elle n'ajoutât bien des chofes
à fa critique. En un mot , on fentit
les beautés de cette Piéce en 1637,
auffi-bien qu'on les fent aujourd'hui;
mais on en fent mieux aujourd'hui
les défauts qu'on ne les fentit alors.

Les *Entretiens d'Arifte & d'Eugene*,
par le Pere *Bouhours*, furent extrêmement goûtés du Public. Le ftyle en
eft pur & délicat ; & ce fut la principale caufe de leur fuccès ; la forme
fit valoir le fond. Mais après la lec-
turedes *fentimens de Cleante*, ceux
qui avoient été les plus favorables à
cet ouvrage, rabattirent bien de l'o-
pinion trop avantageufe qu'ils en
avoient conçue. Tout le monde ju-
gea avec l'Auteur des *Sentimens*, que
celui des *Entretiens* avoit eu beaucoup plus de foin des paroles que
des chofes, & même qu'il étoit beaucoup moins capable de celles-ci ; ce
qui fit dire à quelqu'un, qu'il ne man-
quoit au Pere *Bouhours*, pour écrire
parfaitement, que de fçavoir penfer.

Cela étoit exagéré ; mais cela étoit plaisant.

III.

Quelque difposition qu'ait le monde à mal juger, dit M. de la Rochefou-cauld, *il fait encore plus fouvent grace au faux mérite, qu'il ne fait injuftice au véritable ;* & cela eft vrai de toute forte de mérite, du mérite de l'efprit auffi-bien que de celui du cœur, du mérite perfonnel auffi-bien que de celui des ouvrages, du mérite de tous les états & de toutes les pro-feffions.

On cherche à découvrir les défauts des chofes & des perfonnes ; on n'ob-ferve, on n'examine que dans cette vue. Cependant ces défauts fe ca-chent & fe dérobent quelquefois à toutes nos recherches. La foibleffe de notre efprit feconde mal la mali-gnité de notre cœur.

Il eft donc certain qu'en général les beautés fe fentent mieux que les défauts. Vous me direz peut-être, ajouta celui qui me parloit, & dont je ne fais que rapporter le discours, qu'on parle plus volontiers des défauts d'un ouvrage que de ses beautés ; ce qui ne seroit pas, s'il étoit plus difficile de sentir ceux-là.

Mais 1°. le fait objecté prouve la maxime que je soutiens, bien loin de la détruire. Car, comme vous l'avez dit vous-même, un des motifs qui engagent à parler plutôt des défauts des ouvrages que de leurs beautés, c'est que cela fait plus d'honneur. On croit donc communément qu'il est plus difficile de sentir les défauts ; & ainsi l'objection se tourne en preuve.

2°. On s'entretient plus volontiers des défauts que des beautés, parce que cela flatte davantage la malignité du cœur humain.

3°. Il est plus facile de rendre raison des défauts que des beautés ; & voilà ce qui a trompé ceux qui

ont avancé la maxime que je combats. Ils n'ont pas fait affez d'attention à la différence qu'il y a entre
fentir, & rendre raifon de fon fentiment. Le plus difficile par rapport
aux défauts des ouvrages d'efprit,
c'eft de les fentir; mais il eft ordinairement aifé, quand on les fent,
de remarquer en quoi ils confiftent.
Au contraire, le plus difficile par rapport aux beautés d'un ouvrage, n'eft
pas de les fentir, mais de rendre raifon de fon fentiment d'une manière
nette & précife.

Voilà à peu près ce qui fut objecté. Peut-être auroit-il fallu l'expofer avec plus d'étendue pour le
faire bien comprendre à tous mes
lecteurs; mais j'en ai affez dit pour
ceux qui aiment ces fortes de difcuf-
fions. Voici d'autres maximes fondées fur l'opinion oppofée.

IV.

Il ne faut que du goût pour fen-

t ir le mérite de certains ouvrages ;
il faut de l'efprit & même du génie
pour fentir le mérite de quelques
autres.

Le premier & le plus bas degré
du goût. en matière d'ouvrages d'efprit, c'eſt de ne jamais prendre le
mauvais pour le bon, de n'approuver que ce qui eſt bon. Le fecond,
c'eſt de ne jamais prendre le bon
pour le mauvais, d'approuver & de
fentir tout ce qui eſt bon. Il y a loin
encore du premier au fecond degré.
L'homme incapable d'eſtimer un
mauvais ouvrage, peut n'en pas eftimer un bon, ou ne l'eſtimer pas
aſſez.

V.

Je ne dirai pas qu'un homme n'a
point de goût, parce qu'il approuve & qu'il aime des ouvrages médiocres, fi en même tems il approuve & il aime à proportion les bons,
les excellens ouvrages. On peut tout-

à-la-fois, être & n'être point délicat
sur certaines chofes, sur la Poëfie,
par exemple, sur la Mufique, &c.
On eft délicat, parce qu'on diftin-
gue & qu'on fent avec juftelle les
différens dégrés du médiocre, du
bon, de l'excellent. On n'eft point
délicat, parce que, par un goût vif
pour les chofes de ce genre, on reçoit encore du plaifir de celles qui
font moins parfaites.

Le mot de *goût* fe prend dans
deux fens très-différens; 1º. pour
inclination, penchant, amour, &c.
2º. pour difcernement, fentiment jufte, fin, & prompt, &c. On peut
avoir du goût dans le premier fens,
& n'en pas avoir dans le fecond.
Quelquefois même la vivacité du
goût pris pour *inclination*, &c. nuit
à la délicatelle du goût pris pour
difcernement, &c. cependant elle n'y
nuit pas toujours; & il eft des ames
également fenfibles & éclairées.

VI.

Avoir du goût felon l'idée commune, ce n'eſt guères que ſe connoître en ſtyle

N'aimer que les ouvrages d'un certain genre, de petits vers, d'ingénieuſes hiſtoriettes; dans des ouvrages plus étendus & plus importans,
s'arrêter aux tours, aux détails, aux
expreſſions, & laiſſer là le fond des
choſes, le plan, la conduite; n'eſtimer en chaque genre qu'un ſeul Auteur; en faire ſon idole, mépriſer &
dédaigner tous les autres, eſt-ce avoir
du goût? Non ſans doute. C'eſt pourtant un aſſez bon moyen de paſſer
pour en avoir.

VII.

Que j'aime, que j'eſtime l'homme
équitable & éclairé, qui apperçoit,
qui ſent le bon & le beau par-tout
où ils ſont! Le feu d'*Homere*, & la ſa-
geſſe de *Virgile*, la force ſublime de

Corneille, & l'élégante justesse de *Ra-*
cine, le charment tour-à-tour, & obtiennent également ses louanges. Il
les proportionne au degré du mérite. Il sçait admirer, estimer, approuver. Il donne des préférences ; mais
il ne donne point d'exclusions. Il
dit ; *tel ouvrage est plus de mon goût que*
tel autre ; & il rend raison de son sentiment ; car il croit qu'il est permis
de chercher à justifier son goût ; mais
il voit sans peine comme sans surprise, que d'autres sentent & jugent
autrement que lui.

VIII.

Le vrai beau, le vrai bon, c'est ce
qui plait à ceux qui ont beaucoup
d'esprit & de goût. Le degré de bonté d'un ouvrage est la mesure de leur
plaisir, comme la mesure de leur plaisir est la preuve du degré de bonté
de l'ouvrage. Mais souvent ce qui
plaît beaucoup à ceux qui ont beaucoup d'esprit & de goût, plaît moins,

ou même ne plaît point du tout à
ceux qui en ont moins ; & il eſt bien
naturel que cela ſoit ainſi. En toute
matière, le bon goût n'eſt point le
goût du plus grand nombre abſolument ; c'eſt le goût du plus grand
nombre de ceux qui ont les qualités,
les connoiſſances, l'expérience néceſſaires pour bien juger de la choſe dont
il s'agit. C'eſt, ſi je puis m'exprimer
de la ſorte, le goût le plus commun
parmi les perſonnes les moins communes.

Mais, dira-t-on, ce bon goût paſſe inſenſiblement des uns aux autres ;
& à la fin ils ſont tous d'accord.

Cela eſt vrai juſqu'à un certain
point. Ce qu'un homme de beaucoup
d'eſprit & de goût voit & ſent tout-
d'un-coup, un autre le voit & le ſent
peu-à-peu. Une ſeconde lecture lui
découvrira dans un bel ouvrage des
beautés qu'il n'y avoit pas apperçues
d'abord. Une troiſiéme lecture le
mettra encore mieux en état d'en
juger ;

juger, sur-tout s'il emprunte les lumières d'un vrai connoisseur, c'est-à-dire, d'un homme également équitable, sensible & éclairé. Car il n'en est pas tout-à-fait du goût spirituel, comme du goût corporel ; d'un bon ouvrage d'esprit, comme d'un bon ragoût ; & certainement on abuse quelquefois de la comparaison. Si je ne trouve pas un ragoût, tout ce qu'on pourra me dire ne me le fera pas trouver meilleur. Mais ce qu'on me dira sur un bel ouvrage, peut beaucoup contribuer à m'en faire mieux sentir la beauté. Le goût spirituel est susceptible d'instruction, au lieu que le goût corporel ne l'est pas. Celui-ci ne se forme que par le fréquent usage des choses qui sont de son ressort.

Quand un excellent connoisseur raisonne avec une personne moins instruite & moins éclairée sur un Poëme Dramatique qu'il juge excellent, & que cette personne trouve

Tome II. H

peu agréable, ce n'eſt pas préciſément pour lui prouver que ce Poëme auroit dû la toucher, l'intéreſſer,
ou l'amuſer ; c'eſt ſeulement pour la
mettre en état d'en recevoir une impreſſion plus agréable à une ſeconde
lecture, ou à une ſeconde repréſentation ; & cela réuſſit ſouvent. On
ne prouve efficacement à quelqu'un,
qu'un ouvrage qui ne lui plaît pas,
devroit lui plaire, qu'en faiſant qu'il
lui plaiſe en effet.

A parler exactement, ce qui ne
plaît point, ne doit point plaire. Le
beau étant eſſentiellement relatif aux
facultés dont il eſt l'objet, le plaiſir ſe trouve toujours avec une certaine relation à ces facultés ; il eſt
plus ou moins grand, ſelon que cette
relation eſt plus ou moins parfaite ;
& il ne ſe trouve jamais ſans elle.
C'eſt par-là qu'on explique comment
ce qui plaît aux uns ne plaît pas aux
autres, & qu'on rend raiſon des différentes impreſſions que fait le beau,

felon les différentes fortes & les différens degrés d'efprit. Ainfi quand
on dit qu'un ouvrage qui ne plaît
point à quelqu'un, devroit lui plaire,
on veut feulement dire qu'il lui plairoit s'il avoit plus d'efprit & de goût,
ou s'il connoiffoit mieux cet ouvrage.

IX.

J'ai mis une reftriction à ce qu'on
dit quelquefois, que tout le monde
eft à la fin d'accord fur le mérite des
bons ouvrages d'efprit. J'ai dit que
cela étoit vrai *jufqu'à un certain point.*
Expliquons ma reftriction.

Tout le monde s'accorde après
quelque tems à parler de la même
manière d'un bon ouvrage d'efprit,
confacré par l'eftime publique. Tout
le monde dit que le *Mifantrope* eft
la meilleure de toutes nos Comé-
dies ; mais tout le monde ne le penfe pas, ou du moins ne le fent pas.
Pour que tout le monde fût véri-

H ij

tablement d'accord fur le mérite du
Mifantrope, il faudroit que tout le
monde prît plus de plaifir à la repréfentation & à la lecture de cette
pièce, qu'à la repréfentation & à la
lecture de toute autre Comédie ;
mais c'eft ce qui n'eft pas. J'en appelle à la bonne foi de mes Lecteurs.
La principale raifon qui empêcha le
fuccès du *Mifantrope* dans fa naiffance, fubfifte encore aujourd'hui pour
un grand nombre de perfonnes ; cette
Comédie ne les fait point affez rire.
Ils difent pourtant qu'elle eft excellente, parce qu'ils ne pourroient
parler autrement fans fe déshonorer.
A force de le dire, & de l'entendre
dire aux autres, ils viennent à le
penfer, & même à le fentir un peu.
Mais le plaifir que leur fait cette Piéce, eft toujours bien inférieur aux
louanges qu'ils lui donnent.

Je ne crois pas que *Moliere* eût con-
fulté fa Servante fur le *Mifantrope* ;
cette Comédie n'étoit pas à fa por-

tée. S'il la confultoit quelquefois,
c'eft qu'il vouloit quelquefois plaire
aux gens de fon étage ; & il feroit
peut-être à fouhaiter qu'il l'eût con-
fultée moins fouvent.

Si je faifois une Comédie, les endroits de ma Piéce fur lefquels j'aurois plus de foin de prendre l'avis des
perfonnes d'un efprit fin & d'un goût
délicat, feroient ceux qui me paroî-
troient les plus propres à plaire au
grand nombre. Plus il y a lieu de croire qu'un trait fera rire la multitude,
plus il y a lieu de craindre qu'il ne
fâffe faire la grimace aux honnêtes
gens.

Offenduntur enim quibus eft equus, &
pater, & res. Horat. de art. Poët.

DE LA NOBLESSE.

I.

LA Nobleffe eft la récompenfe &
l'aiguillon de la vertu. Rien n'eft

donc plus juste & plus utile que son
institution. Le Prince doit récom-
penser la vertu ; &, si je puis m'exprimer de la sorte, il doit la récompen-
ser selon le goût de la vertu ; c'est-
à-dire, par des distinctions honora-
bles. Après la récompense qu'elle se
procure à elle-même par la satisfaction intérieure qui l'accompagne ;
après la gloire & la réputation dont
le désir est le principal ressort de la
vertu purement humaine, rien n'est
plus flatteur pour elle que ces marques d'honneur établies chez toutes
les Nations, pour justifier & confirmer en quelque sorte l'estime publique.

La récompense de la vertu est une
justice que le Prince doit aux particuliers vertueux; mais il la doit encore au public, au reste de ses sujets,
puisqu'en récompensant la vertu, il
travaille à la rendre & plus commune & plus parfaite. Or le Prince
doit à ses sujets de travailler à faire

des vertueux ; il le doit, dis-je, &
pour l'avantage de ceux qui feront
vertueux, & pour l'avantage de ceux
qui profiteront de la vertu des autres.
Je n'ai que faire de remarquer combien la vertu de fes fujets lui eft avantageufe à lui-même.

Jufqu'ici tout le monde eft d'accord. On convient qu'il étoit très-à-
propos de récompenfer & d'exciter
la vertu par la Nobleffe ; mais on ne
convient pas également qu'on ait
bien fait de rendre celle-ci héréditaire. On ne pouvoit, difent quelques-uns, y attacher trop de préro-
gatives ; mais il falloit qu'elle fût
perfonnelle, & quelle ne paffât point
aux enfans. Cette Nobleffe héritée,
ajoutent-ils, ne fert qu'à infpirer un
vrai & ridicule orgueil. On ne travaille point à acquérir un éclat dont
on fe trouve revêtu en naiffant. On
s'endort dans l'oifiveté & la mol-
leffe.

Il faut avouer que cela arrive fou-

vent ; mais le contraire arrive fouvent aussi. La Noblesse dans laquelle
naissent les enfans par la vertu de
leurs peres, les anime à marcher sur
leurs traces, à ne leur être pas infé-
rieurs, à se rendre dignes du rang
que leur donne la naissance, & à y
ajouter un nouvel éclat par leur propre vertu. Et voilà le but que les
Princes se font proposé ; voilà l'utilité qu'ils ont espérée de la Noblesse
rendue héréditaire. *L'honneur*, dit un
Ecrivain également ingénieux & pro-
fond, *l'honneur est le père & l'enfant de
la Noblesse* *.

Je ne crains point qu'on m'accuse
de flatter ma Nation, si je dis que
la loi qui rend la Noblesse héréditaire, a sur-tout réussi en France.
L'élévation des sentimens, la grandeur d'ame, le desir de la belle
gloire, ne se trouvent nulle part plus
communément, & dans un degré
plus éminent que parmi la Noblesse

* *Esprit des Loix.* Livre 5. chap. 2.

Françoise ;

Françoise ; & l'honneur, cette ame
des Monarchies, anime sur-tout la
nôtre.

Avouons-le cependant encore une
fois ; cet éloge souffre plusieurs ex-
ceptions. L'intention du Prince a été
frustrée à l'égard d'un grand nombre
de Nobles. La vertu & l'honneur ne
se transmettent pas toujours avec la
Noblesse.

Il y a long-tems qu'on déplore ce
désordre. Les Philosophes, les Orateurs, les Poëtes mêmes se sont exer-
cés à l'envi sur ce sujet. Mais il paroît en quelques-uns plus de malignité & d'amertume, que d'amour pour
le bien public. Ils ont plutôt voulu
insulter que corriger.

II.

On compare ce que font les Nobles sans vertu, ou du moins sans
honneur, avec ce qu'ils devroient
être, & ce que leurs ancêtres ont
été. Voilà ce qui fait leur honte.

Ils font plus obligés à être vertueux que les autres hommes, puisqu'on ne les a fait Nobles que pour
les rendre vertueux. La Noblesse donnée aux pères, parce qu'ils étoient
vertueux, a été laissée aux enfans
afin qu'ils le devinssent. En accep-
tant cette partie de la succession pa-
ternelle, ils ont pris à la vertu un
engagement de plus que le reste des
citoyens ; ils ont contracté une nouvelle dette envers le Prince & la Patrie. Il faut remplir cet engagement
à acquitter cette dette, ou renoncer
à l'héritage de ses pères.

III.

Le Prince a voulu avoir un certain nombre de sujets distingués entre tous les autres par leur mérite,
plus disposés aux grandes actions,
sur-tout à celles de la guerre, & dont
la valeur heroïque fît le propre caractere. Dans cette vûe il a revêtu
d'une distinction glorieuse, ceux qui

se sont signalés par quelqu'action
éclatante ; & il a laissé pour jamais
cette distinction dans leur famille,
afin qu'il en sortît une foule de Héros. Il a cru y perpétuer le mérite,
en y perpétuant la gloire. Le père
lui a promis, pour ainsi dire, tous
ses enfans ; il en a répondu ; il n'a
rien négligé (je le suppose) pour les
rendre capables de reconnoître par
leurs services ce qu'il doit à son
Prince pour les honneurs dont il l'a
comblé. Quel crime donc dans les
enfans de tromper ainsi & leur père
& leur Souverain ; de n'être point
touchés des exemples de l'un, ni des
bienfaits de l'autre !

IV.

Le Roi vient de m'anoblir, disoit
un père à ses enfans. Il vous a fait la
même grace ; & cet honneur passera
jusqu'au dernier de nos descendans ;
à une condition néanmoins, sans laquelle j'aurois absolument refusé cet-

te récompense de mes services. C'est qu'à commencer par vous, tous ceux qui me devront leur Noblesse, en feront dégradés, s'ils s'en rendent indignes par une vie criminelle ou oisive. Mais aucun sans doute ne méritera la dégradation, & cette loi, particulière à ma famille, ne servira qu'à l'illustrer tous les jours davantage, à mesure qu'elle deviendra plus ancienne & plus nombreuse. Vous participerez tous à ma gloire, en conservant la Noblesse par les mêmes voies que je vous l'ai acquise.

On ne voit que trop que tout cet article n'est qu'une fiction; & si, par impossible, quelqu'un s'avisoit de vouloir la réaliser, il passeroit pour un homme bien chimérique.

V.

Celui qui manque de vertu dans un état qui en exige beaucoup, est méprisé & même haï de ceux qui en ont le moins. Il viole les bienséan-

ces ; & tout le monde se révolte. On
veut que chacun soit ce qu'il doit
être ; l'amour de l'ordre & le propre intérêt s'uniffent pour rendre le
Public inexorable là-deffus.

VI.

Le Noble qui a plus d'engage-
mens à la vertu que le commun des
hommes, a auffi plus de fecours pour
l'acquérir. Par les bons maîtres que fa
naiffance lui procure ordinairement,
il a les meilleures inftructions, &
tout ce que comprend une heureufe éducation. Par les grands hommes dont il fort, il a les exemples les
plus efficaces, les exemples, domef-
tiques.

VII.

Un homme méprifable, à parler
exactement, c'eft celui qui devroit
être eftimable, & qui n'eft méprifable que par fa faute & fon mauvais naturel ; car fi par hafard un

hommè de qualité avoit été élevé comme un payſan, je n'aurois que de la compaſſion pour lui ; ſi je lui en voyois les inclinations & la manière de penſer ; & je tournerois toute mon indignation contre ceux qui auroient été chargés du ſoin de ſa jeuneſſe. Le mépris n'eſt que pour celui qui doit par ſa naiſſance, & qui a pu par ſon éducation, être un homme de mérite.

VIII.

Ce qui acheve la honte du Noble ſans vertu, c'eſt la comparaiſon qu'on fait de lui avec ſes ancêtres. On le compare ſur-tout avec ceux auſquels il touche de plus près, avec ſon père, avec ſon aïeul. La diſproportion qui ſe trouve entre un père & ſes enfans, eſt plus frappante, & par-là plus humiliante. Que n'eût-on point exigé d'un fils de M. de *Turenne* ? Un mérite médiocre ne l'auroit pas garanti du mépris.

Quand on n'a rien de grand que
la naiſſance, on eſt & on paroît d'autant plus petit que cette naiſſance
eſt plus grande.

IX.

Voyons maintenant combien la
Nobleſſe fait d'honneur, quand elle
eſt jointe au mérite ; combien elle en
rehauſſe l'éclat. Les Grands vertueux
font ſi bien payés de leur vertu par
la gloire qui leur en revient, qu'on
feroit preſqu'en droit de ne leur en
tenir aucun compte. La crainte de
la cenſure, le déſir de la louange,
peuvent changer, ou du moins répri-
mer le plus mauvais naturel. Que
penſer donc de ceux ſur qui de ſi
puiſſans motifs ſont ſans effet ? Il
faut qu'ils ſoient nés avec une op-
poſition invincible à la vertu, &
même ſans aucun ſentiment d'honneur.

X.

Le premier avantage de la haute naiſſance, par rapport à la gloire, c'eſt qu'elle met le mérite plus en jour.

Tous les yeux ſe tournent vers un enfant qui naît dans une grande maiſon. On tire de bons ou de mauvais augures de ſes moindres actions & de ſes moindres diſcours. On obſerve les progrès de ſon éducation. On l'accompagne dans le monde, à l'armée. On le ſuit, pour ainſi dire, du berceau juſqu'au tombeau, avec une attention à laquelle rien n'échappe.

Mais en ſecond lieu, le préjugé eſt toujours en ſa faveur. Chacun eſt diſpoſé à l'applaudir, & le fait avec joye dans les occaſions. Le public ne voit point du même œil deux hommes d'égal mérite, mais d'inégale naiſſance. La Nobleſſe eſt toujours d'un grand prix auprès de lui,

& un titre ſûr à une plus grande eſtime. Elle double en quelque ſorte
le mérite. Les grandes qualités ont
encore plus d'éclat, lorſqu'elles ſont
héréditaires.

J'avoue que les vrais Philoſophes
ne penſent pas ainſi. Le mérite joint
à la Nobleſſe n'en eſt pas plus brillant
à leurs yeux. Ils ne jugent du mérite que par le mérite même, & laiſ-
ſent là tout ce qui l'accompagne ;
ou s'ils y ont quelqu'égard, ce n'eſt
que ſelon que ces circonſtances qui
lui ſont étrangeres, en ont rendu
l'acquiſition plus ou moins difficile.
Par cette raiſon ils accordent ſouvent plus d'eſtime aux belles qualités
& aux grandes actions dans un homme de baſſe naiſſance, que dans un
homme d'une naiſſance illuſtre, à
moins que par une autre manière
d'enviſager les choſes, ils ne ſçachent
bon gré à celui-ci d'avoir cru que ſa
Nobleſſe ne le diſpenſoit pas de la
vertu. Il faut de la force pour pen-

ser & pour agir autrement que les autres. L'opinion qu'on a toujours assez de mérite avec une grande Noblesse, sur-tout quand elle est soutenue de l'opulence, paroît être celle de plusieurs gens de qualité, du moins à en juger par leur conduite. C'est ce qui a fait mettre en problême si la haute naissance n'est point plutôt un obstacle, qu'un secours à la vertu.

XI.

Croire que la naissance suppose le mérite, ne seroit guères plus ridicule, que de croire qu'elle le remplace & en dispense.

XII.

Les gens de qualité ne connoissent guères qu'une vertu & qu'un vice, la bravoure & la lâcheté. C'est qu'ils ont plus d'honneur que de vertu.

L'honneur ne réprouve pas tous

les vices ; il en confacre même plufieurs.

XIII.

La naiffance ne fait point obtenir
grace du Public, fi on a peu de mérite ; mais elle fert à en obtenir une
meilleure & plus prompte juftice, fi
on en a beaucoup.

Bien loin qu'en faveur des pères
on excufe les enfans, on exige des
enfans à proportion des vertus de
leurs pères.

L'éclat de la gloire de nos ancêtres ne rejaillit fur nous que pour
mieux éclairer nos vices & nos vertus.

XIV.

A parler exactement, les actions
font perfonnelles, & n'appartiennent
qu'à celui qui les a faites. Mais celles des enfans appartiendroient plutôt aux pères, que celles des pères
aux enfans.

Le fils d'un grand homme ne sçauroit lui faire plus d'honneur qu'en
l'effaçant.

C'est un beau mot que celui du Sage dans le Livre de l'*Ecclésiastique*,
sur le fils d'un grand homme. *Son père*
est mort, & il semble qu'il ne l'est pas,
parce qu'il a laissé après lui son sembla-
ble. Mortuus est pater ejus, & quasi
non est mortuus : similem enim reliquit
sibi post se. **C.** 30. v. 4.

XV.

L'orgueil est souvent l'unique partage des enfans des Héros.

Puisqu'une grande naissance impo-
se l'obligation d'un grand mérite,
c'est de la crainte & de la modestie
qu'elle doit inspirer, & non pas de
l'orgueil.

Oublier sa naissance, & faire mille bassesses, ou ne s'en souvenir que
pour en tirer une odieuse & ridicule
vanité, c'est la déshonorer également.

C'eſt une diſtinction auſſi ſolide qu'ingénieuſe, que celle qu'on a faite entre être jaloux de ſa Nobleſſe, & en être entêté.

XVI.

La nature a été bien cruelle à l'égard de certains hommes. Non contente de leur refuſer toute ſorte de mérite, elle leur a donné une grande naiſſance.

Vous me vantez continuellement votre Nobleſſe ; il faudroit plutôt me la cacher s'il étoit poſſible ; je vous mépriſerois moins. Plus vos titres vous élevent, plus vos mœurs vous dégradent.

XVII.

Une naiſſance obſcure eſt un obſtacle aux occaſions de la vertu. Une naiſſance illuſtre eſt ſouvent un obſtacle à la vertu même.

REMARQUES *sur quelques endroits de la Préface des Œuvres de M. Despréaux.*

I.

*U*N *Ouvrage a beau être approuvé d'un petit nombre de connoisseurs, s'il n'est plein d'un certain agrément & d'un certain sel propre à piquer le goût général des hommes, il ne passera jamais pour un bon ouvrage, & il faudra à la fin que les connoisseurs eux-mêmes avouent qu'ils se sont trompés en lui donnant leur approbation.*

Si M. *Despréaux* a voulu seulement dire que les plus habiles connoisseurs se trompent quelquefois dans le jugement qu'ils portent d'un ouvrage, il n'a rien dit que l'expérience ne justifie ; mais alors ces connoisseurs ont contr'eux d'autres connoisseurs aussi habiles, & en plus grand nombre. S'il a voulu dire qu'en

matière d'ouvrages d'esprit les voix
se comptent & ne se pesent pas, &
qu'un ouvrage *plein d'un certain agré-*
ment & d'un certain sel, plus *propre à*
piquer le goût des gens d'esprit que celui du *général des hommes*, n'est point
un bon ouvrage, je crois qu'il s'est
trompé, & que cette maxime ne peut
être approuvée que des Auteurs &
des Lecteurs qu'elle flatte & qu'elle
favorise. Il est certain qu'il y a des
ouvrages très-estimés des gens d'esprit, & moins goûtés du grand nombre que d'autres ouvrages, moins estimés à leur tour des gens d'esprit.
Or prétendre que les meilleurs de
ces ouvrages sont ceux que le grand
nombre goûte le plus, ce seroit,
comme je l'ai dit ailleurs, un paradoxe insoutenable. Le *Misantrope*
est la meilleure Comédie de *Moliere*,
& celle qui lui fait le plus d'honneur
auprès des gens d'esprit. Ce n'est
pourtant pas la plus goûtée du grand
nombre.

II.

Que *si on me demande,* continue M.
Despréaux, ce que c'est que cet agré-
ment & ce sel, je répondrai que c'est un
je ne sçai quoi, qu'on peut beaucoup mieux
sentir que dire. A mon avis néanmoins
il consiste principalement à ne jamais pré-
senter au Lecteur, que des pensées vraies
& des expressions justes.

Si la beauté des ouvrages d'esprit
consiste à ne présenter au Lecteur que
des pensées vraies & des expressions
justes, ce n'est plus *un je ne sçai quoi,*
qu'on peut mieux sentir que dire. M. Des-
préaux ajoute le mot *principalement ;*
c'est convenir que la beauté des ouvrages d'esprit, ce qui en fait l'*agré-*
ment & le sel, est quelque chose au-
delà de la simple vérité des pensées
& de la justesse des expressions. Le
beau est du ressort du goût. Or on
ne peut pas toujours rendre raison
de son goût. Souvent une chose nous
plaît, sans que nous puissions dire &
que

que nous fçachions pourquoi elle
nous plaît ; ce qui ne feroit pas, fi le
beau confiftoit *principalement* dans le
vrai ; car on peut toujours rendre
raifon du vrai.

Le beau, c'eft le vrai bien exprimé, c'eft-à-dire, exprimé avec élégance, avec délicateffe, avec vivacité, &c. & non pas feulement exprimé avec jufteffe. Cette vérité des
penfées & cette jufteffe des expreffions ne font encore que le bon. Si
les penfées d'un ouvrage font vraies
& nouvelles, fi les expreffions en font
juftes, & en même tems délicates,
fublimes, &c. voilà le beau , & le
beau parfait ; car il y a du beau à
moins. Une penfée nouvelle en elle-
même, n'a pas befoin d'être rele-
vée par le tour & par l'expreffion ;
c'eft affez qu'elle foit rendue avec
jufteffe. De même un tour ingénieux
& nouveau fuffit pour faire valoir
une penfée commune, & pour la
faire paroître très-belle. Ainfi quant

Tome II.   K

au fond de la pensée, le bon & le beau consistent, l'un dans la vérité, l'autre dans la nouveauté de la pensée. Quant au tour & à l'expression, le bon & le beau consistent, l'un dans la justesse, l'autre dans l'élégance, la finesse, &c. du tour & de l'expression. Le beau suppose donc le bon ; & le bon est plus essentiel, plus important que le beau. Par conséquent on peut dire que le mérite complet d'un ouvrage étant le résultat du bon & de la réunion du beau, il consiste *principalement* dans le bon, dans la vérité des pensées & dans la justesse des expressions. Mais il ne faut pas dire que le beau consiste *principalement* dans cette vérité des pensées & dans cette justesse des expressions ; car ce seroit dire qu'il consiste *principalement* dans le bon, & par conséquent brouiller toutes les idées.

III.

Il faut remarquer que dans ce que je viens de citer de M. *Despréaux*, il s'agit de ces ouvrages dont l'Auteur a voulu s'attirer la réputation d'homme d'esprit, &, pour tout dire, de bel esprit. Or, comme l'a dit M. *Huet*, un bel esprit digne de ce titre est nécessairement un bon esprit; mais un bon esprit n'est pas toujours un bel esprit. De même une pensée, pour être belle, doit être vraie; mais une pensée n'est pas belle précisément parce qu'elle est vraie. J'avoue qu'une pensée vraie & nouvelle plaira toujours, si elle est bien exprimée; mais entre plusieurs manières également justes d'exprimer le même fond de pensée, il peut y en avoir de plus agréables les unes que les autres; & c'est de cet agrément qui naît du tour & de la manière de dire chaque chose, qu'il est quelquefois difficile de rendre raison. Un ouvrage peut faire dire de son Auteur, qu'il est homme de beaucoup d'esprit, un grand esprit même, sans faire dire qu'il est un bel esprit. C'est proprement à cette derniere sorte de réputation que tendent les Auteurs des ouvrages d'agrément. L'Académie Françoise, composée en grande partie de cette espèce d'Ecrivains, fut nommée dans ses commencemens, *l'Académie des beaux esprits*. Ce nom est fort juste; il marque le principal objet de cette société littéraire; & il la caractérise plus précisément que le nom d'*Académie Françoise*, mais peut-être n'est-il pas assez noble. Il y a long-tems que le titre de bel esprit est presque devenu une injure. Plusieurs méprisent le bel esprit, & tout ce qu'il peut produire. Un ouvrage est assez agréable pour eux, dès qu'il est judicieux & solide ; il est assez beau, s'il est bon. Il y a pourtant bien de la différence entre un bon ouvrage, un excellent ouvrage même; & un bel

ouvrage ; & pour éclaircir ma penfée par quelques exemples, pris en
différens fiécles, je dirois volontiers
que les ouvrages de *Quintilien*, de
Charron, de M. l'Abbé *Fleury*, font
très - bons, font excellens ; & que
ceux de *Ciceron*, de *Montaigne*, de M.
Bossuet, font très-beaux. Il y a quelque chose de commun à tous ces ouvrages, par où ils méritent d'être
appellés *bons*, je veux dire, la vérité
des pensées, & jusqu'à un certain
point l'exactitude, la justesse, & les
autres qualités du style. Mais en même tems il y a quelque chose dans
ceux que j'ai appellés *beaux*, qui
manque aux autres, & par où ils leur
font bien supérieurs. Les Auteurs des
premiers, étoient des hommes très-
fensés, de très-bons esprits. Les Auteurs des seconds étoient de plus des
hommes de génie & d'imagination ;
& il n'appartient qu'aux Ecrivains
de ce caractère de faire de beaux ouvrages. Un bel ouvrage, un ouvrage

agréable, c'est proprement celui dans
lequel on sent du génie & de l'imagination. Si toutes les pensées n'en
sont pas exactement vraies, si toutes
les expressions n'en sont pas parfaitement justes, l'effet du génie & de
l'imagination qui brillent dans tout
l'ouvrage, est d'empêcher le Lecteur de s'en appercevoir, & de lui
causer un plaisir vif, de le tenir toujours dans une admiration, qui ne
lui permettent pas de songer à reprendre des fautes si habilement cou-
vertes, ou si heureusement réparées.
Ce qui manque au *bon* est compensé
par le *beau.* Mais je n'entens pas seulement par imagination, cette cha-
leur & cet enthousiasme nécessaires
pour la grande éloquence, ou pour
la grande Poësie. Une imagination
moins vive & moins forte que délicate & gracieuse, par exemple, celle
de M. de *Fontenelle*, est aussi la source d'une infinité d'agrémens. Témoin
encore les ouvrages, les lettres, &

fur-tout la conversation des femmes
d'esprit.

I V.

Platon compare la Rhétorique à
l'art de la cuisine. On pourroit, en
suivant son idée, comparer un ouvrage sensé & ingénieux, un ouvrage bon & beau, à une bonne viande mise en ragoût par un habile cui-
sinier (Qu'on me permette les termes propres, les termes figurés, où
les périphrases affoibliroient ma pensée) Je demande donc à M. *Despréaux*
pourquoi tel ouvrage lui plaît ? Il
me répond que c'est *principalement*
parce qu'il ne lui *présente que des pen-*
sées vraies & des expressions justes. C'est
comme si quelqu'un que je verrois
manger d'un ragoût avec plaisir, &
à qui je demanderois pourquoi il
trouve ce ragoût bon, me répon-
doit que c'est *principalement* parce que
la viande en est bonne & cuite à
propos. On sent tout-d'un-coup que

c'eſt-là préciſément la réponſe de M.
Deſpréaux. Je laiſſe au Lecteur à ſui-
vre la comparaiſon de l'art de la cui-
ſine avec l'art d'écrire ; elle eſt très-
propre à éclaircir la matière dont il
s'agit. Mais peut-être n'eſt-elle pas
aſſez noble pour être détaillée.

V.

Pluſieurs des plus belles penſées
de M. *Flechier*, de M. de *la Bruyere*,
de M. *Deſpréaux* lui-même, dépouil-
lées de leurs ornemens, & exprimées
d'une manière juſte, mais ſimple &
ordinaire, ceſſeroient de paroître
belles ; & pour tout dire, ce ne ſeroient plus les mêmes penſées ; ce
ſeroit ſeulement le même fond de
penſée ; & ce fond n'eſt ſouvent
qu'une idée fort commune. Il ſeroit
aiſé de le prouver par des exemples ;
mais c'eſt encore une choſe qu'il vaut
mieux laiſſer faire au lecteur.

VI.

VI.

Comme par rapport aux penſées il y a vérité & vérité, de même par rapport aux expreſſions, il y a juſteſſe & juſteſſe. Il y a une vérité & une juſteſſe qui plaiſent ; il y a une vérité & une juſteſſe qui ne plaiſent point, & avec leſquelles on eſt à l'abri de la cenſure, ſans pourtant mériter de louange. Il ne faut donc pas dire que la beauté des Ouvrages d'eſprit *conſiſte à ne préſenter au Lecteur que des penſées vraies & des expreſſions juſtes ;* il faut dire ſeulement que c'eſt la premiere condition d'un bel ouvrage. Il ne faut pas dire *qu'une penſée n'eſt belle qu'en ce qu'elle eſt vraie,* qu'une expreſſion n'eſt belle qu'en ce qu'elle eſt juſte ; il faut dire qu'une penſée n'eſt belle que lorſqu'elle eſt vraie, & qu'une expreſſion n'eſt belle que lorſqu'elle eſt juſte. C'eſt tout ce qu'on peut accorder à M. Deſpréaux.

Tome II.   L

VII.

Il cite le mot fameux de *Louis XII*
à ceux de ses Ministres qui lui conseil-
lent de faire mourir plusieurs personnes, qui sous le règne précédent,
& lorsqu'il n'étoit encore que Duc
d'*Orléans*, avoient pris à tâche de le
desservir. Un Roi de France, leur
répondit-il, ne venge point les injures d'un Duc d'Orléans. D'où vient,
ajoute M. *Despréaux*, *que ce mot frappe*
d'abord ? N'est-il pas aisé de voir que c'est
parce qu'il présente aux yeux une vérité
que tout le monde sent, & qu'il dit mieux
que tous les plus beaux Discours de mo-
rale : Qu'un grand Prince, lorsqu'il est une
fois sur le trône, ne doit plus agir par
des mouvemens particuliers, ni avoir
d'autre vûe que la gloire & le bien de son
Etat.

Je demande à mon tour, d'où vient
que le mot de *Louis XII* plaît beaucoup plus que la maxime qui en est
comme le principe & la paraphrase ?

Si le bon mot présente aux yeux une vérité que tout le monde sent, la maxime la présente aussi, & avec les expressions les plus justes. Cependant ce mot *dit mieux cette vérité que tous les plus beaux Discours de morale.* Et pourquoi la dit-il mieux ? Voilà ce qu'il s'agit de sçavoir. Mais M. *Despréaux* ne nous l'apprend point. Il remarque seulement que ce mot contient une vérité sans laquelle il ne plairoit pas, ou du moins ne devroit pas plaire.

L'Auteur *des Agrémens du langage réduits à leurs principes* *, un des meilleurs ouvrages qu'ait produit l'esprit Philosophique appliqué aux belles-Lettres, l'Auteur, dis-je, de ce livre donne la vraie raison du plaisir que fait cette réponse de *Louis XII.* *La duplicité des personnes qu'elle suppose dans une seule,* dit-il, *cause à l'esprit une sorte de surprise qui le rend plus attentif à la vérité qu'on lui présente.*

* M. de Gamáches, de l'Académie des Sciences.

L ij

Cette surprise naît de l'apparence
de fausseté qu'il y a à supposer deux
personnes dans une seule. Ainsi le mot
de *Louis XII* plaît, & par la vérité
qu'il renferme, & par cette espèce de
fausseté qu'il présente, que *Louis XII,*
Roi de France, n'étoit pas le même
homme qui avoit été auparavant *Duc
d'Orléans*, & qu'ainsi les injures faites
au *Duc*, ne regardoient point le *Roi.*
J'avoue que cette espèce de fausseté
n'auroit rien d'agréable, sans la vérité où elle mène; mais cette vérité
toute simple, n'auroit non plus rien
de piquant & de frappant. C'est le tour
qui fait valoir la pensée; c'est principalement par le tour qu'elle est
belle. La preuve de ce que je dis après
l'auteur que je viens de citer, c'est
que toute vérité exprimée de la même manière, en doublant, pour
ainsi dire, un sujet simple, & en le
distinguant de lui-même, nous plaira
toujours. Par exemple, la prétendue
réponse d'un Paysan à un Electeur

Ecclésiastique, qui prétendoit justifier sur sa qualité de Prince temporel un faste peu digne d'un Prélat ; *si M. l'Archevêque est damné, que deviendra M. l'Electeur ?* Ce mot, dis-je, est absolument de la même espèce que le mot de *Louis XII* ; c'est le même tour dans l'un & dans l'autre. Le mot de *Louis XII* est un beau mot, & la réponse du Paysan est un mot plaisant, quoique ce qu'elle exprime, soit dans le fond très-serieux. Mais le même tour peut être employé en différens genres ; &, selon les sujets & les occasions, il fait tantôt une pensée simplement agréable, & tantôt une pensée sublime. M. *Fléchier* a dit en parlant de *Louis XIV.*

> *Son ame est au-dessus de sa Grandeur*
>   *suprême ;*
>
> *La vertu brille en lui plus que le Dia-*
>   *dême ;*
>
> *Et quoiqu'un vaste Etat soit soumis à sa*
>   *Loi,*

L iij

Le Héros en Louis est plus grand que le
Roi.

Le Roi & le Héros, dit l'Auteur des
*Agrémens du langage, se confondent dans
la même personne, & ne font réellement
qu'un seul homme. Cependant cela n'empêche pas que le Poëte ne les distingue.
Aussi est-ce par cette distinction qu'il donne du tour à ce qu'il dit.* Mais peut-être
que ce tour commence à être un peu
usé. On a fait mille fois ces sortes
d'oppositions.

Je conviens, dit l'Auteur des *Agrémens, &c. qu'il y a quelque chose d'ingénieux dans la Réflexion de M. Despréaux.*

Si la Critique doit toujours être
polie, c'est sur-tout lorsqu'elle s'a-
dresse à des Auteurs du mérite & de la
réputation de M. *Despréaux.* On leur
doit toutes sortes d'égards ; & ces
égards consistent, non - seulement à
leur donner les louanges qu'ils ont
méritées par leurs talens, mais encore

à louer ce qu'il peut y avoir de bon
dans les endroits mêmes qui font l'objet de la critique. Il eſt rare que ces
grands hommes faſſent de pures fautes, & qu'on n'ait pas ſujet de les
louer dans le tems même qu'on a
droit de les reprendre. Mais j'avoue
que je ne ſens pas ce qu'il y a *d'ingénieux* dans la Réflexion de M. *Deſpréaux* * Qui eſt-ce qui n'eſt pas capable de faire une pareille remarque?
Et y a-t-il quelqu'un, qui, lorſqu'il
eſt frappé d'un bon mot, ce qui ſup-

* Les Journaliſtes de Trévoux [Septembre 1703,]
faiſant l'extrait de la premiere édition des Œuvres de
M. D. dans laquelle on ait mis au bas des pages les vers
imités des Anciens, après avoir parlé de ces imitations
viennent à la Préface, & diſent, » Puiſque nous avons
» cette Préface devant les yeux, nous ne pouvons
» nous diſpenſer d'en tranſcrire ici quelques traits qui
» nous ont frappés. Rien entr'autres n'eſt plus *ſpirituel*
» que ce que dit l'Auteur quand il veut expliquer en
» quoi conſiſte l'agrément & le ſel d'un ouvrage d'eſ-
» prit excellent. *C'eſt, dit-il, dans des penſées vraies &
» dans des expreſſions juſtes, &c.*
    L'ironie eſt viſible, d'autant plus que tout l'extrait
eſt malin. Auſſi piqua-t-il beaucoup M. D. & ce fut
l'occaſion de pluſieurs Epigrammes, tant de ſa part que
de celle des Jéſuites. Tout le monde les connoît

L iv

pofe qu'il l'entend, ne puiffe l'exprimer en d'autres termes, ou du
moins marquer en général la penfée
& l'intention de celui qui l'a dit ?
Si tous ceux qui lifent, ou à qui on
rapporte la réponfe fameufe de *Louis
XII*, ne remontent pas jufqu'à cette
vérité générale : *Qu'un grand Prince,
lorfqu'il eft une fois fur le Trône, ne doit
plus agir par des mouvemens particuliers,
&c.* il n'y a du moins perfonne qui
ne comprenne que *Louis XII* a voulu
dire qu'il étoit au-deffous de lui de
fe venger, depuis qu'il étoit devenu
Roi.

De plus, l'Auteur des *Agrémens*
fait entendre que M. *Defpréaux* &
lui ont donné deux raifons différentes de l'agrément du mot de *Louis XII*.
Mais M. *Defpréaux* n'a point donné
de raifon ; car l'agrément de ce mot
confifle dans la manière fine & nouvelle, avec laquelle il préfente une
penfée fimple & commune. *Un bon
mot n'eft bon mot*, dit M. *D.* qu'en ce

qu'il dit une chofe que chacun penfoit, &
qu'il le dit d'une manière fine & nouvelle.
Il falloit donc montrer en quoi confifte la fineffe & la nouveauté de cette
manière ; c'eft ce que tout le monde
ne voit pas ; & M. *D.* ne l'a point
montré.

Quant à rendre pour raifon de l'a-
grément du mot de *Louis XII,* le fens
qu'il préfente à l'efprit, il eût été
mieux de dire que ce mot plaît, parce qu'il exprime un fentiment noble
& généreux, que d'attribuer ce plaifir à la maxime générale qu'on en
peut tirer ; maxime très-fenfée à la
vérité, mais peu capable de plaire
par elle-même. Les fentimens plaifent beaucoup plus que les fenten-
ces ou les penfées, du moins au
grand nombre. De-là ce précepte des
Maîtres de l'art par rapport aux ouvrages dramatiques, qu'il faut, autant
qu'il eft poffible, tourner les maximes en fentimens, & éviter les maximes formelles. Or la réponfe de

Louis XII est l'expression d'un beau sentiment ; car il est grand de pardonner, quand on pourroit se venger. Elle ne présente pas à l'esprit une simple vérité, d'ailleurs assez commune ; mais elle nous fait voir un Souverain pénétré de cette vérité, & agissant en conséquence ; ce qui n'est pas commun.

Cependant ce n'est point encore en cela que consiste toute la beauté de cette réponse. *Louis XII* pouvoit dire à ceux qui l'excitoient à la vengeance : *Qu'un Prince, lorsqu'il est une fois sur le Trône, ne doit plus agir par des mouvemens particuliers, ni avoir d'autre vûe, &c.* & il auroit débité une belle sentence. Il pouvoit témoigner qu'il étoit dans les dispositions que prescrit cette maxime, en disant par exemple : *Cette vengeance que vous me conseillez, je la crois indigne de moi*, ou quelque chose de semblable ; & il auroit exprimé un beau sentiment. Mais, en répondant *qu'un Roi de Fran-*

Ce ne venge point les injures d'un Duc d'Or-
léans, il a dit, en même tems un beau
mot & un bon mot ; & ce tour ba-
din qui pourroit d'abord paroître
peu proportionné à la nobleſſe du
ſentiment qui fait le fond de la réponſe, y ajoute une nouvelle beauté, non-ſeulement parce qu'il eſt ingénieux, mais encore parce que *Louis*
XII, en ne daignant pas réfuter ſé-
rieuſement les conſeils de ſes Miniſ-
tres, faiſoit voir que la clémence &
la bonté étoient en lui des vertus naturelles ; qu'il les poſſédoit dans le
degré le plus éminent, & que, pour
pardonner, il ne lui en coûtoit aucun
de ces efforts qui prouvent autant
la force de la paſſion, que celle de
la vertu qui la ſurmonte. Ainſi cette
fameuſe réponſe eſt d'autant plus un
beau mot, qu'elle eſt en même tems
un bon mot.

Tel, eſt auſſi pour le remarquer en
paſſant, le mot célèbre de *Titus. Mes*
amis, j'ai perdu ma journée. Il renferme

de tout ; du badinage, du sentiment, & même de l'esprit. 'Cest cette réu- nion qui l'a rendu immortel.

VIII.

L'esprit de l'homme est naturellement plein d'un nombre infini d'idées confuses du vrai , que souvent il n'entrevoit qu'à demi ; & rien ne lui est plus agréable, que lorsqu'on lui offre quelqu'une de ces idées bien éclaircies , & mises dans un beau jour.

La maxime morale & politique que M. *D.* compare au bon mot de *Louis XII*, contient une vérité bien éclair- cie & mise dans tout son jour. Mais comme cette vérité est assez claire d'elle-même, le bon mot qui la pré- sente d'une manière enveloppée & indirecte, fait beaucoup plus de plai- sir que la maxime.

M. *Despréaux* , dans les paroles que je viens de citer, a bien marqué le caractère des ouvrages dogmatiques, des ouvrages d'instruction ; mais el-

les ne fuffiroient pas pour expliquer
la nature des ouvrages d'efprit proprement dits , & pour rendre raifon
de l'agrément de ce qu'on appelle
une penfée ingénieufe, ou un bon
mot.

I X.

Qu'eft-ce qu'une penfée neuve , brillante, extraordinaire ? Ce n'eft point, comme fe le perfuadent les ignorans , une penfée que perfonne n'a jamais eue ni dû
avoir ; c'eft au contraire une penfée qui
a dû venir à tout le monde , & que quelqu'un s'avife le premier d'exprimer.

On eft peut-être furpris de trouver
ici le mot d'*extraordinaire*. Il me femble que ce mot, quand on le dit d'u-
ne penfée, ne fe peut prendre qu'en
mauvaife part. Une penfée extraordinaire eft une penfée bizarre & vi-
cieufement fingulière, *une penfée que
perfonne n'a dû avoir.* M. *Defpréaux* veut
pourtant parler d'une belle penfée.
Mais il a cru le mot d'*extraordinaire*

suffisamment déterminé par ceux *de neuve* & de *brillante* qui les précédent ; & en effet on entend bien ce que M. *Despréaux* veut dire. Je ne marrête donc point à cela ; mais je demande où font les *ignorans* qui se persuadent qu'une pensée neuve & belle, (car il s'agit ici de belles pensées) soit celle que *personne n'a dû avoir ?* Il n'y en a point d'assez *ignorans* pour cela. Une pensée que personne n'a dû avoir, est une pensée fausse, & même une pensée extravagante. Or tout le monde convient en général qu'une pensée, pour être belle, doit être vraie, quoiqu'il arrive quelquefois à des gens d'esprit même, d'être éblouis de l'éclat d'une fausse pensée, & de se laisser séduire par une apparence de vérité. Mais le plus souvent ils sentent bien le faux de cette pensée, & ils n'approuvent que la manière ingénieuse dont elle est rendue. Quelques-uns font gloire d'être plus sévères, de n'aimer que la parfaite justesfe, & de ne connoître aucune forte de beauté où ils apperçoivent du faux. Ils ont tort ; car il faut tout voir & tout fentir. Une penfée fauffe peut être exprimée avec beaucoup d'efprit. J'avoue que c'eft de l'efprit mal employé ; mais enfin c'eft toujours de l'efprit. Il faut donc dans ces occafions condamner & approuver tout enfemble ; condamner le fond de la penfée, & approuver le tour qu'on lui a donné.

Il y a plus encore. Telle penfée fauffe eft ingénieufe en elle-même, & indépendamment de la manière dont elle eft exprimée. Elle n'a pu venir qu'à un homme d'efprit.

Enfin, ce qui paroît beau, l'eft prefque toujours un peu.

X.

Qu'eft-ce qu'une penfée neuve ?....Ce n'eft point, comme fe le perfuadent les igno-rans, une penfée que perfonne n'a jamais eue.

Les *ignorans* ont raison de croire qu'une pensée qu'ils rencontrent dans un ouvrage, n'est point neuve, lorsqu'ils sçavent qu'elle est déja venue à quelqu'un, & même qu'elle se trouve dans quelqu'ouvrage antérieur. A la vérité celui qui emploie cette pensée après un autre, peut l'avoir véritablement inventée ; il peut ignorer qu'elle est ailleurs ; & en ce cas elle est neuve pour lui, & pour ceux de ses Lecteurs qui ne la connoissent point ; mais elle ne l'est pas en elle-même.

Les *ignorans* ont encore raison de croire qu'une pensée que personne n'a jamais eue, ou du moins qu'on ne trouve nulle part, est une pensée neuve, & qu'un ouvrage qui contiendroit beaucoup de pensées de cette espèce, seroit un ouvrage très-estimable, pourvû que ces pensées fussent vraies ; mais ils sçavent bien aussi que ces sortes de pensées sont assez rares. Peut-être néanmoins les croient

croient-ils plus rares qu'elles ne le
font. On a bien trouvé du nouveau,
depuis qu'on dit qu'il eft impoffible d'en trouver. Les uns l'ont dit,
parce qu'ils fçavoient bien qu'il n'y
en avoit guères dans leurs ouvrages ;
& les autres moins intéreffés à le dire,
ont parlé comme les premiers, pour
mieux faire valoir ce qu'ils ont en
effet inventé de nouveau. C'eft une
grande gloire, & qui devient plus
grande de jour en jour, à mefure que
les Livres fe multiplient, de trouver
de nouvelles penfées : c'en eft une
auffi de trouver de nouveaux tours,
& de nouvelles manières de dire une
même chofe ; car les tours s'épuifent
comme les penfées. Quelques-unes
ont été retournées de tant de façons,
foit parce qu'en effet elles font très-
belles, foit parce que l'occafion de
les employer fe préfente fouvent,
qu'il feroit peut-être plus difficile
de les exprimer d'une manière nou-

Tome II.   M

velle, qu'il ne l'a été de les trouver
d'abord.

X I.

Pour combattre ce que perſonne
n'a jamais cru, qu'une penſée neuve
eſt celle *que perſonne n'a dû avoir*, *M.*
Deſpréaux ſe jette dans l'extrémité oppoſée, lorſqu'il dit, que *c'eſt au con-*
traire une penſée qui a dû venir à tout le
monde. Il eſt vrai, comme je l'ai dit,
que quelquefois une penſée très-brill-
lante n'eſt au fond qu'une idée commune, revêtue d'un tour ingénieux.
Il eſt vrai encore qu'une penſée neuve paroît quelquefois ſi naturelle,
qu'on eſt ſurpris qu'elle ſoit neuve,
& qu'on s'imagine qu'elle a dû venir à tout le monde. Mais il y a auſſi
des penſées qui annoncent & qui ca-
ractériſent un génie ſupérieur, des
penſées dont on ſent bien que tout
le monde n'eſt pas capable ; & ce ſont
ſans doute les plus belles. Les autres

nous font plaiſir; celles-ci s'attirent notre admiration : & tel Auteur a mérité, pour un petit nombre de ces penſées, d'être mis au rang des plus grands hommes.

XII.

Puiſqu'une penſée n'eſt belle qu'en ce qu'elle eſt vraie, &c.

J'ai déja remarqué qu'il ne faut pas dire *qu'une penſée n'eſt belle qu'en ce qu'elle eſt vraie,* mais qu'elle n'eſt bel-le que lorſqu'elle eſt vraie ; avec cet-te reſtriction encore qu'une penſée qui n'eſt pas vraie, peut être ingé-nieuſe, ou ingénieuſement exprimée, & par cet endroit mériter une forte d'eſtime.

Puiſqu'une penſée n'eſt belle qu'en ce qu'elle eſt vraie, & que l'effet infaillible du vrai, quand il eſt bien énoncé, c'eſt de frapper les hommes, il s'enſuit que ce qui ne frappe point les hommes, n'eſt ni beau ni vrai ; ou qu'il eſt mal énoncé.

Eſt-ce donc l'effet infaillible du

vrai de *frapper*, sinon tous les hommes, du moins le plus grand nombre des hommes ? Si cela est, d'où
vient que presque tous les hommes,
les sçavans aussi-bien que les ignorans, sont livrés à tant de préjugés
ridicules, à tant d'erreurs grossières,
quoique ces erreurs aient été com-
battues, confondues mille fois ? Les
hommes aiment le vrai, & ils s'attachent à tout ce qu'ils prennent
pour vrai. Mais la plûpart sont bien
peu habiles à le distinguer du faux,
même dans les choses les plus simples & les plus ordinaires. *Ce n'est*
pas seulement dans les sciences, dit l'Auteur *de l'Art de penser, qu'il est difficile*
de distinguer la vérité de l'erreur, mais
aussi dans la plûpart des sujets dont les
hommes parlent. Ainsi ce que dit M.
Despréaux des hommes en général,
que l'effet infaillible du vrai, c'est
de les *frapper*, ne se peut dire que
d'un petit nombre d'esprits justes &
pénétrans ; & le plus bel éloge qu'on

pût faire de quelqu'un du côté de
l'esprit, ce seroit de dire qu'il saisit
le vrai & le faux par-tout où ils sont,
& qu'il en est *frappé*.

On dira sans doute que M. *Despréaux* ne veut parler que de cette
sorte de vrai & de faux qui se rencontrent dans les ouvrages d'agrément. J'en conviens, mais il s'est encore trompé à cet égard. Il n'y a point
d'ouvrages qui donnent lieu à tant
de faux jugemens, selon l'Auteur que
je viens de citer, que ceux dont il s'a-
git ici. *Les faux jugemens*, dit M. *Nicole*, *ne sont pas si ordinaires dans les Arts,
parce que ceux qui n'y sçavent rien, s'en rapportent plus aisément au sentiment de ceux
qui y sont habiles; mais ils sont bien fréquens dans les choses qui sont de la jurif-
diction du Peuple, & dont le monde prend
la liberté de juger, comme l'éloquence, &c.*
Ces jugemens néanmoins ne sont pas
absolument faux. Tel Orateur qui
plaît au *monde*, mais que des esprits
de la trempe de celui de M. *Nicole,*

ne trouvent pas digne de toute sa réputation, ne plaît à cette multitude
que parce qu'il a véritablement du
talent. Au défaut d'un esprit juste,
il est doué d'une belle & brillante
imagination. Ses pensées ne sont pas
toujours vraies ; mais son expression
est élégante ; ses images sont vives,
& ses figures hardies. Il n'éclaire pas ;
mais il amuse, ou il émeut. Un Discours peut avoir de l'agrément ou
de la force, sans beaucoup de justesse. Ce sont trois choses essentiellement différentes, & il n'est que trop
ordinaire de les voir séparées. M.
Despréaux lui-même a des pensées
fausses & des raisonnemens peu exacts ;
mais il est admirable quant au tour
& à l'expression. Il est quelquefois
mauvais Philosophe ; mais il est presque toujours grand Poëte, sur-tout
grand versificateur ; & voilà ce qui
a fait son succès. Il en est de même
de la plûpart des Orateurs & des
Poëtes. Il ne faut pas chercher dans

leurs ouvrages une grande juſteſſe de
penſées. Comment y trouveroit-on
ce qu'ils n'ont pu y mettre ? Les
Orateurs, & fur-tout les Poëtes, ſont
gens d'imagination. Or il eſt rare,
comme on ſçait, que cette qualité
de l'eſprit ſe rencontre avec un jugement ſolide. Ce ſeroit faire injure
à un Poëte, ou à un Orateur, que
de dire de lui qu'il a plus de jugement que d'imagination. Ce ſeroit
dire qu'il n'eſt pas Poëte, qu'il n'eſt
pas Orateur. *Virgile* eſt le plus judicieux de tous les Poëtes anciens ; &,
par exemple, il l'eſt beaucoup plus
qu'*Homère*. Tout le monde s'accorde
à lui donner cette louange ; & il
ſemble d'abord qu'il n'y en a point
de plus belle. Elle éleveroit au-deſſus de tous ſes rivaux tout autre
Ecrivain qu'un Poëte ou qu'un Orateur. Cependant ceux qui ſe piquent
de ſe bien connoître en Poéſie, pré-
férent *Homère* à *Virgile*, parce que le
premier a beaucoup plus d'imagina-

tion que le second ; ils le trouvent beaucoup plus Poëte. Il en seroit de même des deux Orateurs qui l'emporteroient réciproquement l'un sur l'autre du côté de l'imagination & du jugement. En matière de Poésie & d'Eloquence, la palme sera toujours donnée à la premiere de ces qualités, préférablement à l'autre *.

XIII.

Ce défaut de vérité & de justesse dans la plûpart des ouvrages de ce genre les plus estimés, en a dégoûté de tout tems plusieurs bons esprits ; & c'est le fondement des accusations tant de fois intentées contre la Poésie & l'Eloquence. On répond que ces accusations sont injustes, parce qu'il ne faut pas confondre l'abus de l'art avec l'art même, & imputer ainsi aux arts les défauts des artisans. Mais cette réponse elle-

* *Excludit sanos helicone Poëtas*
Democritus. Horat. de art. poët.

même

même n'eſt pas juſte. Car on n'attaque pas une idée abſtraite d'Eloquence & de Poëſie ; on attaque ce qui
exiſte réellement ; on attaque la Poëſie & l'Eloquence telles qu'elles ſont
dans les ouvrages des Orateurs &
des Poëtes les plus fameux. On demande ſi ces ouvrages ne ſont pas
remplis de penſées fauſſes, ou du
moins peu ſolides ? Ceux qui les ad-
mirent le plus , ſont obligés d'en convenir. Quelques-uns même ſont al-
lés juſqu'à dire qu'il faut compter
preſque pour rien le fond des choſes
dans le vers, & conſidérer ſeulement
la manière dont elles ſont exprimées.
Delà n'a-t-on pas droit de conclure
que l'Eloquence & la Poëſie qui exiſ-
tent & qu'on connoît, ne ſont pas
fort eſtimables, ſi l'on en juge ſur
le principe, que le plus grand mérite
d'un ouvrage n'eſt pas d'être bien
écrit, mais d'être bien penſé ? On a
peut-être raiſon d'excepter de cette
régle les ouvrages de Poëſie & d'E-

loquence, & de foutenir qu'ils nous plaifent principalement par l'élocution & par le ftyle. Mais alors il n'y a plus moyen de les défendre contre leurs adverfaires; & il faut convenir que les accufations de ceux-ci font bien fondées.

XIV.

Quelqu'un, difant que M. *de la Motte* raifonnoit peut-être trop dans fes vers, mais que fouvent *Rouffeau* raifonnoit mal dans les fiens, un Amateur de la Poëfie lui répondit qu'un Poëte avoit le droit de raifonner mal, mais qu'il n'avoit pas celui de raifonner, & qu'ainfi le plus grand tort étoit du côté de M. *de la Motte.*

Si les Poëtes n'ont pas le droit de raifonner, n'eft-ce point plutôt à caufe de leur forte d'efprit, qu'à caufe de la nature de la Poëfie? Eft-ce la Poëfie qui n'admet pas le raifonnement, ou les Poëtes qui en font

peu capables ? En un mot, n'est-ce
point parce que les Poëtes raison-
neroient mal, qu'on ne veut pas
qu'ils raisonnent ?

DE LA POLITESSE.

I.

Politesse est un terme métapho-
rique & emprunté de la matière,
comme la plûpart de ceux dont nous
nous servons pour exprimer tout ce
qui a rapport à l'esprit. La politesse
est à l'ame ce que le *poli*, ou, comme disent les Artistes, le *poliment* est
à certains corps, aux pierres, aux
métaux, &c.

La politesse consiste à ne rien faire & à ne rien dire qui puisse déplaire
aux autres ; à faire & à dire tout ce
qui peut leur plaire ; & cela avec des
manières & une façon de s'exprimer
qui aient quelque chose de noble,
d'aisé, de fin & de délicat.

N ij

Il faut donc considérer dans la politesse, & le fond des choses, & la
manière de les dire & de les faire.

Cette manière est ce qui caractérise proprement la politesse. Un homme auroit beau être obligeant, ser-
viable, complaisant ; sans une certaine manière de l'être, il ne passeroit que pour un honnête homme,
un bon homme, & point du tout
pour un homme poli. Il faut même
distinguer la politesse de la civilité.
Etre poli dit plus qu'être civil.

L'homme poli est nécessairement
civil ; mais l'homme simplement civil n'est pas encore poli. Il ne passera
point pour tel auprès des connoisseurs ; & on ne doit point l'appeller *poli*, à prendre ce terme dans
toute l'étendue de sa signification.
La politesse suppose la civilité, mais
elle y ajoute. Celle-ci regarde principalement le fond des choses; l'autre, comme je l'ai déja observé, la
manière de les dire & de les faire.

A la vérité, on ne parle pas ordinairement dans la conversation avec cette scrupuleuse précision, il y auroit même du ridicule à l'affecter ; ce seroit une sorte de pédanterie. Cependant il y a des occasions de l'employer. Par exemple, on louera quelqu'un d'être poli. Un autre répliquera : *C'est un peu trop dire ; M.*** n'est pas poli, il n'est que civil.* Certainement on l'entendra. Si son jugement est vrai, on le trouvera bien exprimé, & ceux même qui n'y avoient pas fait réflexion jusqu'alors, sentiront que ces deux mots, *civil & poli*, ne sont pas synonimes, & que l'un signifie plus que l'autre, ou même signifie toute autre chose. La civilité nous fait rendre à chacun ce qui lui est dû, & témoigner aux autres, selon ce qu'ils sont à notre égard, de la bonté, de l'amitié, de l'estime, de la considération, du respect. La politesse proprement dite est une manière agréable & délicate d'agir & de

N iij

parler. C'eſt ce que les *Romains* ap-
pelloient , *urbanitas* , *morum elegantia.*
Ce mot d'*urbanité* qu'on vouloit introduire dans notre langue, n'a point
paſſé, parce que nous avons celui de
politeſſe qui lui répond parfaitement.
On pourroit croire que le mot de
civilité ſignifie préciſément la même
choſe que celui d'*urbanité*, ſi l'on
n'avoit égard qu'à ſon étymologie ;
mais l'uſage lui donne une ſignifica-
tion moins étendue. Un homme du
peuple, un payſan, peuvent être civils ; mais il n'y a qu'un homme du
monde qui puiſſe être poli. Ainſi les
termes de politeſſe & de civilité expriment plutôt des qualités différentes, que les différens degrés d'une
même qualité.

I I.

Comme on appelle l'eſprit, *raiſon aſſaiſonnée*, on pourroit appeller
la politeſſe, *bonté aſſaiſonnée.* La politeſſe eſt au bon cœur, ou au bon ca-

ractère, ce que l'eſprit eſt au bon
ſens. L'eſprit, la politeſſe, ſont je
ne ſçai quoi de fin, de délicat; &,
ſi cela ſe peut dire, de bon goût,
ajoutez l'un à la raiſon, l'autre à la
bonté.

Mais comme le grand uſage du
monde donne ſouvent une apparence
d'eſprit à des perſonnes qui au fond
en ont très-peu, de même & plus
ſouvent encore il donne une apparence de bonté à des gens qui ſont
en effet très - méchans & très-durs.
Leur politeſſe n'eſt que *dureté aſſai-*
ſonnée, comme l'eſprit des autres n'eſt
que *ſottiſe aſſaiſonnée*. Elle n'eſt qu'une
parure & qu'un bon air. Elle eſt vanité, & non bienfaiſance; amour propre, & non amour des hommes;
vice, & non vertu.

III.

Il y a beaucoup d'arbitraire dans
la politeſſe, dans la manière de dire
& de faire les choſes, de témoigner

aux autres les difpofitions avanta-
geufes où l'on eft à leur égard, de
leur marquer du refpect, de l'eftime, de l'amitié. Ainfi elle varie felon
les différentes Nations. L'ufage du
monde peut feul la faire bien connoître & y former. L'inftruction la
plus étendue n'apprend pas tout, parce qu'elle ne fçauroit tout exprimer;
à plus forte raifon ne met-elle pas
en état d'agir. Il y a donc bien loin
de la politeffe fpéculative à la politeffe pratique. Tout ce qui confifte
en action, ne s'apprend bien que par
l'action même.

IV.

Il y a des perfonnes qui font peu
polies dans le centre de la politeffe,
à la Cour même. Comme les qualités naturelles ne fuffifent pas, fans
l'ufage du monde, pour acquérir la
politeffe; de même l'ufage du monde ne fuffit pas toujours fans ces
qualités, du moins fi on a dans un

certain degré les défauts contraires. Ces qualités font de la bonté
& de la douceur dans le caractère ;
de la fineffe de fentiment pour dif-
cerner promptement ce qui convient,
eu égard aux circonftances où l'on
fe trouve ; de l'égalité dans l'humeur,
ou du moins beaucoup de pouvoir
fur foi-même, pour que l'inégalité
ne paroiffe pas ; enfin une grande
facilité d'entrer dans toutes les difpofitions, de prendre tous les fentimens qu'exige l'occafion préfente,
ou du moins de les feindre.

Mais il eft très-difficile de feindre
& de diffimuler. L'homme eft naturellement fincére ; il aime à dire ce
qu'il penfe, à témoigner ce qu'il fent.
Cette difpofition, quoique louable
en elle-même, eft un grand obftacle
à la politeffe, qui, comme je l'ai dit,
prefcrit de ne rien faire & de ne rien
dire qui puiffe déplaire aux autres ;
d'où il s'enfuit qu'il ne faut pas dire
tout ce qu'on penfe, ni faire tout

ce qu'on voudroit, lors même qu'on
ne penfe, ou qu'on ne veut que des
chofes raifonnables.

Une grande partie des fautes qu'on
commet contre la politeffe, vient
de trop de fincérité & de franchife,
de ce qu'on ne fçait point fe contraindre pour agir & pour parler comme la politeffe l'exigeroit, ou du
moins pour fe taire. Ainfi la parfaite
probité peut quelquefois être un obftacle à la politeffe, parce qu'elle
porte à la fincérité. C'eft un honnête homme, dit-on de quelqu'un,
un homme d'efprit, & même dans
le fond un bon homme; mais il eft
trop vrai, & trop fincère. Cet honnête homme, homme d'efprit, voit
& entend mille chofes qui le choquent, malgré la douceur de fon caractere; & il témoigne trop naturellement fon impreffion. Lorfqu'on
a l'efprit jufte & le cœur bien fait,
on n'a prefque rien à déguifer, ou
à taire avec fes pareils; ils feroient

même offenſés d'une conduite moins franche & moins ſincère. Mais ne vit-on qu'avec de tels pareils, & plu-tôt où les trouve-t-on ? Plus on a de diſcernement dans l'eſprit, & , ſi cela ſe peut dire, dans le cœur, plus on rencontre dans le commerce du monde d'occaſion de diſſimuler.

Cependant le penchant à la ſin-cérité eſt fort commun. Le monde, à la vérité, eſt rempli de trompeurs, de fourbes ; mais ils ne ſont pas nés tels pour la plûpart ; ils le ſont de-venus. Ils ſont nés avec les paſſions qui les obligent à ſe déguiſer, pour les mieux ſatisfaire ; mais en même tems ils ſont nés avec le penchant à agir ouvertement, à ſe montrer tels qu'ils ſont. L'expérience leur en a fait voir les inconvéniens ; & il leur a fallu bien des efforts pour le ſur-monter, le modérer du moins, & le régler. J'en appelle aux plus ha-billes dans l'art de diſſimuler & de feindre. Ici ſur-tout ſe vérifie la maxime, que l'habitude ne détruit jamais la nature. La diffimulation conftante eft un état violent, une efpèce d'efclavage auquel on ne s'accoutume point. Elle coûte plus ou moins, felon qu'on s'y eft plus ou moins exercé, & à proportion des intérêts qui engagent à la pratiquer ; mais elle coûte toujours ; elle ne cefe jamais d'être une contrainte ; & même cette contrainte imparfaite eft prefque toujours un peu apperçue*.

L'homme du monde qui a pouffé le plus loin la diffimulation & même le déguifement, le Pape *Sixte-Quint*, étoit né avec le caractère le plus oppofé à l'une & à l'autre. La première partie de fa vie offre une foule de traits d'une vivacité imprudente & d'une fincérité indifcrette. Sa jeuneffe, fon enfance même annoncerent l'homme d'un génie fupérieur, le grand homme, l'habile politique,

---

* *Nec fimulatum poteft quidquam effe diuturnum.* Cic. de Off. L. 2.

l'homme rusé & artificieux, n'a-voient point été prévus. Il trompa d'autant mieux qu'on l'avoit vu moins capable de tromper. Quelle fut la cause d'un si grand change-ment ? L'ambition, c'est-à-dire, la plus forte de toutes les passions. Elle ne le changea néanmoins que par degrés.

On ne se bornera pas à accuser la sincérité d'impolitesse ou d'impru-dence. Comme il y a d'ordinaire plus de mal que de bien à dire des hom-mes, comme il y a une infinité d'oc-casions de les contredire avec jus-tice, soit dans leurs opinions, soit dans leurs passions, celui qui leur parleroit toujours avec une entière sincérité, passeroit pour méchant.

Quand on ne peut s'empêcher de parler comme on pense, il vaut mieux s'exclure du monde. On y seroit nécessairement malheureux, ou par la violence continuelle qu'il faudroit se faire, ou par la haine qu'on s'attireroit.

V.

Il eſt difficile d'être poli avec ceux qui ne nous plaiſent pas ; & le malheur des gens d'eſprit eſt que très-peu de gens leur plaiſent. Plus on a d'eſprit, plus on apperçoit de défauts dans les autres. D'ailleurs les gens d'eſprit ont de la peine à s'aſſujettir à une infinité de petites formalités, qui font néanmoins partie de la politeſſe. Il eſt donc plus difficile d'être poli lorſqu'on a beaucoup d'eſprit, que lorſqu'on n'en a que médiocrement. Mais quand un homme d'eſprit eſt poli, il l'eſt plus qu'un autre, & d'une manière plus agréable. Tout eſt pour lui une occaſion de dire des choſes polies ; & le tour ingénieux qu'il leur donne, les rend encore plus flatteuſes ; pourvû néanmoins qu'on ne ſe défie pas de ſa ſincérité. Quelquefois une louange toute ſimple, groſſière même, nous flatte plus qu'une louange fine & dé-

licate ; elle a l'air plus vrai. Je soup-
çonne ceux qui me louent avec tant
d'esprit, de ne vouloir que montrer de l'esprit , & de chercher plutôt à s'attirer mon estime, qu'à me
prouver la leur. La vanité n'est point
flattée de ce que la vanité seule a
fait dire.

Plus on a d'esprit , plus il est important de n'oublier jamais que l'u-
sage le plus utile qu'on puisse en
faire par rapport à la politesse, n'est
pas de tourner ingénieusement ce
qu'on dit de poli, mais de choisir
finement & de saisir promptement ,
sans affectation & sans fadeur, les
occasions de le dire.

Cette politesse ingénieuse est très-
rare ; mais il suffit d'avoir du bon
sens, un bon caractère, & l'usage du
monde, pour acquérir l'essentiel de
la politesse. C'est ce qu'on remarque
dans quelques personnes, qui, avec
peu d'esprit, ne laissent pas de plaire
à ceux mêmes qui en ont le plus,

& qui aiment le plus à en trouver
dans les autres.

V I.

Il y a une impoliteſſe de malignité, & une impoliteſſe de ruſticité,
de groſſiéreté. Celle-ci eſt l'impoliteſſe proprement dite; & il me ſemble qu'il faudroit lui en réſerver le
nom. Quoiqu'un homme malin &
cauſtique ſoit impoli dans un ſens,
puiſqu'il offenſe par ſes diſcours, je
ne voudrois pas me ſervir de ce terme à ſon égard, parce qu'il ne lui
convient pas dans toute ſon étendue. L'uſage contraire eſt néanmoius
aſſez général ; mais c'eſt la malignité
même, ou ſi l'on veut, une juſte vengeance, qui l'a établi. On ſe ſert du
terme d'impoli plutôt que de celui
de malin, parce qu'il dit plus. On
inſpire du mépris pour celui qu'on
traite d'impoli; on n'inſpireroit que
de la haine pour celui qu'on traite-
roit de malin ; & même on n'en inſpireroit

pireroit pas toujours. Pour haïr véritablement un homme malin, il faut
ordinairement avoir été l'objet de ſa
malignité ; au lieu qu'un homme impoli eſt toujours mépriſé de ceux qui
le croient tel, n'euſſent-ils jamais
eſſuyé ſes impoliteſſes. En nous ſer-
vant du mot d'impoliteſſe pour marquer une parole, ou une action qui
nous ont offenſés, nous en rejettons
toute la honte ſur l'Auteur de l'offenſe ; mais en nous plaignant d'une raillerie maligne, d'un trait ſatirique,
nous préſentons à ceux qui nous
écoutent, l'idée de notre propre déshonneur, plutôt que celle de la faute
commiſe à notre égard. Nos plain-
tes nous aviliſſent, & ne nous ven-
gent pas.

VII.

Le reproche d'impoliteſſe eſt un
des plus piquans qui ſe puiſſent faire
entre gens d'une certaine façon. C'eſt
qu'un homme qui a une certaine me-

ſure d'eſprit, un caractère raiſon-
nable, qui a été bien élevé, & qui
voit bonne compagnie, ne ſçauroit
être ce qu'on appelle proprement
impoli ; il peut être ſeulement moins
poli qu'un autre. Ainſi l'impoliteſſe
proprement dite, ſuppoſe pluſieurs
choſes très-déshonorantes.

Après la pauvreté, dit l'Auteur
de *l'Eſprit des Loix*, rien n'avilit plus
en France que le manque de politeſſe ; & le François n'eſt peut-être
la Nation la plus polie, que parce
qu'il eſt le plus vain.

VIII.

Les perſonnes extrêmement vives
ne ſont pas ordinairement fort polies. Cependant la plus extrême vivacité n'eſt pas par elle-même un
défaut déshonorant ; mais elle l'eſt
ſouvent par d'autres défauts auſquels elle eſt jointe, & dont elle eſt,
en quelque ſorte, le principe & la
cauſe.

Les perſonnes extrêmement vives ſont preſque toujours coleres, impatientes, opiniâtres, du moins pour le moment, imprudentes & indiſcrettes. Ceux qui ne les connoiſſent pas à fond, attribuent ſouvent ces défauts à une cauſe plus honteuſe que la ſimple vivacité ; ils les attribuent à orgueil, à petiteſſe d'eſprit. D'ailleurs la vivacité fait agir & parler précipitamment & ſans réflexion. Elle emporte ceux en qui elle domine, tantôt vers un objet, tantôt vers un autre, & les rend incapables de cette attention continue, ſans laquelle il eſt impoſſible qu'on ne faſſe bien des fautes contre la politeſſe. Tels ſont communément les François. *Ils ſemblent*, dit une femme de beaucoup d'eſprit, *s'être échappés des mains du Créateur au moment où il n'avoit encore aſſemblé pour leur formation, que l'air & le feu* *.

---

* Madame de Graſigny, Lettres Peruviennes.

En général les François ont peut-être moins de défauts que les autres Nations ; cependant ils font plus de fautes de toute eſpèce. C'eſt qu'ils font pour la plûpart étourdis & indiſcrets, par trop de vivacité. Or l'effet naturel de l'étourderie & de l'indiſcretion, c'eſt de multiplier les fautes.

Un jeune François a quelquefois beſoin qu'on excuſe ſon impertinence ſur ſon extravagance.

Cette vivacité qui fait faire aux François tant de fautes contre la politeſſe, eſt la ſource de leur politeſſe même, parce que c'eſt elle qui leur fait aimer la ſociété, & ſur-tout celle des femmes.

Le François eſt l'homme du monde le plus poli, quand il eſt ſage & diſcret.

Il réſulteroit une politeſſe parfaite de la réunion de la politeſſe Françoiſe & de la politeſſe Italienne.

IX.

La réputation d'homme poli est une des plus avantageuses qu'on puisse avoir dans le monde. Toute sorte de mérite ne plaît pas à tous ; mais il n'y a personne qui ne soit bien-aise de connoître un homme poli, & de se lier avec lui. La politesse est au moins l'apparence des plus excellentes vertus ; elle attire tout ensemble l'estime & l'amour.

Un homme peut avoir beaucoup de talens, de qualités & de vertus dont je n'ai que faire, & dont il n'y a pour moi ni plaisir ni profit à retirer. Mais j'ai besoin de trouver de la politesse dans tous ceux que je vois.

Elle est, dans un sens, plus importante que les qualités mêmes du cœur. On peut absolument se passer d'amis & d'amitié ; mais on ne peut se passer de société ; & il n'y a point de société sans politesse.

X.

Souvent pour vouloir être poli,
on donne dans l'affectation & dans
les façons ; ce qui est plus ridicule
& plus désagréable que la grossiéreté même *. Ainsi on peut pécher contre la vraie politesse par excès & par
défaut.

La politesse de quelques Etrangers est peut-être trop cérémonieuse
& trop apprêtée. La nôtre est quelquefois si aisée, qu'elle en est négli-
gée.

Les témoignages excessifs & trop
fréquens d'estime, de respect, &c. ne
flattent plus, ne font que gêner ceux
aufquels ils s'adressent, & par-là font
contraires à la vraie politesse, dont
le but est de plaire. C'est un grand
art de sçavoir les mesurer selon les

---

* *Si je voulois troquer ma grossiéreté pour des manières*
polies, peut-être que je deviendrois un ambigu de rustre &
d'homme agréable, sans être ni l'un ni l'autre. L'empe-
reur Julien dans le Misopogon, Traduction de M.
l'Abbé de la Bletterie.

personnes & les circonſtances. Ce qui n'eſt que devoir avec un ſupérieur, ſeroit façons avec un égal.

Les défauts qui nous choquent le plus dans les autres, ſont ceux qu'ils prennent pour des agrémens. Pendant qu'ils ſont fort contens d'euxmêmes, ils nous font pitié. C'eſt-là le vrai ridicule. Ils nous deviennent même odieux par l'orgueil qui eſt ordinairement le principe, ou du moins la ſuite de cette mépriſe. L'air affecté & précieux choque également tout le monde ; la vraie politeſſe en rit, l'impoliteſſe en murmure.

Mais le reproche d'affectation n'eſt pas toujours fondé. Un homme dont on loue la politeſſe à Paris & à la Cour, pourroit hors de-là paroître affecté. J'ai connu un Provincial, aſſez poli avant qu'il eût été à Paris, où il acheva de ſe former & de ſe défaire de tout ce qui ſentoit en lui la Province. Ses compatriotes trouverent à ſon retour qu'il s'étoit gâté ;

& qu'il n'étoit plus naturel. Il éprouva qu'on n'en eſt que mieux aux yeux de certaines gens, avec un peu de groſſiéreté. Revenez. lui dit quelqu'un, à vos premières façons; remettez-vous au niveau de ceux avec qui vous avez à vivre; & ne ſoyez pas plus poli que vous ne l'é-tiez il y a un an. Nous autres gens ſimples, nous ne portons pas les cho-ſes ſi haut. Vous avez paſſé le but à notre égard; & ſi vous continuez, vous ſerez plus ridicule ici avec vos airs de Paris, que ceux qui vous pa-roiſſent maintenant ſi groſſiers, ne le ſeroient à Paris avec leurs airs de Province.

Les Etrangers nous trouvent *ma-niérés*, & remplis d'une infinité de pe-tites affectations. Nous diſons que la France eſt le pays des bons airs & des belles manières; ils diſent qu'elle eſt le pays des airs & des manières. Ils nous paroiſſent mauſſades, & nous leur paroiſſons ridicules.

XI.

X I.

La politeſſe exigeant l'obſervation
de la bienféance , & celle-ci conſiſ-
tant en des actions, des diſcours , &
des manières où l'on ne remarque
rien qui ne réponde à ce que l'on
eſt, la politeſſe doit être différente
ſelon l'état, l'âge, le ſexe , &c. Le
violement de cette règle eſt encore
la ſource de bien des ridicules ; ils
ſuivent toujous l'indécence. Il ne
ſuffit pas que nos paroles, nos manières conviennent aux autres , il
faut encore qu'elles nous conviennent à nous - mêmes.

X I I.

La familiarité contractée par la
plus étroite & la plus ancienne amitié, ne diſpenſe pas de la politeſſe ;
& la liberté permiſe entre amis doit
toujours en être accompagnée, ſur-
tout en préſence des autres. Comme
il n'y a point de véritable amitié ſans

Tome II. P

eſtime, du moins en quelque degré
& à certains égards, deux amis ſe
doivent l'un à l'autre des marques
d'eſtime, auſſi-bien que des marques
d'amitié. On a vû des amitiés rom-
pues, ou du moins conſidérablement
altérées, parce que ſous prétexte
d'agir librement & ſans façon les uns
avec les autres, on en étoit venu
inſenſiblement à agir avec impoliteſſe.

Le grand uſage de la politeſſe avec
un ami, eſt lorſqu'il eſt queſtion de
lui dire quelque vérité utile, mais
déſagréable, de l'avertir de ſes défauts & de ſes fautes. C'eſt un des
devoirs de l'amitié ; & la politeſſe
lui aide à s'en acquitter avec ſuccès.
Elle fait reprendre ſans humilier, humilier même ſans offenſer.

XIII.

Comme la plus forte paſſion des
hommes eſt celle d'être eſtimés &
conſidérés, la politeſſe conſiſte ſur-

tout à leur témoigner de la considération & de l'estime, à ménager, à
flatter même leur amour propre. La
vanité est la source & l'assaisonne-
ment de nos plus grands plaisirs.

Sacrifier sans cesse son amour propre à celui des autres, voilà la meilleure définition qu'on puisse donner
de la politesse.

On perdra quelquefois à ce sacri-
fice, mais le plus souvent on y ga-
gnera ; & comme il n'est pas aisé de
distinguer les occasions où il y auroit
à perdre de celles où il y auroit à gagner, le plus sûr est de se faire une
règle générale de *sacrifier son amour*
propre à celui des autres.

C'est l'amour propre des autres
qui nous aime ou nous hait, nous
estime ou nous méprise, en un mot,
nous apprécie & nous juge. Tâchons
donc de le gagner. Quelle sottise de
se faire un ennemi de son juge !

P ij

XIV.

Le défaut, ou plutôt le vice le plus haïssable qu'on puisse porter dans la société, c'est un caractere méprisant. L'offense la plus sensible qu'on puisse faire aux hommes, c'est le mépris.

On peut avoir beaucoup d'amitié pour quelqu'un, sans beaucoup d'estime ; mais lui faire connoître qu'on n'a en effet que peu d'estime pour lui, c'est pécher contre l'amitié.

L'amitié n'est point offensante. Elle n'est donc point méprisante.

Une femme aimée par un homme qu'elle ne doit point aimer, a un moyen sûr de s'en défaire ; c'est de lui témoigner du mépris.

Voilà bien la preuve de notre extrême sensibilité pour le mépris, qu'il éteigne l'amour même qui résiste à tout.

XV.

Le mépris est plus ou moins piquant, selon qu'il est plus ou moins
fondé. S'il ne l'étoit point du tout,
on le mépriseroit aisément. Mais il
l'est presque toujours un peu. Par
exemple, une personne peu capable,
faute de lumière ou d'équité, d'appercevoir ce que nous avons d'estimable, ou d'en sentir le prix, nous
méprise pour un défaut que nous
avons en effet, ou pour une bonne
qualité qui nous manque, & dont elle
fait beaucoup de cas. Son mépris,
injuste peut-être à tout prendre, injuste du moins à certains égards, est
pourtant juste à d'autres. Il est rare
qu'on nous méprise en nous suppo-
sant des défauts que nous n'avons
pas, ou en assurant positivement qu'il
nous manque telles bonnes qualités
que nous avons.

XVI.

Quand je parle de flatter l'amour
propre des autres, je n'entens pas
qu'on emploie la flatterie & l'adulation *. Ces derniers mots se prennent
toujours en mauvaise part. La flatterie est essentiellement une louange
fausse en tout ou en partie ; au lieu
qu'on peut flatter par des louanges
exactement véritables. Le terme de
flatter ne signifie souvent que plaire,
parler & agir dans le dessein de se
rendre agréable. On dit, avoir des
manières flatteuses, pour dire, avoir
des manières douces & insinuantes. Il
n'est jamais permis de donner de fausses louanges ; non parce que ces
louanges pourroient inspirer de l'orgueil, mais parce qu'il n'est jamais
permis de parler contre la vérité**.

---

* *Assentatio, vitiorum adjutrix, procul amoveatur.*
Cic. de Amicit.

** *Ceux qui croient que la règle de nos discours n'est
pas simplement la vérité, mais l'utilité, tant celle des au-*

Au contraire on peut, & même on doit ſouvent donner des louanges véritables, quoiqu'elles puiſſent flatter l'orgueil & la vanité de ceux à qui on les donne. En un mot, on peut flatter l'amour propre d'autrui ſans flatterie & ſans adulation. Par exemple, lorſqu'à la faveur de quelques louanges, on fait paſſer des avis ſalutaires, une correction utile; lorſque dans la converſation, ſoit en la faiſant tomber ſur certains ſujets, ſoit par une contradiction adroite, on donne lieu aux autres de paroître & de briller, & qu'on fait valoir leur eſprit, ne *flatte*-t-on pas leur vanité? Le mot n'eſt point trop fort, & bien entendu il ne choque en rien la bonne morale *.

---

tres que la nôtre propre, pourvû néanmoins que cette utilité n'ait rien que d'honnête & de légitime, ceux-là, dis-je, vont en conſéquence juſqu'à prétendre qu'il eſt quelquefois permis de donner de fauſſes louanges, par exemple, lorſqu'il y a lieu d'eſpérer qu'elles exciteront à en mériter de véritables. Je n'oſerois pas aller ſi loin.

* Si la pratique de la civilité eſt utile pour nous, dit

Au reſte, quand on ne peut plaire qu'en employant le déguiſement & le menſonge, il faut alors renoncer à plaire. Quand la vérité & la politeſſe ſont en concurrence, & qu'on ne peut les accorder entr'elles, il faut ſacrifier la politeſſe à la vérité.

Vous n'êtes point flatteur. C'eſt peut-être par amour de la vérité, par probité, par vertu ; mais peut-être auſſi n'eſt-ce que par orgueil. Pour ſçavoir ce qui en eſt, exami-

M. *Nicole,* elle ne l'eſt pas moins pour les autres. S'ils ſont ſpirituels, l'affection qu'on leur témoigne, redouble leur charité ; & s'ils ſont charnels, elle flatte à la vérité leur amour propre, ce qui eſt un mal qui vient de leur mauvaiſe diſpoſition ; mais elle les préſerve d'un beaucoup plus grand, où ils tomberoient ſi l'on n'avoit ſoin de les ſoutenir, en leur faiſant paroître de l'affection.... Il eſt donc de la charité de les ſoutenir dans cette foibleſſe, en leur faiſant paroître qu'on les aime & qu'on les eſtime, en attendant que la charité ſuccéde à cette diſpoſition imparfaite. Traité de la Civilité Chrétienne.

Il faut nourrir l'amour propre, dit-il encore ailleurs; mais la fin de cette nourriture n'eſt pas de le faire ſubſiſter (on doit avoir au contraire pour but de le détruire,) mais d'empêcher que manquant d'alimens, il ne renverſe l'eſprit de ceux qui ſont trop foibles pour ſe ſoutenir ſans cela. Penſées diverſes.

nez - vous fur la maxime fuivante.
Lorfque c'eft par vertu qu'on ne
flatte point, on ne veut point être
flatté foi-même. Lorfque c'eft par
orgueil, on aime d'autant plus à
être flatté qu'on aime moins à flatter.

C'eft également par des vices, ou
du moins par des défauts & qu'on
pèche contre la politeffe, & qu'on
l'outre. On pèche contre la politeffe
par orgueil, dureté, humeur, &c.
ou du moins par trop de vivacité :
On outre la politeffe par intérêt,
baffeffe, fauffeté, ou du moins par
foibleffe*.

XVII.

Il ne fuffit pas de ne rien dire, &
de ne rien faire qui puiffe bleffer les

---

* *S'affranchir des règles de la civilité, n'eft-ce pas cher-cher le moyen de mettre fes défauts plus à l'aife ? La civilité vaut bien mieux à cet égard que la politeffe. La politeffe flatte les vices des autres, & la civilité nous em-pêche de mettre les nôtres au jour.* Efprit des Loix. l. 19, ch. 17.

autres; il faut encore souffrir ce qu'ils peuvent dire ou faire d'offensant, ou de moins poli. Ainsi une grande partie de la politesse consiste à souffrir l'impolitesse, & à n'y opposer que l'exemple du contraire.

Témoigner aux autres qu'ils nous offensent, c'est presque toujours les offenser.

Il est d'autant plus difficile d'être poli, qu'il y a moins de gens qui le soient véritablement.

XVIII.

Il est utile de se trouver quelquefois avec des gens impolis. Leur impolitesse déplaît; on apperçoit leurs fautes; & par-là même on n'y tombe pas. D'ailleurs rien n'est plus propre à nous confirmer, pour ainsi dire, dans la politesse, que la nécessité de la pratiquer avec des personnes impolies. Ceux qui sont polis, nous donnent des exemples de politesse; c'est un grand secours pour l'acqué-

rir. Mais ceux qui ne le font pas,
nous fourniſſent bien des occaſions
où il eſt très-difficile de l'être. Or des
occaſions fréquentes d'agir, en ſur-
montant une difficulté conſidérable,
avancent bien plus que de ſimples
exemples. La politeſſe ne s'appre-
nant bien que par l'uſage, comment
apprendra-t-on cette partie de la politeſſe, qui conſiſte à ſouffrir poliment l'impoliteſſe des autres, ſi l'on
ne ſe trouve quelquefois avec des
gens impolis ? Suppoſons un jeune
homme qui n'a encore vêcu qu'avec
des perſonnes polies, dont par conſéquent il n'a jamais reçu d'impoliteſſe. Elles lui auront dit ſans doute
qu'il n'y a jamais de raiſon légitime
de manquer à la politeſſe ; qu'il en
faut avoir avec ceux mêmes qui n'en
ont pas avec nous ; & que les fautes
d'autrui ne juſtifient point celles
qu'elles nous font faire. Belles & ju-
dicieuſes leçons ! Foibles armes contre la premiere impoliteſſe qu'on lui

fera. Il en ſera d'autant plus choqué,
qu'il eſt lui-même plus poli ; & il
ceſſera de l'être dans cette occaſion.
Mais l'uſage du monde où il ne trouvera que trop de gens impolis, lui
donnera bientôt une politeſſe plus
forte & par-là plus patiente ; une politeſſe capable de ſe ſoutenir contre
l'impoliteſſe même. La politeſſe, comme les autres vertus, ne ſe perfectionne que par les difficultés vaincues.

XIX.

Le commerce des femmes, dit-on
communément, eſt la meilleure école de politeſſe. Cela eſt vrai, non pas
tant néanmoins parce que les femmes ſont polies, que parce qu'il faut
l'être beaucoup avec elles. Il n'y a
pas tant à profiter de leur politeſſe,
que de la néceſſité d'en avoir beaucoup à leur égard, non-ſeulement
pour en être goûté, mais pour en
être ſouffert. Le mérite le plus eſſen-

tiel d'un homme auprès des femmes
sages, c'est une grande politesse.
Quelques femmes ont des amans à
qui manquent toutes les qualités qui
se peuvent nommer, l'esprit, la politesse, & même les agrémens de la
figure : très-peu sont capables de choisir pour ami un homme à qui rien
ne manqueroit du côté de l'esprit
& du cœur, mais qui n'auroit pas
ces dehors agréables, ces manières
nobles & aisées, qu'on appelle l'air
du monde.

Il est utile de voir des femmes
pour se perfectionner dans la politesse, à peu près comme il est utile de fréquenter les Grands. Les
femmes en Europe, & sur-tout en
France, sont des Grands pour les
hommes, lors même que ceux - ci
sont d'une condition supérieure à la
leur. Mais on n'a souvent avec les
Grands qu'une politesse de bienséan-
ce, une politesse forcée, où le cœur
n'a aucune part, & qui coûte à l'a-

mour propre; au lieu qu'on ne rend
aux femmes que des hommages vo-
lontaires, &, pour ainſi dire, de ſentiment. On ſe plaît à les flatter preſqu'autant qu'elles ſe plaiſent à être
flattées. Ainſi les femmes ſont pour
les hommes d'excellens maîtres de
politeſſe, parce que ce ſont des maîtres très - ſéveres & pourtant très-ai-
més.

La Nation où les hommes vivent
le plus avec les femmes, doit être
par cela ſeul la plus polie.

Quelques femmes exigent trop
des hommes en matière de politeſſe
& de complaiſance, pendant qu'elles ſont elles-mêmes très-impolies à
leur égard. Il ſemble qu'elles croient
ne leur devoir rien. De-là il arrive que
ſi votre politeſſe avec ces femmes
ne va pas juſqu'à la fadeur & à l'adulation, votre complaiſance juſqu'à la
ſervilité & la ſottiſe, elles vous accu-
ſent de manquer de l'une & de l'autre, & que vous en manquez quel-

quefois en effet, piqué de ce qu'elles en exigent trop, pendant, je le répéte, qu'elles n'en ont point du tout pour vous.

J'ai entendu des femmes définir & peindre un homme poli, comme j'aurois défini & peint un fot.

Il ne faut pas plus être poli en dupe, que joueur en dupe.

Il y a des Grands & des femmes, qui femblables à *Tibere*, ne peuvent fouffrir ni la vérité, ni la flatterie*. On ne fçait comment leur parler. Ce font deux effets d'une même caufe, de l'orgueil.

XX.

On peut diftinguer trois fortes de mérites ; le mérite agréable, le mérite eftimable, & le mérite aimable. Le mérite agréable eft celui des talens d'ufage dans la fociété, de l'efprit brillant, amufant, de la gaieté,

---

* *Angufta & lubrica oratio fub principe qui libertatem metuebat, adulationem oderat.* Tacite.

& du don de l'inſpirer aux autres. Le
mérite eſtimable eſt celui des lumières & des connoiſſances ſupérieures,
des grands talens, & de la parfaite
probité. Le mérite aimable eſt celui
des ſentimens, de la douceur dans
le caractere, de l'égalité dans l'humeur ; & ſur-tout de la politeſſe.

XXI.

Il y a de la politeſſe à ſe livrer de
bonne grace dans la converſation, à
n'avoir pas plus d'eſprit que ceux
avec qui on ſe trouve, à n'affecter
point trop de juſteſſe, à donner quelquefois lieu à la contradiction & à
la critique, en un mot, à n'avoir pas
toujours raiſon.

Je connois un homme qui parle aſſez bien ; mais il ne dit rien dont il
n'ait fait auparavant le *brouillon* dans
ſa tête. Auſſi parle-t-il peu. Les *brouil-
lons* emportent trop de tems ; le moment de l'à-propos s'enfuit. Par-là
un homme eſt toujours gêné, & toujours

jours gênant. C'eſt orgueil, c'eſt vanité, & par conſéquent impoliteſſe;
car la politeſſe, je le répéte, conſiſte principalement à ſçavoir cacher ſa
vanité, & à flatter celle des autres.
Or on ne ſçauroit la flatter plus adroi-
tement, qu'en leur donnant occaſion de nous combattre avec avantage, de croire qu'ils ont mieux penſé que nous ſur quelque choſe, &
que nous avons été contraints de
nous rendre à leurs raiſons. Plus on
a d'eſprit, plus on eſt obligé à cette
ſorte de politeſſe; & plus elle eſt flatteuſe pour les autres.

XXII.

On craint trop d'être mépriſé, &
on ne craint point aſſez d'être haï.
Nous montrons en cela notre mauvais cœur; mais nous agiſſons en mê-
te tems contre nos vrais intérêts;
car il importe beaucoup plus d'être
aimé, que d'être eſtimé. L'amitié eſt
la ſource des avantages les plus ſoli-

des que nous puissions tirer des autres hommes. Ce n'est pas à ceux
qu'on estime, qu'on se plaît à faire
du bien, c'est à ceux qu'on aime.
L'estime toute seule n'est point bien-
faisante.

La bonne manière de dominer sur
les autres, c'est d'en être beaucoup
aimé. Alors on regne véritablement
sur eux, parce qu'on en fait tout ce
qu'on veut. En amitié aussi-bien qu'en
amour, être beaucoup aimé pourroit
tenir lieu d'adresse, si l'on vouloit
séduire *.

XXIII.

Faites-vous aimer, afin qu'on vous
fasse du bien. Faites-vous faire du
bien, afin qu'on vous aime encore
davantage.

Pour qui ne prétendroit à rien, &
ne voudroit des autres que de la po-

---

* *Proprium prudentiæ conciliare sibi animos homi-*
num, & ad usus suos adjungere. Cicéron.

liteſſe, des égards, des marques de
conſidération, & non des bienfaits
ou des ſervices, il vaudroit mieux
n'être qu'eſtimé, que de n'être qu'aimé. On traite quelquefois un peu
trop ſans façon ceux pour qui on a
plus d'amitié que d'eſtime.

On me dit que quelqu'un me hait:
ſur cela me mettrai-je à le haïr? Je
ne ſuis pas ſi ſottement ennemi de
moi-même. Je travaillerai à lui ôter
ſa haine.

La probité & la juſtice ſont le fondement de la ſociété; elles en font
la ſûreté. La bonté & la bienfaiſance en font l'utilité. La douceur &
la politeſſe en font les agrémens.

DE L'HUMEUR.

I.

IL eſt bien difficile d'être poli, du
moins de l'être conſtamment, quand

on a de l'humeur. Elle rend impa-
tient, brusque, chagrin, contredi-
sant. On dissimule sa haine & son
mépris ; on réprime sa colère ; on
cache son mauvais cœur ; on dégui-
se son orgueil : mais l'humeur est
presqu'indomptable. C'est souvent
un dérangement de la machine,
une vraie maladie pour laquelle il
faudroit des remédes physiques, plû-
tôt que des remédes moraux. Quand
les mauvais momens sont passés,
que le sang a repris son cours ordinaire, & que la machine est re-
montée, on rougit, on gémit d'avoir
été si peu raisonnable, si aisé à piquer, si différent de soi-même. On
se promet bien d'être une autrefois
plus sur ses gardes. Le lendemain
nouvel accès d'humeur, & mêmes
travers.

II.

Eudoxe joint à beaucoup d'esprit
& de sçavoir, le don de la parole

dans le plus haut degré ; mais c'eſt en même - tems l'homme du monde le plus contrediſant. Ceux qui le connoiſſent peu, ou qui ne s'y connoiſſent pas, le croient plein d'orgueil ; il n'eſt que plein d'humeur. De-là l'impoliteſſe la plus groſſiere, & quelquefois même l'extravagance la plus outrée. Il ne parle avec douceur & avec raiſon, que quand il parle le premier ; car s'il parle le ſecond, c'eſt toujours pour contredire. Il n'eſt jamais de l'avis de perſonne, & ne veut pas même qu'on ſoit du ſien. Il abandonne & combat l'opinion qu'il vient de ſoutenir, auſſitôt que quelqu'un l'adopte. Il n'y a donc de ſûreté qu'à ne lui répondre abſolument rien. Il eſt vrai qu'alors il ſe tait, & qu'on eſt bientôt privé du plaiſir de l'entendre, parce qu'il n'en trouve lui-même à parler, qu'autant qu'il contredit & qu'il diſpute.

La Bruyere remarque *(chapitre des*

jugemens) qu'on eſt expoſé à dire en moins d'une heure le oui & le non ſur une même choſe, ou ſur une même perſonne, déterminé ſeulement par un eſprit de ſociété & de commerce qui entraîne naturellement à ne pas contredire celui-ci & celui-là, qui en parlent différemment. Mais l'eſprit de contradiction expoſe peut-être encore plus que l'eſprit de complaiſance, à ces variations preſque ſoudaines, quoique par une raiſon tout oppoſée ; & c'eſt un des cas où le même effet réſulte de deux cauſes contraires. Le contrediſant ſe contredit lui-même pour contredire les autres, comme le complaiſant ſe contredit pour ne les pas contredire.

III.

Il y a une vivacité d'eſprit, & une vivacité d'humeur. On peut avoir l'eſprit très-vif, & l'humeur très-douce.

L'égalité de l'humeur conſiſte à recevoir toujours des mêmes objets à peu près la même impreſſion.

L'inégalité de l'humeur vient en grande partie, comme je l'ai dit, de celle de la ſanté. Toute altération dans la ſanté n'altere pas l'humeur ; mais l'inégalité habituelle de l'humeur ſuppoſe quelque dérangement dans la ſanté, un vice dans le tempérament.

Dans quelques-uns l'humeur eſt naturelle ; ils en ont toujours eu, & même dès leur enfance. Dans les autres elle eſt ſurvenue ; elle eſt l'effet de quelque cauſe phyſique ou morale, ſouvent de l'âge ſeul.

Le moral influe ſur l'humeur auſſi-bien que le phyſique, en changeant plus ou moins le phyſique même, ſoit paſſagérement, ſoit quelquefois pour toujours.

Par moral j'entends ici tout ſujet de ſatisfaction ou de peine, & généralement tout ce qui affecte directement & immédiatement l'ame,

en bien ou en mal. Ainfi c'eft par une
caufe morale qu'on a de l'humeur
dans fon domeftique , ou avec les
perfonnes qu'on connoît depuis long-
tems, & qu'on n'en a point hors de
chez foi , ou du moins avec fes nouvelles connoiffances. Tout ce qui jette dans la langueur & dans l'ennui
donne de l'humeur.

Rien n'en donne plus encore que
tout ce qui contraint, les occupations forcées & de commande, fuf-
fent-elles agréables par elles-mêmes;
les vifites qui déplaifent ; la néceffité de ménager des gens qu'on n'aime pas, de diffimuler ce qu'on penfe & ce qu'on fent ; la privation des
chofes qu'on aime , &c.

Le chagrin altere la fanté ; & l'altération de la fanté caufe du chagrin,
phyfiquement & moralement.

IV.

Les Auteurs dont la fanté eft foible, valent ordinairement mieux dans
leurs ouvrages que dans la converfation

tion , ou du moins y font plus égaux
& plus foutenus. Ils n'écrivent que
dans leurs bons momens ; mais ils
parlent fouvent, ou dans des tems
d'épuifement & de foibleffe dàns lefquels ils n'ont point de vivacité, & par
conféquent point de brillant ; ou dans
des tems de mélancolie & d'humeur,
où ils n'ont point de juftеffe.

Les gens d'humeur parlent ordinairement avec plus de force & d'é-
loquence qu'ils n'écrivent; & ils écrivent avec plus de juftеffe & de vérité
qu'ils ne parlent.

V.

On fait des réflexions bien différentes fur les mêmes chofes, on les
fent & on les voit bien différemment,
felon qu'on eft trifte ou gai, de bonne ou de mauvaife humeur. Quand
les voit-on comme elles font ? il y a
une joie folle qui blanchit tout, comme une mélancolie folle qui noir-
cit tout.

Tome II. R

Quelqu'un difoit à feu M. l'Abbé de *Mongault*, que c'étoient fes va-peurs qui lui faifoient voir tout en noir. *Les vapeurs*, répondit-il, *font donc voir les chofes comme elles font.* Un vaporeux pouvoit-il mieux fe peindre que par un pareil trait?

Il faut bien de l'efprit pour ne voir pas toujours les chofes comme on les fent.

Un homme d'humeur difoit : *Quand je fuis malade, je fuis Heraclite & Timon; quand je me porte bien, je fuis Démo-crite & Ariftipe.*

V I.

Tout ce qu'on dit, tout ce qu'on fait, paroît toujours à *N.* ou bêtife, ou folie, ou *coquinerie.* C'eft qu'il eft homme d'humeur.

La marque caracteriftique de l'hu-meur, c'eft de trouver toujours à re-dire, même avec raifon, à tout ce que difent & font les autres.

VII.

On seroit quelquefois tenté de dire à un homme d'humeur qu'il est bien heureux qu'on s'apperçoive qu'il est dans un des accès de son mal, sans quoi on le croiroit ou bien sot, ou bien fou, ou bien méchant.

On a dit que tout avoit ses jours; l'esprit, le courage, la sagesse même; & qu'il n'y avoit que le cœur qui fût toujours bon, quand il étoit bon. L'humeur empêche que cette dernière exception ne soit vraie. Le cœur même a ses jours dans les meilleures gens, quand ils sont gens d'humeur.

Je me rencontre dans une compagnie avec *Acaste* que je ne connoissois point auparavant. Je lui entend dire beaucoup de mal de *Cléon* que je ne connois point non plus; & sur cela je ne sçais que penser de ces deux hommes. On me dit ensuite beaucoup de bien de l'un & de l'autre; mais

R ij

on m'ajoute fur *Acaste*, qu'il eſt ſujet aux plus violens accès d'humeur, & que le jour que je l'ai vu, il étoit préciſément dans un de ces accès. Je vois alors avec le plus ſenſible plaiſir, qu'*Acaste*, ni *Cléon* ne ſont pas tels que je l'avois craint.

A force de contredire un contre-diſant, homme d'humeur, on peut l'amener, quoique honnête homme, à ſoutenir comme ſiennes, les maxi-mes les plus contraires à la probité, à conſeiller une mauvaiſe action, & à dire qu'il la feroit lui-même, s'il étoit dans le cas de la faire.

VIII.

Le bon ſens & la raiſon ſont fort journaliers dans les gens d'humeur. L'humeur attaque encore plus le bon ſens que l'eſprit. Elle rend plutôt fou que ſot.

Les gens d'humeur ſont aſſez com-munément gens d'eſprit ; tant pis pour les autres & pour eux-mêmes.

Leur esprit, en les éclairant sur les défauts & les fautes d'autrui, seconde leur humeur, & la leur justifie. *Peut-on,* dit un homme d'humeur, *ne pas voir telles & telles choses ? Et peut-on les voir sans en être vivement blessé ?* De-là ces discours d'autant plus piquans qu'ils sont plus ingénieux, & souvent même plus vrais. Les gens d'humeur sont féconds en Epigrammes sanglantes, & en démonstrations sans réplique.

I X.

Un tel, me dit-on, *homme de beaucoup d'esprit & de probité, mais homme d'humeur, est généralement haï ; il sent qu'il le mérite ; & il se hait lui-même.* Qu'il est malheureux, & que je le plains ! Car je ne sçaurois le haïr. Je voudrois même le connoître, sinon pour le corriger, du moins pour le consoler, & peut-être en le consolant, le corrigerois-je un peu.

Un homme d'humeur, mais qui

a pourtant l'efprit & le cœur bien faits, fe réprime plufieurs fois, pour une qu'il s'échappe. C'eft un puiffant motif de le fupporter, de l'aimer même, du moins de l'eftimer & de le plaindre. Il eft doublement malheureux par les efforts qu'il eft obligé de fe faire, & par les fautes qui lui échappent néanmoins malgré tous fes efforts.

On eft quelquefois étonné de la violence avec laquelle un homme d'humeur s'échappe. C'eft qu'il étoit violemment & long-tems retenu.

X.

L'humeur eft un mal phyfique qui occafionne un mal moral. Un honnête homme fe confoleroit du premier, fans le fecond. C'eft celui-ci qui met le comble à fa douleur. Il fe fent déraifonnable & injufte. Il s'apperçoit dans fes bons intervalles, que dans les mauvais il ne porte que des jugemens faux, ou du moins ou-

très ; qu'il voit les chofes qui ne font
pas ; qu'il ne voit pas celles qui font,
ou qu'il les voit tout autres qu'elles
ne font. Ce qui l'afflige encore beaucoup, c'eft qu'on juge fouvent de
fon efprit & de fon cœur fur fon humeur.

Dès qu'un homme a de l'humeur,
il ne faut rien conclure contre fon
caractère, de tout ce qu'il peut dire
ou faire dans fes mauvais momens.

Pour peu qu'avec beaucoup d'efprit
& de probité, on ait d'humeur, on
ne trouve prefque perfonne avec
qui on puiffe vivre.

Un des plus grands inconvéniens
de l'humeur, c'eft que par les chofes dures & méprifantes qu'elle nous
fait quelquefois dire aux autres, ils
ont lieu de croire, du moins lorfqu'ils ne nous connoiffent pas affez,
que nous ne les aimons ni eftimons,
quoique fouvent nous les aimions
& eftimions beaucoup.

Il faut pourtant avouer que lorf-

R iv

que dans des momens d'humeur, on dit des chofes dures à gens qu'on aime, c'eſt que dans ces momens-là on ne les aime pas.

Qu'il eſt triſte avec un fond de cœur aimable, d'avoir une ſurface haïſſable! Alors on eſt preſque tenté, même par vertu, de ſouhaiter que la nature nous eût donné une ſurface agréable, plutôt qu'un bon fond. Peut-être qu'une vertu acquiſe eût corrigé un mauvais fond, ou que du moins elle en eût empêché les effets; mais, ſoit acquiſe, ſoit même naturelle, la vertu ne peut preſque rien contre une ſurface déſagréable, contre l'humeur & ſes effets.

XI.

Quand on ſe ſent de l'humeur, il faut garder le ſilence, ſur-tout éviter la diſpute, principalement avec ceux pour leſquels on a de l'éloignement. Il vaut encore mieux bouder que de parler avec aigreur.

Une perfonne qui a de l'humeur, doit fe contraindre autant qu'il lui eft poffible. L'impoffibilité d'une entière victoire ne difpenfe pas de la réfiftance ; il n'y a d'excufable que ce qui n'eft pas libre. Mais comme les autres n'en fouffrent pas moins, parce que c'eft involontairement que nous les faifons fouffrir, nous leur devons toujours pour ces fautes, quoiqu'involontaires, des excufes, des dédommagemens. Il faut, quand la raifon eft revenue, qu'une politeffe plus attentive répare les caprices de l'humeur. Il faut reconnoître fes torts ; & prier ceux avec qui nous avons à vivre, de nous fupporter, & même de nous ménager.

DE LA MISANTROPIE.

I.

Deux caufes bien différentes, l'une mauvaife, l'autre bonne, fe réunissent d'ordinaire pour produire la misantropie ; un caractère chagrin, & beaucoup d'humeur ; une forte passion pour l'esprit, la probité, la vérité. La misantropie est une sorte de fanatisme.

Il faut avouer cependant à la décharge de quelques misantropes, que lorsqu'on a autant de sentiment que de lumière en matière de raison & de vertu, lorsqu'on sent aussi vivement les défauts & les fautes d'autrui, tant de l'esprit que du cœur, qu'on les apperçoit finement, il est difficile, même sans humeur & sans chagrin, de n'être pas un peu misantrope.

Un misantrope doux & sans humeur, seroit un homme très-aimable dans la société. La misantropie a son sel ; mais ce sel a par lui même de l'âcreté. La douceur le corrigeroit, & ne lui laisseroit plus qu'une pointe agréable.

II.

Il n'y a peut-être rien qui puiffe avoir des fuites plus fâcheufes qu'une haine irréconciliable pour les fripons, & une antipathie invincible pour les fots. Ceux-ci font bien vindicatifs, & ceux-là fçavent bien fe venger.

C'eft un malheur que d'avoir une vûe très-fine, & un fentiment très-vif des défauts & des fautes d'au-trui.

La plûpart des hommes ne font ni aimables, ni eftimables ; il faut pourtant vivre avec eux comme s'ils l'étoient.

III.

J'ai enfin renoncé aux affaires, & même aux hommes, difoit un mi-fantrope. Maintenant je fuis libre de converfer avec mes livres, & de ne converfer qu'avec eux.

On blâme un mifantrope de fuir le monde. En le voyant, dit-on, il deviendroit moins misantrope. Mais peut-être au contraire qu'il le deviendroit encore davantage, parce qu'il connoîtroit mieux les hommes. La société polit la rusticité ; elle adoucit la férocité, mais souvent elle aigrit la misantropie. Ajoutons qu'elle lui fournit des raisons pour se justifier. Peut-être encore que le misantrope doit fuir la société par prudence. Faut-il aller parmi les hommes pour les brusquer & s'en faire détester ? Ne vaut-il pas mieux, quand on se sent misantrope à un certain point, & peu maître de soi, se sequestrer tout doucement, & prétexter un goût pour la solitude, pour l'étude, &c.

Le misantrope de *Moliere* auroit pu dire à son ami : *Je plairois sans doute dans la société, en m'y conduisant selon vos maximes ; mais m'y plairois-je ? Et si je ne m'y plaisois pas, y plairois-je long tems ?*

Il faut être poli pour plaire dans

la fociété ; mais il faut fe plaire dans
la fociété pour y être poli.

Je demandois un jour a deux Char-
treux pourquoi ils avoient quitté le
monde. Ils me répondirent que c'é-
toit parce qu'ils avoient tout ce qu'il
falloit, l'un pour y plaire, l'autre
pour y déplaire, & tous deux par
conféquent pour s'y perdre.

I V.

Le mifantrope folitaire vit de luí,
même ; c'eft une vie bien trifte ; c'eft
même le moyen de mourir bientôt
de faim. On fçait le mot de *Pitha-
gore*, qu'il ne faut pas manger fon
coeur, ni fe nourrir de fa cervelle ;
*cor non effe edendum, & cerebro non effe
vefcendum.*

V.

A l'efprit & à la probité, le mifantrope joint ordinairement de la
fermeté & du courage ; mais cette
fermeté va fouvent jufqu'à l'obftina-

tion, & ce courage jusqu'à la férocité. Tel fut Caton d'Utique.

Il y a trois sortes de faux courages ; un courage d'ostentation, un courage d'imagination, & un courage d'obstination.

Le vrai courage renferme trois caracteres principaux ; la simplicité, inconciliable avec les mensonges puériles de l'ostentation ; l'égalité, incompatible avec les saillies inconséquentes de l'imagination ; la flexibilité, contraire à l'inexorable rigueur de l'obstination.

Cette flexibilité est docile à la raison, conforme aux circonstances, soumise à la nécessité. Ce qui n'est pas raisonnable, ne sçauroit être héroïque. L'héroïqne va bien au-delà de l'ordinaire, jamais au-delà du raisonnable. L'extraordinaire n'est pas toujours déraisonnable ; mais comme il l'est souvent, il faut se défier de tout ce qui sort des règles ordinaires. En tout genre le grand, l'admirable, c'est l'extraordinaire vrai, juste, raisonnable.

VI.

L'homme également courageux, vertueux & prudent, au lieu de lutter contre des obstacles insurmontables, étudie les momens, saisit les conjonctures, & met en œuvre toutes les ressources que les réflexions, l'expérience, l'usage du monde, & la connoissance des hommes peuvent lui fournir.

Le misantrope est bien différent. Tous les ménagemens lui sont inconnus ; tous les adoucissemens lui sont odieux. Qu'en arrive-t-il ? Il succombe enfin ; il tombe, mais avec bruit ; & ce bruit le console. Il sera du moins fameux par ses malheurs.

Combien de chagrins secrets & d'humiliations réelles, avec ce courage d'ostentation, & dans ce triomphe imaginaire !

VII.

Il faut être ferme ; mais il faut
être sage. La voix de l'honneur ne
doit pas étouffer celle de la raison,
qui défend de se perdre sans utilité,
sans nécessité, & sans autre ambition
que celle de fixer les regards du public par une chûte éclatante. Ce n'est
pas à ce prix qu'il accorde son estime, du moins une estime durable
& complette. Pour l'obtenir, on doit
être également capable de soutenir
dignement les plus affreuses disgra-
ces, & de les éviter habilement,
quand l'honneur le permet.

Plus on est vertueux, moins on
doit s'exposer au péril de dégoûter
les autres de la vertu, ou de s'en
repentir soi-même par un mêlange
de singularité & de travers qu'elle
désavoue, & qui lui sont étrangers.

VIII.

On se croit infaillible & invincible.

cible. De-là une indomptable opiniâtreté dans les réfolutions les plus
téméraires, & une fécurité funefte
dans les fituations les plus fâcheufes.

Se croire infaillible & invincible,
c'eft le moyen de faire bien des fottifes, & de tomber dans bien des malheurs.

DE LA SINGULARITÉ.

I.

LA fingularité ne vient fouvent
que d'humeur, de mifantropie, &,
pour tout dire, de quelque travers
dans l'efprit ; mais cela même fuppofe ordinairement de l'efprit.

Les gens d'efprit feroient volontiers un peu finguliers, s'ils ne crai-
gnoient le ridicule attaché à la fingularité ; & fouvent ils le craignent
trop.

Dire de quelqu'un qu'il eft fingu-

lier, inspire la curiosité de le connoître.

Une légére dose de bonne singularité met du piquant & de l'agréable dans le caractère. La singularité dans la manière de penser, met
de l'intérêt & du mouvement dans la
conversation. La singularité est du
moins nouveauté, diversité ; & nous
en sommes avides. La diversité re-
nouvelle le plaisir, & lui rend cette
pointe que l'uniformité avoit émous-
sée.

II.

La singularité peut plaire d'abord;
mais il en est d'elle comme du ridicule, d'autant plus qu'il l'accompagne presque toujours : elle n'amuse
pas long-tems. Bientôt même elle
déplaît. Soyez homme, si vous voulez vivre avec les hommes. Soyez
comme un autre, si vous voulez
vivre avec les autres.

III.

Les gens finguliers doivent par pré-
férence habiter les grandes Villes.
Ils s'y perdent dans la foule ; ou s'ils
font connus, on y eft moins frappé
de leur fingularité. Il ne faut donc
pas qu'ils habitent la Cour ; c'eft une
petite Ville. Ajoutons qu'elle eft peu-
plée de gens bien fins, bien habiles
à faifir les ridicules, d'ailleurs ambitieux, par-là tous rivaux, dès - lors
intéreffés à s'obferver les uns les autres, &, pour tout dire, à fe nuire.
Ainfi cette malignité qui fait chercher & relever les ridicules, y règne
à double titre.

IV.

La diftinction de bonne & de mauvaife fingularité n'eft guères que
pour la Capitale. En Province toute fingularité eft travers & ridicule,
parce qu'on ne l'y voit que comme
fingularité.

S ij

Cette distinction de bonne & de mauvaise singularité se fait aussi-bien, & mieux encore à la Cour, que dans la Capitale ; mais par malice on parle à la cour de toute singularité, comme en Province.

V.

Il faut être bien raisonnable pour être Philosophe, sans être ridicule. Il faut être bien Philosophe pour être toujours très-raisonnable, au péril de paroître ridicule.

DE L'AFFECTATION.

I.

Il y a des gens en qui la singularité n'est point naturelle, mais affectée. Quelle sottise ! De toutes les affectations, la plus ridicule, la plus méprisable, & qui réussit le plus mal, c'est celle de la singularité.

Avec beaucoup de vanité & un peu d'esprit, on affecte volontiers d'ê-tre singulier.

L'amour mal entendu de la dif-tinction mène à l'affectation de fin-gularité.

Souvent, en voulant se distinguer, on ne fait que se singularifer.

S'il y a des gens d'esprit qui affec-tent d'être singuliers, c'est qu'ils ont plus d'esprit que de jugement.

On veut par vanité attirer les re-gards, & on croit par présomption qu'on ne peut les attirer qu'à son avan-tage.

Souvent on n'évite les ridicules communs, qu'en donnant dans des ridicules singuliers, & par-là plus ridicules.

I I.

Il y a aussi des gens qui affectent d'être misantropes ; & c'est bien pis que sottise & ridicule. L'affectation de singularité peut ne venir que d'une

vanité mal entendue. Celle de mifantropie eſt d'un malhonnête homme; c'eſt hypocriſie; mais par-là elle
réuſſit quelquefois.

. Il y a deux ſortes d'hypocriſies,
l'une douce & flatteuſe, l'autre dure
& ſévère. La premiere eſt la meilleure, tandis qu'elle trompe. La ſeconde trompe quelquefois mieux.

I I I.

. On peut acquérir des agrémens;
on doit même y travailler; mais pour
le faire avec ſuccès, il faut en avoir
le germe; cette acquiſition n'eſt guères qu'un développement. Il faut du
moins que ce que nous empruntons
des autres, s'allie ſi heureuſement
avec ce que nous avions déja, qu'il
paroiſſe ſortir de notré propre fond,
& avoir été pris dans nous-mêmes.
Il faut que ce que l'art & l'imitation
ajoutent à la nature, lui reſſemble ſi
parfaitement, qu'on le confonde avec
elle, enforte qu'il ne paroiſſe que

la nature même cultivée, polie, embellie.

Faute de s'y prendre bien pour perfectionner ses bonnes qualités, acquérir celles qui manquent, & se corriger de ses défauts, il arrive souvent qu'on gâte, qu'on perd même ses bonnes qualités, & qu'on acquiert des défauts qu'on n'avoit pas.

C'est presque toujours aux dépens de ce qu'on a, qu'on affecte ce qu'on n'a point.

Il ne faudroit à quelques femmes, pour éviter les ridicules qu'elles se donnent, que se résoudre à se passer des graces qui leur manquent.

Tous les ridicules de N. sont affectés. Aussi n'ont-ils point l'aisance du naturel, ou du moins de l'habitude. Il ne sçait point encore être fat ; il ne l'est pas, il veut l'être ; & on diroit qu'il ne le veut que d'hier.

IV.

On affecte ce qu'on a, aussi-bien

que ce qu'on n'a pas. Peut-être même n'affecte t-on que ce qu'on a, au moins en quelque degré. Mais en voulant ainfi y ajouter, l'embellir, le faire fortir, pour ainfi dire, & le mettre plus en jour, on le gâte, ou l'on en perd le mérite. Tel qui est né avec de l'efprit, de la raifon, de la gaieté, &c. plairoit par toutes ces qualités, s'il ne les affectoit pas. En voulant paroître plus qu'on n'eft, on paroît moins. Le vrai mérite, plein d'une jufte confiance, fe néglige, & dédaigne tout effort. Ou il ne fe foucie pas d'être vu, ou il croit qu'on le verra bien fans qu'il s'étale.

Ce petit homme a de hauts talons pour fe rehauffer ; il n'y gagne rien, il y perd même. Je le vois en effet plus grand qu'il n'eft ; mais je le juge plus petit. Je lui ôte plus que fes talons ne lui donnent, & ils me paroiffent plus hauts qu'ils ne font.

De deux hommes on difoit à l'un :

Vous

Vous n'avez pas assez d'esprit pour en affecter. Et à l'autre : *Vous avez assez d'esprit pour vous passer d'en affecter.*

Un homme a la vue basse ; cela lui réussit, il joue l'aveugle.

V.

L'attention excessive à éviter toutes les fautes contre la politesse, & à la pratiquer toujours de la manière la plus parfaite, dégénéreroit en affectation, & jetteroit dans l'embarras & dans la contrainte. Or l'affectation est le plus grand de tous les défauts ; l'embarras & la contrainte sont une source de fautes. Mais indépendamment des fautes marquées, point de graces, si l'on n'est naturel & aisé. Voilà l'inconvénient des règles & des préceptes en matière de politesse & de sçavoir-vivre. Ainsi les plus utiles, peut-être même les seuls utiles de ces préceptes, si l'on en excepte un petit nombre de généraux, sont ceux qu'on ap-

pelle *négatifs*, si j'ose me servir ici de
ce terme de l'école. Il ne faut point
faire telle & telle chose, ou il ne
faut pas la faire de telle & telle manière. Mais que faut-il donc faire,
& comment faut-il le faire ? C'est ce
qu'on ne sçauroit enseigner, tant par
l'impossibilité de tout dire, que par
celle de s'exprimer assez précisément
& assez nettement, pour être bien
entendu.

Il y a des gens contraints, com-
passés, empesés dans leurs airs, dans
leurs manières, dans leurs discours.
Une femme disoit d'un homme ainsi
fait : *Je voudrois le chifonner.*

V I.

Il y a des gens nés extrêmes, &
qui par une grande vivacité de sentiment, outrent tout, & se récrient
sur tout, en bien & en mal. Ils estiment jusqu'à l'admiration, ou ils méprisent du dernier mépris. Ils haïssent
ou ils aiment à la fureur. Rien n'est

plus désagréable ni plus petit. Mais
si ce caractère est quelquefois tout
naturel, quelquefois aussi il s'y joint
de l'affectation. On parle au-delà de
sa pensée & de son sentiment. Cependant il y a peu d'occasions où il
ne vaille mieux dire moins qu'on ne
pense & qu'on ne sent, que de dire
plus. Si c'est louange, on évite le
reproche de flatterie, de prévention,
de peu de discernement ; & si c'est
blâme, on évite d'être taxé d'une
sévérité excessive, & peut-être mê-
mé de malignité. En général la mo-
dération dans les discours procure la réputation aussi avantageuse
qu'honorable d'équité & de sagesse.
Il vaudroit mieux être trop froid
que trop chaud. La vivacité gaie est
très-agréable, parce qu'elle amuse,
émeut, & met les autres à leur aise.
Mais pour peu qu'elle passe les bornes, elle approche de la folie, &
attire le mépris. D'un autre côté,
le froid & le sérieux ennuient & con-

traignent. Celui qui seroit très-vif &
très-gai, & néanmoins judicieux,
sage, & toujours décent; qui sçauroit amuser, intéresser & émouvoir,
sans donner prise sur lui, celui-là,
dis-je, seroit parfait pour la société.

DE L'USAGE DU MONDE.

I.

L'ESPRIT ne tient point lieu d'u-
sage du monde par rapport à la politesse. L'usage du monde tiendroit
plutôt lieu d'esprit.

Quelquefois une personne qui n'a
que de l'esprit, regarde comme un
effet de l'art & de l'affectation en
matière de politesse, ce qui ne vient
que de l'usage du monde.

La grossiéreté dans les discours &
dans les manières cache l'esprit où
il est, comme la politesse le fait voir

où il n'est pas. Par cette raison, tel
Parisien trouvera moins d'esprit dans
les Provinces qu'il n'y en a effectivement, pendant que tel Provincial
en trouvera presqu'à tout le monde
à Paris, & sur-tout à la Cour.

I I.

Une des principales raisons de la
nécessité de l'usage du monde pour
être poli, c'est qu'on ne l'est point, si
l'on ne sçait se contraindre, sans qu'il
paroisse néanmoins qu'on se contraigne.

III.

Ce qu'il y a de plus humiliant dans
le reproche de n'avoir point de monde, c'est qu'il suppose ordinairement
qu'on n'a point fréquenté le grand,
le beau monde. Il est plus honteux
de n'avoir pas vécu en bonne compagnie, que de n'en avoir pas profité; comme il est plus honteux d'être pauvre que d'être avare.

T iij

IV.

Le commerce du monde nous donne des déhors aimables, & des vices haïssables. Il polit l'esprit, le langage, les manières, & corrompt le cœur & les mœurs. Comme les voyages, il fait les gens à certains égards, & les défait à d'autres.

Nous naissons tous avec le penchant au mal, & avec le penchant à l'imitation. De-là le danger du commerce du monde. En effet, que ne doivent point produire ces deux penchans réunis !

M. le Duc de *Montausier*, cet homme si vrai, étoit un peu dur. On disoit de lui un jour en présence d'un de ses amis, à peu près du même caractère, que la Cour ne l'avoit point adouci. *C'est*, répondit cet ami, *parce qu'elle ne l'a point corrompu.*

Rien n'est plus difficile que de plaire sans quelque chose qui approche de la flatterie & de la fausseté.

On a dit que chaque art, chaque science avoit sa chimere, sa pierre Philosophale. Celle du sçavoir-vivre, de la science du monde, c'est l'alliance de la sincérité & de la politesse. Au moyen de cette alliance, la sincérité seroit sans dureté & sans imprudence ; la politesse sans fadeur & sans flatterie.

Si les Philosophes étoient courtisans, & les courtisans Philosophes, on auroit le modèle d'une politesse également aimable & estimable.

La politesse est fausseté, bassesse, flatterie, vice en un mot, dit un Misantrope. En effet celle du Courtisan est quelquefois tout cela.

La politesse de la Cour est outrée, parce qu'elle est fausse ; un rôle faux est ordinairement outré. De plus elle est frivole, petite, minutieuse, &c. Des gens vrais & sensés peuvent la trouver ridicule ; mais cela est corrigé & embelli par un air d'aisance & de dignité.

T iv

Sans le commerce avec Paris, la politesse de la Cour seroit encore plus outrée, & en ce sens, plus basse; elle seroit aussi moins ingénieuse, & plutôt une civilité excessive qu'une politesse fine.

Les Habitans de la Cour portent de la civilité dans Paris, & en rapportent de la politesse, de l'esprit, & un peu de Philosophie, du moins quelque honte d'être si rampans.

V.

On perd à se laisser trop voir. Faites-vous rare, si vous voulez conserver votre prix. Ne vous mettez pas, comme on dit, à tous les jours; vous seriez bientôt usé. L'effet d'un commerce trop fréquent est qu'on sent moins ce que nous avons de bon, & qu'on découvre de plus en plus ce que nous avons de mauvais.

Le dirai-je? Ne fût-on connu qu'en bien, on perd à être connu trop à fond. On est moins l'objet des regards des autres ; on est laissé là , & la considération diminue, quand même l'estime augmenteroit.

L'homme le plus estimable que chacun croiroit connoître à fond à tous égards, seroit plus estimé que considéré.

Toutes choses égales d'ailleurs, on vaut mieux avec ceux qu'on ne voit pas trop souvent ; & quand on ne vaudroit pas mieux en effet, on leur paroîtroit mieux valoir. On est tout ensemble & meilleur, & mieux senti.

On tombe insensiblement dans l'ennui avec ceux même qu'on estime & qu'on aime le plus, à force de les voir trop souvent & trop long-tems. Mais à mesure que le plaisir diminue, l'amitié s'affoiblit. Il y a plus encore. De l'ennui, comme je l'ai déja remarqué, naît la mauvaise humeur, qui fait dire & faire des choses peu obligeantes ; & l'on en vient quelquefois jusqu'à se brouiller. *Un peu*

d'absence fait grand bien, même en amitié. L'absence ajoute toujours à toute
espèce d'amour, en embellissant l'i-
dée de ce qu'on aime. Le cœur privé
de son objet, en devient plus épris,
parce que l'esprit en est plus agréablement occupé. Ainsi le plaisir de
l'esprit ajoute à la peine du cœur.
Quand on aime bien, cette peine de
l'absence est plus vive encore qu'on
ne l'avoit prévu.

VI.

J'ai dit, dans un des chapitres précédens, que les gens de beaucoup
d'esprit étoient quelquefois un peu
singuliers. Ce n'est pas qu'ils aiment
la singularité pour elle même ; mais
ils voient, ils sentent le ridicule de
plusieurs usages, le faux de beaucoup
d'opinions très-répandues, & ils ont
de la peine à suivre ces usages, à
ne pas contredire ces opinions. Il
faut qu'une raison supérieure, ou du
moins leur propre intérêt, leur mon-

tre la néceffité de fe cenformer aux
chofes établies, & de fe taire fur.
les préjugés vulgaires, lorfque ces
coutumes & ces erreurs n'ont rien
de mauvais en foi, ni de dangereux,
où même lorfqu'on ne pourroit les
combattre fans de plus grands inconvéniens que ceux qu'elles entraînent.

Ce feroit n'avoir ni efprit ni goût,
que de juger de la plûpart des chofes comme le commun des hommes ; mais de ne les point contredire, quoiqu'ils fe trompent, lorfque l'erreur n'a point d'inconvéniens,
ou en a moins que la contradiction
n'en auroit ; c'eft avoir beaucoup
d'efprit & de goût. Le premier confifte principalement à fe conduire
avec fageffe. Le fecond eft le fentiment des convenances. Or rien
n'eft plus fage, & ne convient mieux
que la tolérance, la complaifance,
la politeffe. Rien n'eft donc d'un
meilleur efprit ; rien n'eft de meilleur goût.

Dans le monde il faut, fous peine d'être ridicule, dire & faire beaucoup de chofes affez peu raifonnables.

VII.

S'il y a plus de politeffe à la Cour que par-tout ailleurs, c'eft principalement parce qu'on y a plus de motifs d'être poli, & des motifs plus puiffans. On y eft plus vain, plus intéreffé, plus ambitieux. On y vit avec gens au-deffus de foi, avec gens dont on attend des graces, ou du moins avec gens qui tiennent à ceux qui les diftribuent.

A la Cour, on a des attentions, fouvent même jufqu'à la baffeffe, pour quiconque tient à quelqu'un qui peut fervir ou nuire.

A la Cour tous font quelque chofe, & ambitionnent quelque chofe.

Tous font courtifans & courtifés.

VIII.

Sans la politeffe, la difcrétion, la

patience, en un mot sans tous ces
égards que l'usage du monde a éta-
blis dans la société entre les honnêtes gens, ils se brouilleroient souvent les uns avec les autres, comme
il arrive aux enfans & au peuple ;
mais ils ne se raccommoderoient pas
si aisément.

IX.

S'il y a peu à gagner pour le Philosophe dans l'usage du monde, du
côté du plaisir, il y a beaucoup à
profiter, du côté des réflexions. Si
le Philosophe s'ennuie dans le monde, il s'y instruit, & c'est toujours
un plaisir.

X.

Ce n'est pas dans les livres qu'on
trouve ce qui a été pensé de plus
fin & exprimé plus finement sur l'homme, les passions, l'amour propre, les
grands, les courtisans, les femmes,
&c. Il s'est dit & se dit encore tous

les jours sur tout cela de meilleures
choses par des gens du monde, que
ce qui en a été écrit par des Auteurs
de profession. Quiconque donc con-
noissant plus les livres que le monde,
& ayant plus réfléchi que vu, vou-
dra écrire sur l'homme, demeurera,
quelqu'esprit qu'il ait, au-dessous de
ce degré de connoissance de l'homme où l'on est parvenu dans ce qu'on
appelle le grand monde ; ou si, à
force d'esprit, il y est parvenu de
lui-même, s'il a deviné ce qu'il n'a
point vu, il ne dira, en croyant peut-
être dire beaucoup de choses neuves,
que ce qui est commun dans ce monde là, & dont retentissent les Hôtels
de Paris , & sur-tout le Château de
Versailles.

L'homme, aussi-bien que les autres parties de la nature, & la morale, aussi - bien que la Physique,
doivent être étudiés ailleurs que dans
les livres.

On trouve en France plus qu'ailleurs, des hommes qui font à-la-fois hommes d'efprit, hommes de lettres & hommes du monde.

DE LA TIMIDITÉ.

I.

Une hardieffe & une timidité exceffives font également contraires à la vraie politeffe, qui veut qu'on parle & qu'on agiffe d'un air modefte, & d'un air aifé.

La timidité ne fe corrige guères par de fimples avis, encore moins par des railleries & par des reproches; elle ne fe corrige que par l'ufage du monde. Il y a même des perfonnes qui, avec ce fecours, n'ont jamais pu s'en défaire entiérement. Ils n'agiffent & ne parlent librement qu'avec leurs amis particuliers. Contraints & embarraffés avec tous les autres, ils leur donnent lieu de juger peu favorablement de leur efprit, & même de leur caractère.

II.

Philante qui parle très-peu, passe
auprès des uns pour un homme très-
médiocre ; auprès des autres pour un
homme artificieux & dissimulé, &
même pour un observateur malin
qui ne se tait que pour mieux voir
& mieux entendre. *Rien ne lui échap-*
pe , dit - on ; *il ne se livre point, &*
vous vous livrez. Vous jouez une piéce ; il
est au parterre, & il vous juge. Cependant *Philante* n'est que timide. Il
connoît les défauts qui le rendent
peu propre à plaire, & à réussir dans
le monde ; & cette connoissance est
en lui la source d'un nouveau défaut, par la timidité qu'elle lui inspire.

Quoique la réputation qu'il s'est
faite par de bons ouvrages, dût naturellement lui donner de la confiance, elle l'a rendu plus timide
encore. Il craint de ne la pas soutenir

nir par ce qu'il dira en converſation.
L'attention des autres, plus grande
ſur lui qu'auparavant, acheve de
l'embarraſſer. Il valoit peu autrefois;
mais on n'attendoit rien de lui.
Aujourd'hui on en attend quelque
choſe; & il vaut encore moins. Sur
cela il s'eſt réduit à une aſſez grande retraite, & à un petit nombre
d'amis qui le trouvent tel qu'il eſt
dans ſes livres, & meilleur encore;
car la converſation l'anime, & lui
inſpire une vivacité qu'il n'a pas
toujours quand il écrit. Ceux qui
le connoiſſent peu, quoiqu'ils l'aient
peut-être beaucoup vu, parce qu'ils
ne l'ont pas vu dans ſon état naturel, ſeroient étonnés d'apprendre
que ſes livres ne contiennent preſque que ce qu'il avoit dit auparavant
en converſation; mais ſes amis le
ſçavent bien, & en le liſant ils croient
l'entendre. S'il voit donc peu de monde, ce n'eſt point miſantropie; il eſt
doux, indulgent, & très - peu diffi-

cile, du moins à l'égard de ce qui s'appelle proprement efprit ; mais il voudroit de la raifon, de la vérité & de la vertu. Ce n'eft point non plus mélancolie. Il eft naturellement gai, & tourne à la plaifanterie, bonne ou mauvaife. Ce n'eft que timidité, mais qui peut-être vient en partie d'un peu de vanité. Cependant c'eft plutôt à caufe des autres qu'à caufe de lui-même, qu'il craint de ne pas plaire. Il appréhende d'ennuyer plutôt que d'être méprifé. Du moins, s'il eft vain, il n'eft point préfomptueux.

III.

La timidité exceffive eft peut-être le plus grand de tous les obftacles à la fortune.

IV.

Il eft bon de ne paroître pas faire trop d'attention à une perfonne timide ; cela la met plus à fon aife.

Il faut quelquefois exciter sa confiance par des louanges courtes & mesurées. Elle plairoit, si elle pouvoit se flatter de plaire ; mais des éloges trop forts ne feroient qu'augmenter son embarras.

Une personne timide disoit : *Je ne vaux que ce qu'on m'estime. Si l'on m'estime peu, je vaux peu.*

On n'a jamais tant d'esprit qu'avec ceux qui nous en croient, & qui goûtent notre sorte d'esprit. Un beau parleur qui ne l'avoit pas été dans une certaine compagnie, disoit : *C'est qu'il y avoit des incrédules. Pour faire des miracles, j'ai besoin de la foi des assistans.*

V.

La timidité fait qu'on n'ose, & même qu'on ne peut parler. On sent pourtant que ce silence éternel est ridicule, & qu'il expose celui qui le garde, à être pris au moins pour un sot. On veut donc parler ; & la timidité ôtant l'ufage de l'efprit, on dit une fottife.

Il y a des gens qui n'ont plus d'efprit, dès qu'ils fentent qu'on en a plus qu'eux. Quiconque les furpaffe, les anéantit.

Philante a quelquefois fouhaité d'être grand Seigneur, ou du moins riche, pour n'être point timide & embarraffé avec les gens d'efprit, & tirer ainfi meilleur parti de leur entretien.

V I.

Les gens timides s'ennuient & ennuient en compagnie, parce qu'ils n'y font pas à leur aife. Ils y donnent & y reçoivent peu de plaifir. Les autres ne jouiffent point d'eux, & ils ne jouiffent des autres qu'imparfaitement.

Il y a un double plaifir à être pour quelque chofe dans la converfation, celui d'agir, d'être occupé; & celui de plaire, de donner bonne idée de foi.

VII.

Ariste qui n'a que médiocrement d'esprit, m'en trouve beaucoup. *Philarque* qui en a infiniment, m'en trouve peu ; & ce n'est pas seulement parce qu'il s'y connoît mieux qu'*Ariste*, c'est encore parce que j'en ai beaucoup moins avec lui ; sa grande supériorité me donne de la timidité. De-là il arrive que l'un ne m'aime guères, parce qu'il est jaloux de moi ; & que l'autre ne m'estime guères, parce qu'il ne me connoît pas assez.

Un homme timide place toujours mal son esprit ; il n'en a qu'avec ceux avec qui il est inutile ou dangereux d'en avoir.

Pour un homme d'esprit, un autre homme d'esprit est un homme d'esprit. Pour un sot, ce n'est quelquefois qu'un bel esprit.

Pour un homme d'esprit, celui qui en montre, est un homme qui en a.

Pour un sot , c'est un homme qui affecte d'en avoir.

VIII.

La timidité a toutes les apparences de la modestie ; mais ce ne sont quelquefois que de fausses apparences. J'ai connu des gens timides, étonnés eux-mêmes de se trouver tels, parce qu'ils sçavoient bien , disoient-ils, qu'ils ne manquoient pas d'esprit, & qu'ils n'étoient pas plus dépourvus que d'autres des moyens de plaire. Il y a donc des timides présomptueux. Loin de l'occasion , ils s'animent par la vûe & le sentiment de leur prétendu mérite. Ils croient qu'ils vont se présenter en compagnie avec assurance, & y parler avec liberté. A peine y sont-ils, qu'ils se troublent, & perdent tête & contenance.

D'autres ont plus de vanité que de présomption. Ils désirent plus de plaire, qu'ils ne s'en croient capables. Ils ne parlent qu'en tremblant,

parce qu'ils ne fçavent comment on
jugera de ce qu'ils difent, & s'il eft
propre à leur faire honneur. En un
mot, ils n'ont pas affez bonne opinion d'eux - mêmes, & ils feroient
trop fâchés d'en donner une mauvaife. Voilà ce qui fait quelquefois
des timides parmi ceux même qui
ont le plus d'ufage du monde.

IX.

Comment, lorfqu'on eft vain, ne
feroit-on pas timide avec gens qu'on
eftime plus que foi, fur-tout lorfqu'on eft vain jufqu'à défirer d'en
être plus eftimé qu'on ne s'eftime
foi-même? Mais il ne faut pas l'être
beaucoup pour l'être jufques-là.

Le vain non préfomptueux eft timide, non-feulement par le fentiment de fon infuffifance, mais encore par celui de fa vanité. Il craint
que celle ci ne foit apperçue auffi-
bien que celle-là. Il a raifon de le
craindre; elle l'eft prefque toujours,

X.

Je ne puis m'empêcher d'être timide avec *Lifandre*, malgré toute
fon amitié pour moi; ni avec *Damis*,
malgré tout mon mépris pour lui.
C'eft que *Lifandre* eft l'homme du
monde qui a le plus d'efprit, & *Damis* celui qui a le plus de fatuité.

Cependant *Damis* s'applaudit de la
timidité qu'il m'infpire. Il penfe &
dit que je fens mon infériorité. Vous
vous trompez, *Damis*. Ce n'eft point
votre prétendue fupériorité qui m'in-
timide; vous n'en ayez fur perfonne, & c'eft pour vous qu'on a dit,
Aujourd'hui tout eft fat, jufqu'aux fots.
Malgré cela, je l'avoue, votre fatuité m'impofe.

XI.

La préfomption produit le mépris
des autres, & par-là le manque-
ment aux égards qui leur font dûs.
Le défaut d'une jufte confiance en
foi-

foi-même, produit une pudeur niaife
& un embarras ridicule. Ainfi il faut
avoir bonne opinion des autres, &
n'avoir pas trop mauvaife opinion
de foi. Mais il faut fur-tout ne pas
trop s'embarraffer de l'opinion que
les autres prendront de nous fur une
chofe auffi peu importante que le
plus ou le moins d'efprit.

DU NATUREL.
dans les Ouvrages d'Efprit.

I.

ÉCRIRE naturellement, c'eft écrire d'une manière qui paroiffe n'avoir
point coûté.

Ce n'eft que par réflexion qu'on
juge qu'un bel ouvrage, écrit naturellement, a dû coûter. Les meilleurs
Écrivains fçavent par expérience,
& on fçait par leur aveu, que des
beautés continues ne peuvent être
que le fruit du travail ; qu'il eft im-

possible que tout se présente d'a-
bord à l'esprit dans le point de perfection nécessaire pour soutenir les
yeux d'un lecteur éclairé ; & que
quand l'homme qui a le plus de talent & de facilité, écrit tout ce qui
se présente à son imagination, & de
la manière qu'il s'y présente, son
ouvrage est mêlé de bonnes & de
mauvaises choses, & de choses tantôt bien, tantôt mal exprimées. On
rencontre quelquefois tout-d'un-coup
la meilleure pensée sur un sujet, &
la meilleure manière de l'exprimer ;
mais le contraire arrive plus ordinairement.

II.

Les pensées les plus convenables
à un sujet, & l'expression la plus
convenable à ces pensées, donnent
un air naturel au discours. Il semble que rien n'a dû moins coûter
que ce qui convient le mieux, &
que l'expression propre a dû s'offrir
d'abord.

Une fuite de ce principe, c'eft que l'ordre & la liaifon des penfées entr'elles, rendent le difcours naturel. Il ne fuffit pas que toutes les penfées qu'on emploie, conviennent au fujet ; il faut qu'elles fe conviennent entr'elles ; que les unes amènent les autres & les préparent, enforte que l'efprit du lecteur y foit conduit fans efforts.

L'omiffion de ce que le lecteur fupplée aifément, n'empêche pas que le difcours ne paroiffe naturel & coulant, parce qu'il eft naturel de retrancher ce qu'il eft aifé de fuppléer. Au contraire il y auroit une forte d'affectation à procéder en toutes fortes de matières, comme en Géométrie, par une fuite d'idées immédiatement liées les unes aux autres. D'ailleurs le retranchement de ce qui fe fupplée de foi-même, rend le Difcours plus rapide & plus vif, & par-là plus naturel. Une conféquence peut être éloignée de fon principe,

X ij

& néanmoins paroître naturelle ,
quand on apperçoit aifément les autres conféquences qui la lient au principe. Il faut aller rapidement à fon
but, en franchiffant tous ces petits intervalles. L'efprit aime à appercevoir
plufieurs chofes à-la-fois , pourvû
qu'il les apperçoive facilement. Mais
ce qui eft facile à l'un, ne l'eft pas
à l'autre ; ce qui n'eft qu'un pas pour
un géant, eft un faut pour un nain.
Ainfi un difcours qui paroîtra très-
naturel & très - clair à certains lecteurs , ne le paroîtra pas à d'autres
moins pénétrans.

En général ce qui demande beaucoup d'application pour être bien
compris, ce qui femble obfcur d'une
obfcurité qui vient plutôt du ftyle
que des chofes mêmes, ne paroît
pas naturel , du moins la premiere
fois qu'on le lit. Ce que nous lifons
avec effort , nous paroît avoir été
compofé avec peine. Ce qui nous
coûte à entendre, nous paroît avoir

coûté à penser. Mais il arrive souvent que nous trouvons fort naturel à une seconde lecture, ce qui ne nous l'avoit pas paru à une première.

III.

On peut écrire facilement & peu naturellement. Un grand exercice, joint à un tour d'esprit particulier, peut rendre facile à certaines personnes une manière d'écrire peu naturelle, qui coûteroit beaucoup à d'autres, ou même leur seroit impossible. Il est si vrai que le naturel dans son origine, & selon l'acception la plus commune de ce mot, c'est le facile, ou ce qui le paroît, que lorsque quelqu'un écrit facilement d'un style peu naturel, on dit qu'il lui est naturel.

Tel trait ingénieux qui paroîtroit affecté dans un livre, pourroit paroître naturel dans la conversation, s'il étoit parti avec vivacité & promptitude.

IV.

Le ſtyle peut être original , ſingulier même, & pourtant naturel. Tel ſtyle nous frappe par ſa ſingularité, ſon originalité ; il ne reſſemble en rien aux autres ſtyles que nous connoiſſons ; nous ne ſommes point tentés de croire que nous l'imiterions aiſément ; cependant nous y trouvons quelque choſe de naturel , de ſimple & d'aiſé. Nous ſentons bien qu'il coule d'une plume facile. Tel eſt, à mon avis, le ſtyle de M. *de Fontenelle*. M. *de Marivaux* lui-même a des traits tout-à-fait naturels, & même naïfs, malgré leur fineſſe & leur ſingularité.

Je crois que la poſtérité, & même une poſtérité peu éloignée , trouvera étonnant qu'on ait tant accuſé M. *de Fontenelle* de n'être point naturel.

V.

La converſation ordinaire, & même celle des derniers d'entre le peuple, eſt pleine d'expreſſions très-heureuſes, qui de la bouche de ceux qui en ſont les Auteurs, ont paſſé inſenſiblement dans toutes les bouches. A force de les avoir entendues, on les entend ſans réflexion ; elles ne frappent plus, & on eſt bien éloigné d'y ſoupçonner de l'eſprit. Cependant quelques-unes de ces façons de parler ſont ſi ingénieuſes, qu'on les trouveroit peut-être précieuſes & affectées, ſi elles étoient nouvelles ; & je croirois volontiers qu'on les a trouvées telles dans leur naiſſance. L'habitude nous fait paroître naturel ce qui nous avoit paru d'abord trop recherché ; & à la fin on en vient quelquefois juſqu'à le trouver plat & inſipide.

Je crois avoir remarqué qu'un des principaux caractères du langage de la Cour & du grand monde, c'eſt un uſage aſſez fréquent, mais ingénieux, de pluſieurs façons de parler populaires & proverbiales. Pendant que les gens d'un ordre inférieur les évitent, d'autres plus diſtingués & plus élevés ſemblent preſque les affecter. Heureuſement appliquées, & de moment en moment relevées par d'autres façons de parler qui ne ſont connues que des perſonnes de la meilleure compagnie, elles s'annobliſſent dans leur bouche, & mettent ainſi dans leur converſation de la gaieté & du naturel, ſans aucune ſorte de baſſeſſe *.

* Faiſant un jour cette remarque devant M. *de Fontenelle*, il me dit que je pouvois la confirmer par l'exemple de Madame *de la Fayete*, qu'il avoit beaucoup connue.

Mais les François ſont ſujets à outrer tout ; & il y eut en effet un tems dans le ſiècle paſſé, où l'on outra juſqu'au ridicule l'uſage dont je viens de parler. Madame *de la Fayete* s'en moqua elle même dans une Lettre qu'elle compoſa exprès dans ce ſtyle. On la trouve parmi celles du Comte *de Buſſy*. Après avoir dit que c'eſt une *très-plaiſante ſatire*, il ajoute que cette Lettre eſt néanmoins *propre à être admirée de mille gens*, qui la prendroient pour bonne, toute ridicule qu'elle eſt. C'eſt ce qui arriva, dit-on, au Sonnet du *Miſantrope*.

VI.

Les négligences donnent un air naturel au discours, en lui ôtant l'air de travail ; & c'est en ce sens qu'on dit qu'elles sont quelquefois des graces. Elles embellissent le discours, non par elles-mêmes, & en tant que beautés, puisqu'au contraire elles sont au moins de petites fautes ; mais parce qu'elles nous font juger que l'ouvrage où elles se trouvent a peu coûté. La preuve que les négligences ne plaisent que par-là, c'est qu'elles déplaisent lorsqu'elles se rencontrent dans un ouvrage, qui paroît d'ailleurs écrit avec beaucoup de soin. Alors elles ne peuvent servir à faire juger qu'il a peu coûté, parce que le gros de l'ouvrage annonce le contraire ; elles font seulement voir qu'il n'est pas par-tout également travaillé, & que l'Auteur n'a pas voulu se donner la peine d'en corriger les fautes, ou même qu'il ne les a pas apperçues : or cette impreſſion eſt déſagréable. Les négligences déparent un ouvrage qui paroît travaillé, ou qui devroit l'être. Nous ſommes quelquefois bien aiſes, pour me ſervir de l'expreſſion de M. *Paſca* , de trouver un homme où nous nous attendions de trouver un Auteur. Quelquefois auſſi, nous voulons trouver un Auteur, & non ſimplement un homme.

Mais, dit-on, les négligences relevent les beautés, & leur donnent plus d'éclat. Ce ſont des ombres dans un tableau.

Je réponds qu'il n'eſt pas toujours vrai qu'une beauté précédée ou ſuivie d'une faute, en paroiſſe plus belle; car je ne parle que des négligences qui ſeroient des fautes, & non pas d'un tour plus ſimple ou plus familier, d'une expreſſion moins pompeuſe ou moins délicate. Bien loin que ce qui eſt moins brillant, ſoit une faute, ce qui n'eſt pas même une né-

gligence, & c'est souvent une beauté.

Je dis donc qu'il ne faut quelquefois qu'une de ces négligences qui
font des fautes, pour gâter un bel
endroit d'un ouvrage, & qu'un certain nombre de ces négligences pour
diminuer considérablement le prix
d'un ouvrage, & même pour le gâter tout entier ; enforte que les beautés y feront presqu'en pure perte.
Quelque plaifir que vous aient
fait certains endroits d'un ouvrage,
vous ne le relifez pas volontiers,
fi d'autres en auffi grand nombre
vous ont confidérablement déplû.
Les ouvrages qui réuffiffent le plus,
du moins dont le fuccès eft le plus
général, le plus conftant & le plus
durable, ne font pas ceux dans lefquels il y a plus de beautés, mais
ceux dans lefquels il y a moins de
défauts. A tout prendre, ils font plus
de plaifir. C'eft un grand vice dans
un ouvrage d'agrément, que d'être

inégal. Nous aimons les plaifirs purs,
& nous les préférons fouvent à de
plus grands plaifirs, mêlés de peines. Cela eft vrai fur-tout du plaifir
de la lecture, lorfqu'on ne lit que
pour le plaifir : il n'y en a guères où
le mêlange du dégoût fe faffe fentir
plus vivement.

Homère & *Virgile* parmi les Anciens,
Corneille & *Racine* parmi les Modernes font un grand exemple de ce
que je dis. Et pour ne parler que des
deux derniers, tous les connoiffeurs
conviennent que les beautés de *Corneille* font au-deffus de celles de *Racine* ; mais celui-ci eft plus égal ; il
a beaucoup moins de défauts. Auffi
Corneille eft-il plus eftimé de la plûpart des gens du métier, & *Racine*
plus goûté du Public. Il y a fans
doute d'autres raifons de cette pré-
férence qu'on donne communément
à *Racine* fur *Corneille* ; mais celle-
ci eft une des principales.

Quand il feroit vrai qu'une beauté

précédée d'une faute en paroît plus belle, on perdroit d'un côté ce qu'on gagneroit de l'autre ; car une faute précédée d'une beauté en paroît plus choquante ; mais la vérité est qu'il y a bien plus à perdre qu'à gagner dans ce mêlange. On apperçoit plus facilement, comme je l'ai dit dans une autre occasion, & on sent plus vivement les défauts que les beautés. D'ailleurs les défauts que nous rencontrons dans un ouvrage, diminuent notre estime pour l'Auteur, & par-là le plaisir que nous prenons à la lecture de son ouvrage. Nous concevons de l'estime pour un Auteur, parce que son ouvrage nous fait plaisir ; & cette estime augmente ensuite le plaisir que nous cause son ouvrage,

La comparaison tant de fois répétée des ombres dans les tableaux, ne peut servir à justifier les négligences des Ecrivains ; car les ombres ne sont pas des négligences dans

les tableaux, mais des couleurs obſ-
cures ou moins vives, qui ont leur
beauté comme les autres couleurs.
Si les endroits ſombres d'un tableau
rehauſſent l'éclat de ceux qui doivent
frapper davantage, & par-là les em-
belliſſent, ils en ſont embellis à leur
tour. Cette comparaiſon ne prouve
donc que l'avantage du mélange des
choſes ſimples aves les choſes ornées;
& en général la néceſſité de la va-
riété dans le ſtyle. Il ne peut jamais
y avoir trop de beautés dans un ouvrage fait pour plaire ; mais il peut
y avoir trop d'une ſorte de beautés.
Un ſtyle trop uniforme, quelque
beau qu'il ſoit, ennuye bientôt. C'eſt,
par exemple, le défaut du ſtyle de
M. *Fléchier*. Il ſeroit plus agréable,
s'il étoit plus varié. L'antithèſe y
revient trop ſouvent. D'ailleurs c'eſt
de toutes les figures celle qui demande le plus d'art & de travail, pour
être bien maniée, & par conſéquent
la plus capable de faire paroître le

difcours peu naturel, fi on l'employe
trop fréquemment.

VII.

Le naturel n'eft une perfection &
un mérite dans le ftyle, qu'autant
que les autres qualités d'un bon ftyle
s'y trouvent jointes. Ainfi quand on
dit qu'il faut écrire naturellement,
on ne veut pas dire que le ftyle eft
bon, dès qu'il eft naturel ; on veut
dire feulement qu'il ne vaut rien,
ou qu'il vaut moins, s'il ne l'eft pas.
Plufieurs Auteurs écrivent fort naturellement & fort mal, d'un ftyle
plat & négligé; d'autres écrivent peu
naturellement & mal ; leur ftyle eft
bizarre & forcé, fans être ingénieux.
Ils voudroient bien être naturels,
& ils ne le peuvent. Ils ne dédai-
gnent pas les tours & les expreffions
ordinaires; mais ils ne fçauroient les
trouver. Tout leur coûte à exprimer, jufqu'aux chofes les plus fimples & les plus communes. Enfin

quelques Auteurs écrivent fort bien,
à cela près que leur ftyle n'eft pas
affez naturel, affez fimple. On ne dit
pas pour cela qu'ils écrivent mal;
du moins on ne doit pas le dire.

Le défaut du naturel vient quelquefois d'un défaut d'efprit, quelquefois
d'un défaut de goût.

VIII.

Voyons maintenant les raifons du
plaifir que nous fait le naturel. Je les
ai déja infinuées, en faifant voir en
quoi il confifte ; mais il eft bon de
les marquer plus expreffément.

La première raifon pour laquelle
le naturel nous plaît, c'eft que le
raifonnable & le fenfé nous plaifent.
Mais la chofe parle d'elle même. Je
ne m'y arrête donc point.

IX.

Un Ouvrage écrit naturellement
pour les penfées & pour le ftyle,
nous

nous plaît, parce que nous le lifons fans peine & fans effort. Il n'exige point trop d'application.

X.

Les belles chofes qui n'ont point coûté, nous en plaifent davantage, par l'eftime qu'elles nous donnent pour leur Auteur. Elles n'en font pas plus eftimables en elles-mêmes, puif-que le plus ou le moins de facilité à les produire, ne les changent point ; mais l'eftime pour l'Auteur fe me-fure également & fur le mérite des chofes qu'il produit, & fur le plus ou le moins de facilité à les pro-duire. Or cette eftime pour l'Au-teur augmente celle qu'on a pour fon ouvrage. On dit pourtant : Que m'importe qu'un livre ait coûté, ou n'ait pas coûté à fon Auteur ? C'eft une circonftance étrangere au livre même ; tout ce qui m'importe, c'eft qu'il foit bon. Tout cela eft exac-tement vrai, on ne peut s'empêcher de le penſer ; mais cela ne règle ni l'impreſſion que nous recevons d'un ouvrage, ni le jugement que nous en portons en conſéquence. Beaucoup de Recueils de Lettres, beaucoup de Mémoires, de Pièces de Vers, ne nous plaiſent tant, que parce que nous ſçavons que ces ouvrages ont peu coûté à leurs Auteurs. Nous avons raiſon d'eſtimer perſonnellement ceux-ci. Quoique leurs ouvrages ſoient très-imparfaits, il a fallu beaucoup d'eſprit pour les faire auſſi facilement ; mais c'eſt une illuſion d'eſtimer les ouvrages à cauſe des Auteurs ; illuſion néanmoins qui a toujours quelqu'effet, lors même qu'elle eſt reconnue pour ce qu'elle eſt.

Au reſte, c'en eſt peut-être une encore d'eſtimer plus ou moins les Auteurs, ſelon qu'ils compoſent plus ou moins facilement. Peut-être faut-il étendre juſqu'aux Auteurs mêmes la maxime que *le tems ne fait rien à*

l'affaire, & ne la pas borner à leurs
ouvrages. Plus de facilité, pourroit-
on dire, suppose plus de feu & de vivacité, & non plus de fond d'esprit.
C'est moins une perfection qu'un
avantage. Deux Auteurs également
bons sont également estimables. Celui qui produit plus facilement, n'est
qu'un homme plus rare. Mais comme il sera plus fécond qu'un Ecrivain doué d'une moindre facilité ;
s'il est aussi laborieux, il sera dès-
lors plus précieux à la République
des Lettres.

Enfin on s'imagine que ceux qui
font bien sans beaucoup de travail,
feroient encore mieux avec plus de
travail ; mais cela n'est pas toujours
vrai. Plusieurs même feroient moins
bien, en prenant beaucoup de peine
pour faire mieux ; ou du moins le
mieux ne seroit pas dans la proportion du travail *.

* Tout le monde sçait ces Vers de *Chappelle:*

X I.

On n'excuſe point un mauvais ouvrage, en diſant qu'il a peu coûté,
lorſqu'il auroit dû être beaucoup travaillé ; au contraire il en déplaît davantage, par le mauvais gré qu'on
ſçait à l'Auteur de ſa négligence.
C'eſt un mépris pour le public que
de lui donner des choſes négligées &
faites à la hâte ; ce mépris l'offenſe
& l'indiſpoſe contre l'ouvrage. Cela
eſt vrai ſur-tout des Pièces de théâtre, & des diſcours prononcés en certaines occaſions éclatantes, Un homme qui donne un livre au Public, in-
vite en quelque ſorte tout le monde
à le lire. Mais il ſemble que faire jouer
une Pièce de théâtre, prononcer
une Harangue, une Oraiſon funèbre,
c'eſt une ſorte d'invitation plus ex-

> *Tout bon Habitant du Marais*
> *Fait des Vers qui ne coûtent guères ;*
> *Pour moi c'eſt ainſi que j'en fais ;*
> *Et ſi je les voulois mieux faire,*
> *Je les ferois bien plus mauvais.*

presse. Or il est offensant d'inviter le monde, quand on n'a pas fait tout ce qui dépend de soi pour le bien traiter. Il y a des occasions où il faut donner à manger à ses amis familièrement & sans façon ; il y en a d'autres où ils exigent qu'on leur fasse des façons.

XII.

Ce seroit nous prévenir contre un ouvrage, que de nous dire qu'il a été fait sans peine & en peu de tems, parce qu'ordinairement ce qui a été fait ainsi, ne vaut rien. Le beau, faisant d'autant plus d'impression qu'on s'attendoit moins à le trouver, les préventions défavantageuses augmentent quelquefois notre plaisir, quelquefois aussi elles le diminuent ; & un bon ouvrage paroîtra mauvais à beaucoup de lecteurs, s'ils se sont attendus à le trouver mauvais. Par la même raison il arriveroit presque toujours que notre estime diminue

roit pour un ouvrage, fi on nous
difoit, après que nous l'avons lû,
qu'il a peu coûté à fon Auteur. La
prévention auroit, fi j'ofe m'exprimer ainfi, un effet rétroactif. Nous
penferions que nous nous fommes
mépris, & que nous avons trouvé
l'ouvrage plus beau qu'il n'eft en
effet. Enfin nous jugerions que l'Auteur auroit toujours eu tort de ne
pas le travailler davantage, parce
qu'il l'auroit rendu encore plus parfait, en y employant plus de tems
& de foin. Quelquefois de petits ouvrages excellens n'ont été que l'ouvrage d'un moment; mais il eft rare,
pour peu qu'ils aient d'étendue,
qu'il n'eût pas été poffible de les
rendre plus excellens encore.

XIII.

Le naturel nous plaît, parce qu'il
a un air de modeftie, au lieu que
l'affectation a un air de vanité. On
fçait bien que la plûpart des Auteurs,

sur-tout les Auteurs d'ouvrages d'a-
grément, n'écrivent que par vanité;
mais on ne veut pas que cela s'apperçoive trop sensiblement dans leurs
ouvrages, & qu'ils paroissent s'y être
proposé autre chose que l'instruction
ou le plaisir des lecteurs.

Les Auteurs veulent passer pour
gens d'esprit; & ceux qui écrivent
avec affectation, veulent passer pour
beaux esprits. Or cette vanité est
plus choquante que l'autre. Il n'y a
personne qui ne croie avoir de l'esprit; mais on ne croit pas toujours
avoir du bel esprit; & quelque mépris qu'on veuille quelquefois attacher à cette qualité, il n'y en a
guères qu'on ambitionne davantage.
Quand on dit de quelqu'un sérieu-
sement & dans l'intention de le louer,
que c'est un bel esprit, on croit dire
bien plus que si l'on disoit simplement que c'est un homme d'esprit. On donne plus volontiers cette
derniere louange, on la prodigue

même. On ne croit pas élever au-deſſus de ſoi celui à qui on la donne.
Ce n'eſt preſque pas une diſtinction
que d'avoir de l'eſprit, mais c'en eſt
une bien flatteuſe que d'être un bel
eſprit. Si ce titre eſt preſque devenu une injure, l'envie y a bien contribué.

Le goût pour le naturel pourroit
bien encore venir en partie d'amour
propre. On n'admire pas le naturel,
mais on l'aime & on le loue volontiers, parce que, perſuadé qu'*on en
feroit bien autant*, on a dès-lors une
forte d'intérêt qu'il ſoit eſtimé. Au
contraire le ſublime, le fin, le penſé, humilient ; on ſent bien qu'*on
n'en feroit pas autant*. Par-là on ſe
plait à les rabaiſſer, en les accuſant
de recherche & d'affectation.

La ſimplicité du ſtyle dans un ouvrage beaucoup & bien penſé, y produit à pluſieurs égards les mêmes effets que la ſimplicité du caractère
dans un grand homme.

XIV.

XIV.

Une forte envie de montrer beaucoup d'esprit en écrivant, fait trouver à ceux qui en ont effectivement beaucoup, plus de belles pensées & d'heureuses expressions, qu'ils n'en auroient trouvé, s'ils avoient eu moins d'envie d'en trouver. Mais quelquefois aussi c'est pour eux une occasion de pensées fausses & d'expressions peu justes. Quand on cherche trop le brillant, il arrive souvent qu'on le préfere au solide ; on associe de mauvaises pointes à des traits vraiment ingénieux. On va, si je puis m'exprimer ainsi, de la fleur à la fleurette, du vrai beau à ce qui n'en a que l'apparence ; & c'est en effet ce qui est arrivé à plusieurs de nos meilleurs Ecrivains, jusqu'au regne de *Louis XIV.*

Quelques personnes semblent craindre que nous ne retombions insensiblememt dans ce mauvais goût ; &

il faut avouer que le goût de notre
siècle est un peu différent de celui
du siècle passé. Les bons ouvrages qui
paroissent aujourd'hui, sont peut-être
moins simples, &, si cela se peut dire,
plus *brillantés* que ceux de *Moliere*,
de *la Fontaine*, de *Racine*, de *Des-*
préaux, &c. Ceux qui recommandent
le plus l'ancienne simplicité, donnent dans le brillant moderne aussi
bien que les autres, & quelquefois
dans le tems même qu'ils la recommandent *. Mais il faut avouer aussi
qu'on n'a jamais mieux connu le
prix de la justesse, qu'on le connoît
maintenant ; qu'on n'a jamais été
plus sévère contre tout ce qui s'en

---

* Voici, par exemple, comme de *la Riviere*, qui
a tant reproché le précieux à Madame la Marquise *de*
Lambert, s'exprime dans ses *Avis* à son neveu : »Fai-
» tes-vous, lui dit-il, *un style simple & naturel qui ne*
» *coûte rien à votre esprit, qui naisse paisiblement sous vo-*
» *tre plume, & qui ne cherche de crédit que dans la rai-*
» *son & dans le bon sens* «. On pourroit faire un petit
Recueil assez plaisant des phrases singuliérement pré-
cieuses de cet Ecrivain, qui d'ailleurs n'étoit pas sans
mérite. On dit qu'il parloit comme il écrivoit. Mais le
précieux vaut encore moins d'être dit qu'à être lu.

écarte, plus ennemi du faux, plus ami du vrai, plus habile à le distin-guer du faux le plus spécieux & le mieux déguisé : en un mot, plus dif-ficile à contenter en matière d'ou-vrages d'esprit ; & qu'enfin nous n'en avons point de plus solides & de plus judicieux que ceux de quelques Auteurs, à qui on a le plus repro-ché dans ces derniers tems l'affecta-tion & l'envie de briller ; ceux, par exemple, de MM. *de la Motte*, & *de Fontenelle*. Ainsi je dirois volon-tiers que l'alliance du bel esprit avec la justesse, est le caractère de notre siècle.

Il y a de la philosophie dans nos livres d'agrément, & de l'agrément dans nos livres de philosophie ; & c'est sur-tout à M. *de Fontenelle* qu'on a obligation de l'un & de l'autre.

X V.

Les ouvrages, les discours où l'on se propose un but sérieux, comme de persuader une vérité importante, ne

sçauroient être trop naturels, trop
simples, & ne doivent pas être trop
ingénieux, parce que trop d'esprit
porte à se défier de celui qui parle,
ou de l'Auteur d'un livre. On ne
persuade point, quand on donne lieu
de douter si l'on a véritablement en
vûe de persuader, ou seulement de
montrer de l'esprit. En faisant douter,
si vous voulez sincérement persuader, vous faites douter si vous êtes
vous-même véritablement persuadé.
Or pour persuader il faut paroître for-
tement persuadé; & c'est pour cela
qu'on dit qu'il faut l'être effectivement, parce qu'il est difficile de le
paroître lorsqu'on ne l'est pas.

Si l'on n'avoit à faire qu'à des personnes intelligentes, il ne seroit pas
nécessaire pour les persuader, de leur
paroître persuadé; il suffiroit de leur
apporter de bonnes raisons. *Tant pis,*
diroient-elles, pour celui qui les expose,
s'il n'est pas persuadé lui-même. Tant pis
pour son esprit ou pour son cœur. Mais le

commun des hommes ne se connois-
sant guères en bonnes & en mauvaises raisons, il est très-naturel qu'ils
se défient de celles qui ne persuadent
pas celui qui leur parle; & qu'ils s'en
défient même à proportion qu'il les
leur expose avec plus d'esprit & d'ha-
bileté; car plus celui qui parle a d'esprit & de sçavoir, plus il est probable que ce qu'il croit est vrai, & que
ce qu'il ne croit pas est faux. Si donc
on a lieu de croire qu'il n'est pas persuadé de ce qu'il dit, plus les raisons
qu'il apporte pour le prouver, paroissent fortes & convaincantes, par
le jour dans lequel il les met, &
le tour qu'il sçait leur donner, plus
ceux qui l'écoutent ont sujet de les
croire fausses.

Nous sommes machinalement disposés à recevoir l'impression des sentimens dont les autres sont affectés;
& cette disposition machinale est si
forte dans le commun des hommes,
qu'un moyen presque certain de les

perſuader de quelque choſe que ce ſoit, c'eſt d'en paroître ſoi-même bien perſuadé. Ce ne ſont ni les bons raiſonnemens ni les ſophiſmes, qui éclairent ou qui ſéduiſent la multitude ; ce ſont les mouvemens qui l'entraînent.

Si celui qui eſt perſuadé, perſuade toujours mieux que celui qui ne l'eſt pas, celui qui, ſans être convaincu, voudroit néanmoins convaincre, y réuſſiroit quelquefois mieux que s'il l'étoit lui-même. Comme il ſent mieux la foibleſſe des preuves, & la force des objections, il ſçauroit mieux choiſir & fortifier les unes, affoiblir ou éluder les autres. En général il employeroit plus d'art & plus d'adreſſe dans la diſpute.

Quand on eſt trompé ſoi-même, on trompe mieux le cœur des autres. Quand on ne l'eſt pas, on trompe mieux leur eſprit.

Trop d'eſprit eſt encore un obſtacle à la perſuaſion, en détournant l'attention du fond des choses, pour l'appliquer à la manière dont elles sont exprimées. Ce n'est pas que pour faire recevoir la vérité, il ne faille la dire d'une manière qui plaise ; mais c'est au cœur qu'il importe de plaire plûtôt qu'à l'esprit. Or on ne plait au cœur qu'en y excitant des sentimens. On a dit qu'il en étoit du style comme de l'eau, dont la meilleure est celle qui n'a aucun goût. Si cela n'est pas vrai à l'égard de toutes sortes d'ouvrages, cela l'est du moins à l'égard de ceux qui sont destinés à la persuasion. Ainsi le meilleur style dans ces ouvrages, est celui qui n'attire point par lui-même & sur lui-même l'attention de l'Auditeur ou du Lecteur, & qui l'applique uniquement au fond des choses. Jamais l'Orateur n'est plus admirable, comme Ecrivain, que lorsque, faisant goûter ce qu'il dit par la manière dont il le dit, l'Auditeur rapporte néanmoins son plaisir aux choses mêmes,

& s'imagine qu'elles lui plairoient également, de quelque manière qu'elles fuffent exprimées.

La règle de ne pas montrer trop d'efprit, regarde encore les ouvrages de pur agrément, dans lefquels on fe propofe d'intéreffer & de toucher, comme les Tragédies. Elle regarde les Hiftoires & les ouvrages de narration, où le lecteur cherche principalement les faits mêmes ; & enfin tous ceux où l'on introduit des perfonnages, & dans lefquels l'Auteur ne parle pas en fon nom. Comme ces perfonnages font cenfés parler fur le champ, ce feroit aller contre la vraifemblance, que de les faire parler avec trop d'efprit, ou du moins avec cette forte d'efprit qui fent la recherche & le travail.

Mais il y a d'autres ouvrages où l'on ne cherche guères que le plaifir qui naît des chofes ingénieufes. Tels font un difcours Académique, un Compliment, un Eloge, &c. Je mets dans le même rang les ouvrages où l'on se propose à la vérité d'instruire, mais sur des matières dont la plûpart des lecteurs ne veulent s'instruire que pour le plaisir, comme la Poësie. Les ouvrages de cette espèce ne sçauroient être trop ingénieux, pourvû néanmoins qu'ils soient solides. Il me semble donc que ceux qui, pour condamner un ouvrage tel, par exemple, que *les Caractères de la Bruyere,* disent qu'il y a trop d'esprit, ne s'expriment pas exactement; car qu'est-ce qu'un ouvrage plein d'esprit? c'est un ouvrage rempli de pensées & d'expressions neuves, fines, délicates, fortes, sublimes. Or plus il y a de ces sortes de pensées & d'expressions dans un ouvrage de la nature de celui de *de la Bruyere,* plus il est parfait, plus il est ce qu'il doit être. Ce qui seroit affectation dans tout autre ouvrage, ne l'est pas dans celui-ci. C'est par cette abondance d'esprit qu'il est si agréable à ceux qui en ont eux-mê-

mes beaucoup. J'avoüe qu'il fatigue
ceux qui en ont moins ; mais, comme je l'ai dit ailleurs, il ne les fatigue que parce qu'ils font foibles. Il
leur faut plus d'application qu'à d'autres pour bien fentir toutes ces beautés, & cette application les laffe.
Mais l'ouvrage n'en vaut pas moins
pour être au-deffus de leur portée ;
c'eft au contraire ce qui en prouve
l'excellence. Eft-ce un défaut dans le
foleil de répandre une lumiere éclatante, parce qu'il y a des yeux foibles qui ne peuvent la foutenir, &
qui font incommodés d'un trop grand
jour ?

Difons plus, (& je l'ai déja infinué
ailleurs) tel ouvrage peut, dans un
fens, être appellé mauvais, quoique
plein d'efprit. Dès-lors pourtant il a
une valeur réelle qui le foutiendra.
Au contraire tel autre ouvrage fage
& fenfé, bien & convenablement
écrit, prefqu'irrépréhenfible même,
ne fe foutiendrá point, faute d'efprit.

Excès d'esprit, dit-on, *défaut de goût.*
Je le veux bien. Mais où est-il cet
excès d'esprit ? Pas même dans *la
Bruyere.* Je passe le droit, mais je nie
le fait.

Il y a plus de choses médiocres
dans *la Bruyere* que de mauvaises;
plus de celles où il n'y a pas eu assez d'esprit, que de celles où il n'a
pas eu assez de goût. Il en est de
même de tous ceux de nos autres
Ecrivains qu'on a le plus accusés de
trop d'esprit.

XVI.

Je ne voudrois pas dire, comme
M. *Despréaux,* que les ouvrages les
plus naturels & les plus faciles, sont
ordinairement ceux qui ont été travaillés avec le plus de soin: *Que ce
sont les ouvrages faits à la hâte, &,
comme on dit, au courant de la plume,
qui sont ordinairement secs, durs & for-
cés: que c'est le travail même qui, en
polissant un ouvrage, lui donne cette fa-*

cilité tant vantée qui charme le lecteur,
&c. * La raifon & l'expérience, & en
particulier les Poëfies de M. *Defpréaux*
même, font la preuve du contraire.
Il n'eſt pas moins vrai en matière de
Poéfie ou d'Eloquence, qu'en matiere de Peinture, qu'il y a fouvent
dans l'ébauche d'un ouvrage un air
libre & naturel qui ne ſe trouve plus
dans l'ouvrage même. Il eſt certain
néanmoins qu'un ouvrage deſtiné à
l'impreſſion, ne ſçauroit être trop
travaillé. S'il en eſt moins naturel
& moins facile, il en fera plus exact
& plus châtié. C'eſt ce qu'exige principalement le lecteur, & ce qu'il
trouve en effet dans M. *Defpréaux*,
peut-être plus que dans aucun autre
de nos Poëtes.

La règle d'écrire naturellement,
quoique ce foit une règle générale,
regarde plus particulièrement certains genres que d'autres, les Lettres, par exemple. Celles de Mada-

* *Préface des Œuvres de M. Defpréaux.*

me de *Sevigné* seroient moins belles qu'elles ne le sont, en tant que Lettres, si elle les avoit plus travaillées. Il seroit dangereux d'y toucher, & d'en vouloir corriger les négligences *. Aussi Madame *de Sevigné* conseille-t-elle à Madame de *Grignan* sa fille, d'éviter toute recherche dans ses Lettres, de les écrire rapidement, & sans songer à faire de belles Lettres. C'est que d'une part il est essentiel au style épistolaire d'être extrêmement naturel, & que de l'autre l'effet nécessaire de la recherche & du travail, c'est d'ôter plus ou moins l'air naturel au discours. Cette proposition révoltera peut-être ; je crois pourtant qu'elle doit paroître exactement vraie à ceux qui l'entendront bien. La preuve tirée du style épistolaire est sans réplique. Des Lettres travaillées ne seront jamais de bon-

---

* L'Editeur de ces Lettres charmantes l'a pourtant fait ; mais pour le faire aussi heureusement qu'il l'a fait, il a fallu une délicatesse & une sûreté de goût très-rare.

nes Lettres. Ce feront peut-être de
fort belles Pièces, des ouvrages très-
ingénieux & très-eftimables en eux-
mêmes ; mais ce ne feront point de
vraies Lettres, des Lettres eftimables
en tant que Lettres, & propres à fervir de modéle en ce genre, parce
que dès qu'elles feront travaillées,
elles ne feront plus auffi naturelles
que des Lettres doivent l'être. Mais
il n'en eft pas des ouvrages d'efprit
proprement dits, comme des Lettres.
Le naturel eft moins effentiel à la
plûpart de ces ouvrages, que la jufteffe & l'exactitude, tant dans les
penfées que dans le ftyle ; & fi le travail peut leur ôter quelques agrémens, lui feul en récompenfe peut
y mettre les grandes beautés qui en
font le principal mérite.

Par-là je répondrai à une objection
qu'on pourroit me faire.

Il y a, dira-t-on, des ouvrages
fort naturels, & pourtant fort travaillés, par exemple, les Tragédies

de *Racine*. Donc on ne peut pas dire que l'effet du travail soit d'ôter l'air naturel.

Je réponds que le degré de naturel nécessaire dans un ouvrage n'est pas le même qui est nécessaire dans un autre. Ainsi un ouvrage est dit naturel, quoiqu'il le soit moins qu'un autre ouvrage d'un autre genre, lorsqu'il l'est autant qu'il doit l'être. Par exemple, *Racine* est certainement moins naturel que Mad^e *de Sevigné*, mais il l'est assez pour le genre dans lequel il a écrit ; & s'il l'étoit davantage, il le seroit trop. C'est ce qui fait dire absolument & sans restriction, que *Racine* est fort naturel, & même qu'il l'est autant que Madame *de Sevigné* ; mais on veut dire seulement par-là, qu'il l'est autant à proportion. Le travail auroit ôté aux Lettres de Madame *de Sevigné* ce naturel qui nous y charme, & il a mis dans les Tragédies de *Racine* cette correction & cette élégance con-

tinue, qui font un de leurs principaux caractères. Si le ftyle de *Racine*
dans fes Tragédies n'étoit pas plus
travaillé que celui de Madame *de
Sevigné* dans fes Lettres, il nous paroîtroit foible & négligé ; & fi le ftyle
de Madame *de Sevigné* étoit aufli travaillé que celui de *Racine*, il nous
paroîtroit recherché & affecté.

XVII.

Ceux qui ont beaucoup de vivacité, & les perfonnes qui font fans
étude, parlent & écrivent ordinairement d'une manière plus naturelle &
plus aifée, que ceux dont l'efprit eft
plus pefant & plus lent, & que ceux
qui font profeffion expreffe de Littérature. Les femmes, par exemple,
parlent & écrivent plus naturellement
que les hommes. La raifon en eft que
ceux-ci ayant communément moins
de facilité, ils font obligés à plus de
travail ; & qu'ayant plus d'étude, ils
s'attachent davantage à fuivre les régles de l'art.   XVIII.

XVIII.

Il peut être vrai de quelques endroits d'un ouvrage, qu'on les ait rendus plus naturels par le travail ; mais cela est rarement vrai d'un ouvrage entier.

Ce seroit donc mal réfuter les Ecrivains, qui *alléguent pour excuser leur paresse, qu'ils auroient peur en travaillant trop & en remaniant trop leurs écrits, de leur ôter cet air libre & facile qui fait, disent-ils, un des plus grands charmes du discours* * ; ce seroit, dis-je, les réfuter mal, que de leur répondre que c'est le travail même qui donnera ce mérite à leurs écrits, bien loin de le leur ôter. Ce n'est point pour rendre son ouvrage plus naturel, qu'un Auteur le remanie sans cesse, & y repasse la lime à plusieurs reprises ; c'est pour y mettre plus de justesse, plus d'ordre, plus de précision. Voilà ce qui ne peut être ordinairement que

* *Préface de M. Despréaux.*

le fruit du travail. Mais ſi un ouvrage
n'eſt pas naturel la premiere fois qu'il
ſort des mains de ſon Auteur, il ne
le ſera jamais, le travaillât-il pendant toute ſa vie. J'aimerois donc
mieux répondre à ces Auteurs pareſ-
ſeux qui ne reviennent jamais ſur ce
qu'ils ont fait, & qui croient avoir
achevé leurs ouvrages, quand ils en
ont écrit la derniere ligne; j'aimerois
mieux, dis-je, leur répondre que cet
agrément du naturel qu'ils craignent
d'ôter à leurs écrits en les travaillant
trop, eſt peu de choſe en comparaiſon de tous les autres avantages qu'ils
peuvent leur procurer par ce travail;
qu'au reſte un ouvrage fait pour le
Public & deſtiné à l'impreſſion, eſt
toujours aſſez naturel, quelque travaillé qu'il puiſſe être, lorſque celui
qui l'a compoſé eſt d'un goût & d'un
tour d'eſprit qui le portent à penſer
& à s'exprimer d'une manière naturelle.

On m'objectera peut-être qu'il

s'enfuit de ce que je viens de dire, qu'un ouvrage fait à la hâte & à cour-se de plume, doit toujours paroître naturel; ce qui est contraire à l'expé-rience. La réponse est aisée, ou plû-tôt je viens de la faire d'avance. J'a-voue qu'un ouvrage composé sans peine & sans efforts, paroît quelque-fois beaucoup moins naturel qu'un autre ouvrage extrêmement travail-lé, mais composé par un Auteur ami des beautés simples & naturelles, & ennemi de toute affectation ; & que, par exemple, *les écrits de Virgile*, com-me le remarque *M. Despréaux, quoi-qu'extraordinairement travaillés, sont bien plus naturels que ceux de Lucain, qui écrivoit, dit-on, avec une rapidité prodigieuse.* Lorsqu'un lecteur ordinai-re lit des ouvrages dans le goût de ceux de ce Poëte Espagnol, ou de *Seneque* son parent, il s'imagine qu'un style si affecté est le fruit d'un grand travail ; au lieu qu'un connoisseur sçait bien que des pensées & des ex-

preſſions que tout autre ne trouveroit qu'avec peine, ne coûtent point
à certains Ecrivains, & qu'il leur
ſeroit même très-difficile, comme
je l'ai déja dit, de penſer & de s'exprimer autrement. Mais un Auteur
de ce caractère, un *Lucain*, un *Seneque*, rendroit ſon ouvrage moins naturel encore, en le travaillant davantage, parce que plus il le travaille-
roit, plus il y mettroit de ces tours
recherchés qu'il aime, moins il y
laiſſeroit de tours ſimples, & de ces
négligences qui, malgré la ſingularité
du gros de ſon ouvrage, font voir
qu'il l'a peu travaillé.

Quelquefois un Auteur très-affecté
dans ſes écrits, le paroît moins dans
la converſation; mais il ne faut pas
toujours lui en ſçavoir gré, & lui
en faire un mérite. Il voudroit parler comme il écrit, & croiroit d'autant mieux parler. Heureuſement il
ne le peut, & il ſe réduit ſagement à
parler comme un autre. Tous les

Ecrivains affectés ne font pas fi fages.
Il en eft qui s'efforcent de parler
comme ils écrivent, & qui ont le
malheur d'y réuffir ; ils parlent comme un livre, mais comme un mauvais livre.

Je conviens qu'un Auteur qui, par
un tour d'efprit particulier, ou par
une longue habitude, s'eft fait une
manière d'écrire qui n'eft point naturelle, & qui cependant ne lui coûte
point, ne pourroit, fans beaucoup
de travail, réuffir à écrire naturellement. Mais c'eft qu'alors il forceroit
fon génie, & n'écriroit plus felon
fon goût. Ainfi quand je dis que plus
un Auteur de ce caractère travaille-
roit fon ouvrage, moins il feroit naturel, c'eft en fuppofant qu'il le tra-
vailleroit pour le rendre le plus parfait qu'il pût être, conformément à
l'idée qu'il a de la perfection.

Quelques Auteurs qui écrivent peu
naturellement, ne tombent dans ce
défaut que parce qu'ils cherchent

trop à bien écrire. S'ils se conten-
toient des premieres pensées & des
premieres expressions qui leur viennent à l'esprit, ils écriroient bien. En
cherchant le meilleur, ils manquent
le bon. C'est, ce me semble, ce qui
est arrivé à feu M. l'Abbé *Houtteville*,
du moins quant au style; & je crois
que ceux qui l'ont connu personnellement, seront de mon avis. Il parloit naturellement & bien; & sur sa
conversation on ne se fût jamais dou-
té de l'affectation & de l'enflure qui
déparent un peu son bel ouvrage de
la Religion prouvée par les faits.

Un homme d'un goût sûr ne peut
travailler trop ses ouvrages; il sçaura
toujours bien faire un bon choix entre ses idées, entre ses expressions;
& si les secondes ne valent pas les
premieres, il en sera quitte pour re-
venir à celles-ci. Mais il est d'autres
Écrivains qui, trouvant assez aisément le bon, ne sentent point quand
ils l'ont trouvé; & jugeant de la bon-

té de leurs pensées & de leurs expressions, parce qu'elles leur ont coûté, choisissent souvent celles qui valent le moins. Il n'y a d'autre conseil à leur donner, que de se mettre dans l'impossibilité de faire un mauvais choix, en se bornant à ce qui s'est d'abord présenté, & de ne pas faire trop d'usage de leur esprit, de peur de jetter leur goût dans l'embarras.

Un Auteur très-fécond, & d'un génie extrêmement vif, faisant part à un de ses amis du projet d'un ouvrage qu'il méditoit, étaloit à ses yeux tous les matériaux qu'il avoit rassemblés. C'étoit d'abord trois ou quatre plans ou desseins généraux, tous différens l'un de l'autre ; ensuite une infinité de pensées qu'il étoit visiblement impossible de faire toutes entrer dans un ouvrage qui ne devoit avoir que peu d'étendue ; enfin plusieurs manières de dire chaque chose en particulier. En vérité, lui dit son ami, après l'avoir écouté jufqu'au bout fans l'interrompre , je vous plains de votre abondance. Vous ne ferez pas peu embarraffé à faire un choix. Votre imagination taille bien de la befogne à votre jugement.

XIX.

Le précepte de ne fe pas contenter de bien faire, & de faire encore mieux , eft bon & raifonnable en foi ; mais dans la pratique il eft fujet à beaucoup d'inconvéniens. En tout genre le bon & le mauvais font limitrophes ; le meilleur eft tout près du pire , & de l'un à l'autre il n'y a qu'un pas. On fçait le proverbe Italien, que le mieux eft l'ennemi du bien , & l'ennemi le plus dangereux. Cela eft vrai en matière d'ouvrages d'efprit , auffi - bien qu'en matière de bonheur , de fanté, &c. *

---

* Ce dernier mot me rappelle l'Epitaphe Italienne d'un homme qui s'étoit fait mourir à force de faire des remédes fans befoin.

Finiffons

Finiſſons donc par convenir que ſi l'envie de faire mieux, écarte les négligences vicieuſes, & donne de l'art, ſouvent auſſi elle eſt cauſe que l'art paroît trop, ſur-tout lorſqu'elle vient de vanité : or c'eſt toujours un défaut.

Il vaudroit mieux manquer d'art juſqu'à un certain point, même dans les ouvrages où il eſt plus permis d'en montrer, que d'en montrer trop. Il vaudroit mieux être un peu négligé, qu'affecté & trop compaſſé.

X X.

L'équivoque des mots eſt ſouvent une ſource de diſputes, même entre des gens d'eſprit. Par exemple, j'ai vû ſoutenir que *Corneille* étoit plus naturel que *Racine*, & on avoit raiſon en un ſens. *Corneille* eſt plus naturel que *Racine* en ce ſens, qu'il eſt moins travaillé, moins ſoigné, plus négligé. Il ſonge plus à penſer qu'à s'ex-

---

J'étois bien ; mais pour avoir voulu être mieux, je ſuis ici. Stabo ben ; mà pér ſtar meglio, ſto qui.

primer. Il eſt plus occupé du fond
des choſes que du ſtyle, & du total
de ſon ouvrage que de ſes différentes parties. Il penſe à bien faire plutôt qu'à plaire. Il obéit à ſon génie,
ſans chercher à s'accommoder au
goût du Public & du grand nombre.
D'un autre côté *Racine* eſt plus naturel que *Corneille*, en ce ſens qu'il eſt
plus égal & plus uni, qu'il n'eſt point
forcé ni outré, qu'il emploie ordinairement l'expreſſion propre, qu'il ne
donne preſque jamais dans la pointe
ni dans l'enflure, & qu'il eſt plus à
la portée de tout le monde que *Corneille*. Celui-ci penſe & s'exprime ſouvent d'une manière qui a quelque
choſe de fier, de hazardé, &, ſi cela
ſe peut dire, de détourné. *Racine* eſt
toujours élégant, toujours correct,
toujours arrangé. Ainſi un Auteur
moins brillant & moins ſingulier que
le premier, moins exact & moins
châtié que le ſecond, paroîtroit plus
naturel que l'un & que l'autre.

Au reste, s'il falloit décider la question entre ces deux grands Poëtes,
je la déciderois, selon l'opinion commune, en faveur de *Racine*. Il est plus
naturel que *Corneille*, à prendre ce mot
dans sa signification la plus ordinaire.
A la vérité les faux brillans, les an-
tithèses affectées, les hyperboles ou-
trées ne sont bien fréquentes que dans
les premières Piéces de *Corneille* ; au
lieu que toutes celles de *Racine*, depuis la *Thebaïde* & *Alexandre*, sont
écrits avec une correction & une ré-
gularité qui ne se démentent presque
jamais. Ainsi on pourroit dire encore que lorsque *Corneille* s'éloigne
du naturel, il s'en éloigne beaucoup
plus que *Racine*, & d'une manière
bien plus vicieuse. Quelquefois aussi
il est trop naturel. Il donne tour-à-
tour dans les deux extrêmes de l'enflure & de la négligence. Mais en récompense c'est dans ses ouvrages qu'il
faut chercher les plus beaux exemples de ces traits admirables par l'u-

nion du grand & du simple, du naturel & du noble ; témoin le *Qu'il mourût* du vieil *Horace*, le *Moy* de *Médée*, & tant d'autres que le lecteur se rappelle sans doute. *Racine* n'a rien de cette force-là, ni même de plus naturel.

XXI.

Achevons d'éclaircir la matiere, en marquant par quelques exemples les différens sens dans lesquels on prend le mot de *naturel*. Tout le monde convient que les Vers de *Despréaux* ne sont pas aussi naturels que ceux de *Racine*, c'est-à-dire, qu'ils ne sont pas aussi doux, aussi aisés, aussi coulans : car on ne veut pas dire qu'ils soient affectés, qu'on y trouve des pointes, des jeux de mots, ou même trop d'esprit. On y sent beaucoup de travail, mais nulle sorte d'affectation.

Le style de M. *Bossuet*, admirable par la force & le sublime qui font son

caractère, eft peu correct, & quelquefois même dur, embarraffé, forcé.
M. *Fléchier* a toujours été accufé d'affectation, d'une jufteffe & d'une élégance trop recherchée. M. *de Fenelon*
eft également éloigné de tous ces défauts. Son ftyle brillant, fleuri, pom-
peux & délicat, eft néanmoins libre,
facile & gracieux. C'eft dommage
qu'il foit un peu trop diffus, défaut
qui fe fent d'autant plus, que M. *de
Fenelon* n'eft pas un Ecrivain *fort de
chofes*, un *penfeur*. M. *Boffuet* l'eft bien
davantage, & M. *Nicole* encore plus
que M. *Boffuet ;* mais il manque d'imagination & de fentiment : il ne parle
qu'à la raifon.

En voilà fans doute affez pour
mettre le lecteur en état d'appliquer mes principes aux bons Auteurs
anciens & modernes, de connoître
diftinctement ce qu'il n'avoit peut-
être fenti que confufément ; je veux
dire, pourquoi le naturel nous plaît,
en quoi il confifte, & en combien de

manières plus ou moins vicieuses on peut s'en écarter.

DE L'ESPRIT.

CHAPITRE PREMIER.

I.

AUCUNE terre n'eſt propre à tout ; aucune n'eſt propre à rien. Il en eſt de même des hommes. Il n'y a perſonne qui n'ait de l'eſprit, & qui ne ſoit capable de quelque choſe. Il n'y a perſonne qui ne manque d'eſprit, & qui ſoit capable de tout. Cela doit inſpirer aux uns de la modeſtie, aux autres de la confiance & du courage.

Non-ſeulement le même homme ne réunit pas toutes les qualités de l'eſprit, mais les plus belles & les plus rares ne ſuppoſent pas les plus médiocres & les plus communes. Le plus ne fuppofe pas le moins, fouvent même il l'exclut.

Il n'y a point d'homme d'efprit qui ne foit inférieur en beaucoup de chofes, non - feulement à un autre homme d'efprit, mais encore à un fot.

Le plus grand homme, dès qu'il n'a pas tout, a des fupérieurs dans les plus petits.

I I.

Peu d'hommes naiffent avec la fe-mence des grandes qualités de l'ef-prit & du cœur ; & cette femence éclôt dans un plus petit nombre en-core.

Il y a bien des hommes qui, par préfomption, s'imaginent être ce qu'ils ne font pas, & en conféquence rempliffent des places, où s'occu-pent à des chofes dont ils ne font point capables. Mais il y en a bien plus encore qui, faute d'éducation, ou d'occafions d'exercer leurs talens,

B b iv

ne font point ce qu'ils auroient pû
être.

On a souvent dit que le véritable
génie furmonte tous les obstacles de
la naissance, de l'éducation, de la
fortune; qu'un homme né avec beaucoup de génie pour la Poësie, la
Peinture, &c. deviendra toujours un
grand Poëte, un grand Peintre, &c.
Il y a sans doute plusieurs exemples
qui paroissent favoriser cette opinion;
ils sont éclatans, & on les sçait.
Mais on ignore les exemples contraires; & si on les sçavoit, on verroit
qu'ils sont en bien plus grand nombre.

Si l'esprit & les talens sont si rares,
c'est que tous ceux qui étoient nés
pour en avoir, n'en ont pas.

S'il étoit permis d'appliquer le sa-
cré au profane, je dirois qu'à cet
égard, comme par rapport au salut,
il y en a beaucoup d'appellés, *mais peu
d'élus.*

Il s'en faut bien que toutes les bon-

nes terres foient cultivées. Il en eft
de même des bons efprits.

On pourroit dire encore qu'il en
eft des talens comme de l'or & des
pierres précieufes. Nous ne jouiffons
que de la moindre partie de ce qui
exifte en ce genre. La plûpart des
talens, ignorés de ceux même qui
les poffédent, reftent enfouis dans
des hommes obfcurs, comme les dia-
mans dans des mines inconnues.

Si tous ceux qui étoient nés pour
avoir de l'efprit & des talens, n'en
ont pas, tous ceux qui en ont, n'en
ufent pas. Combien de gens, par
exemple, qui écriroient avec beaucoup de fuccès, n'écrivent point,
par pareffe, par amour des plaifirs,
par défiance d'eux - mêmes, parce
qu'ils ont d'autres occupations. Cette
réflexion eft bien propre à guérir les
Auteurs de leur orgueil. Ils feroient
étonnés du grand nombre de ceux
qui pourroient être leurs égaux, &
même leurs fupérieurs, s'ils pouvoient les connoître.

C'est une belle image que celle du monde, dans la suppofition que tous ceux qui font nés avec des talens, les euffent cultivés, & qu'ils fuffent tous placés felon ces talens.

Parmi les hommes de mérite & de talens, les uns ne font point placés, les autres le font mal. Parmi ces derniers, les uns fe placent mal eux-mêmes, par ignorance d'eux-mêmes, par vanité, par ambition, &c. Les autres font mal placés par le hafard de leur naiffance, la volonté de leurs parens, les différentes conjonctures de leur vie, &c.

La plûpart des talens font ou enfouis, ou oififs, ou déplacés, & ainfi perdus pour la fociété.

III.

Je dis dans une compagnie que M. N . . . . a de l'efprit ; je dis dans une autre qu'il n'en a point, & cela fans me contredire, fans mentir, fans tromper ceux à qui je parle ; au con-

traire, je les tromperois en leur parlant autrement. Ils n'ont pas les uns
& les autres la même idée d'un homme d'esprit ; ils prennent ce terme
dans des sens fort différens. Je dois
donc me conformer à leur diction-
naire, si je veux qu'ils m'entendent.

À la vérité ils sont peut-être d'accord sur la définition générale du mot
Esprit, & sur la nature des qualités
qui font l'homme d'esprit ; mais ils
ne conviennent pas sur le degré dans
lequel il faut posséder ces qualités,
pour mériter ce titre. Les uns exigent plus, les autres moins ; selon
qu'eux - mêmes, ou ceux qu'ils fré-
quentent, ont plus ou moins d'esprit.
Ce n'est que la connoissance de la
perfection qui nous dégoûte de la
médiocrité, & on ne juge de l'une
& de l'autre que par comparaison.
Toutes les grandeurs sont relatives,
les grandeurs spirituelles aussi - bien
que les matérielles.

Selon la différence des états & des

emplois, on dit de deux hommes
égaux en esprit, que l'un en a, & que
l'autre n'en a point, comme on dit
de deux hommes égaux en biens;
mais inégaux en rang, en naissance,
&c. que l'un est riche & que l'autre
est pauvre.

On dit de tel Académicien de Province, que c'est un homme de mérite;
& de tel Académicien de Paris, que
c'est un homme médiocre, quoique
celui-ci vaille encore mieux que le
premier.

Il y a plus encore. Quelquefois
deux hommes qui dans leur société
passent chacun pour gens d'esprit,
perdroient cette réputation en changeant de société.

IV.

Les personnes les moins suscepti-
bles d'instruction, sont celles qui ont
en même-tems peu d'esprit & beaucoup de vivacité. Les sots, pesans
& froids, ceux qu'on appelle stupi-

des, font plus capables d'application ; ils écoutent au moins ce qu'on
leur dit, y font enfuite quelques réflexions felon leur portée, & amaf-
fent ainfi peu-à-peu des connoiffances & des principes qui leur fervent
dans les occafions à régler leurs jugemens.

Les fots de la première efpèce, les
fots vifs & étourdis, font les plus
fots de tous, ou du moins les plus
irrévocablement fots. Leur peu d'efprit fait qu'ils ne peuvent rien produire d'eux-mêmes ; leur extrême vivacité fait qu'ils ne peuvent rien apprendre.

Il eft moins difficile d'étendre un
efprit borné, que de redreffer un efprit faux.

V.

Il y a des efprits excellens, capables d'inventer, de découvrir, & de
pouffer leurs découvertes auffi loin
qu'elles peuvent aller. Il y en a d'au-

tres qui n'ont que des demi-vûes,
des idées confufes & bornées, dans
lefquelles néanmoins il y a du vrai
& du nouveau. D'autres enfin incapables de ces demi-vûes, & d'aucune idée vraiment nouvelle, font
cependant très-capables d'éclaircir &
de perfectionner celles qu'on leur
aura communiquées. Quelques lignes
qu'ils rencontrent dans un livre, fouvent peu connu & peu digne de l'être,
& que tout autre auroit lûes fans réflexion ; une propofition jettée comme au hazard dans la converfation,
& que perfonne ne s'eft avifé de relever *; en un mot le plus foible commencement de penfée eft pour eux
une fource féconde de penfées également ingénieufes & folides. Ce peu
leur a fuffi pour les faire penfer ; mais
il leur étoit néceffaire, & d'eux-mêmes ils n'auroient point penfé. Quelques efprits de ce caractère ont don-

* On fçait ce mot de M. de Fontenelle : *Que de bonne schofes vont tous les jours mourir dans l'oreuie d'un fot !*

né de fort bons ouvrages, & la République des Lettres ne leur a guères moins d'obligation qu'aux génies supérieurs.

Le terroir le plus favorable à la naissance & à la production de certaines plantes, ne l'est pas toujours à leur accroissement; il faut les transplanter, si l'on veut qu'elles profitent & qu'elles viennent à bien. Il en est de même de beaucoup de bonnes pensées qui auroient péri dans l'esprit où elles sont nées, si elles n'avoient pas passé dans un autre*.

V I.

On traite souvent d'ouvrages frivoles, & on a bien raison dans un sens, ceux dont le but principal est de plaire plutôt que d'instruire, & d'exciter des sentimens plutôt que de donner des connoissances; cependant

---

*Il faut toujours dire les choses obscures, dit assez plaisamment le P. Castel, parce qu'avec le tems quelqu'un pourra les éclaircir.

ils apprennent bien des choses à qui les lit avec réflexion. Il y a une manière de lire les Piéces de Théâtre, des Romans, qui fait, pour ainsi dire, changer de nature à ces ouvrages. Ils deviennent des livres philosophiques entre les mains d'un lecteur Philosophe ; ils le font & sentir & penser. En réfléchissant sur les sentimens qu'ils excitent en lui, en cherchant les causes de son plaisir, il s'instruit sur la nature de l'art qu'on a employé pour lui plaire ; &, ce qui est bien plus important encore, il apprend à se connoître lui-même, à connoître l'homme.

VII.

L'esprit est journalier, & sur-tout cette faculté de l'esprit qu'on appelle imagination, & qui produit les ouvrages d'agrément. Il ne faut point la forcer ; il ne faut point lui demander plus qu'elle ne veut donner. Outre que les efforts qu'on fait dans

ces

ces momens d'engourdiſſement & de ſtérilité, ſont preſque toujours inutiles; ils ſont encore très-dangereux pour la ſanté, & peuvent jetter enfin dans un épuiſement d'où naît une impuiſſance abſolue de penſer. Combien de gens d'étude qui, diſſipateurs, pour ainſi dire, de leur eſprit, à force d'en avoir eu, n'en ont plus.

Mes ouvrages ne m'ont jamais beaucoup coûté, me diſoit un jour un homme qui nous en a donné de fort beaux; je ne m'opiniâtre point au travail, lorſque je ne m'y ſens point diſpoſé. Les idées, en ſe préſentant, me mettent la plume à la main; dès qu'elles ceſſent de venir, je la quitte: & pour moi chercher le beau, ce n'eſt guères que l'attendre.

La comparaiſon que je vais faire n'eſt pas noble, mais elle eſt juſte; je la ferai donc. Comme l'appétit vient quelquefois en mangeant, quelquefois auſſi l'eſprit vient en écrivant. *La plume inſpire*, diſoit *Ménage*.

Tome II. C c

Il y a des gens peu capables d'une longue application, par la délicatesse de leur tempérament. Deux heures de travail les épuisent, & leur ôtent la moitié de leur esprit. S'ils veulent continuer de s'appliquer à la composition malgré cet épuisement, ce qu'ils feront se ressentira nécessairement de leur foiblesse. Voilà sans doute une des causes des inégalités qu'on remarque dans quelques Piéces d'éloquence & de Poësie, & même de la différence qui se trouve quelquefois entre les Piéces d'un même Auteur. Ces Piéces ne sont pas toutes, ou ne sont pas par-tout de la même force, parce que leur Auteur y a travaillé dans des tems où il étoit fort différent de ce qu'il étoit en d'autres. On croit avec raison y reconnoître deux mains ; & en effet elles sont l'ouvrage de la même personne, sans être l'ouvrage du même esprit.

VIII.

Qu'on prenne d'une part le plus ignorant & le plus sçavant de tous les hommes, & de l'autre l'homme du monde qui a le plus d'esprit, & celui qui en a le moins ; je dis que l'homme d'esprit surpasse plus le sot en esprit, que le sçavant ne surpasse l'ignorant en science, en vraie science. D'ailleurs la différence de l'homme d'esprit au sot, est infiniment plus précieuse & plus estimable que celle du sçavant à l'ignorant ; mais cette dernière différence est bien plus sensible & bien plus frappante que l'autre. Il est aisé de marquer en quoi elle consiste. Le sçavant sçait les Langues, l'Histoire, les Mathématiques, &c. L'ignorant ne sçait rien de tout cela, & connoît son ignorance. De-là l'admiration outrée du vulgaire pour les sçavans.

L'ignorance se connoît elle-même par elle-même ; mais on ne connoît qu'on manque d'esprit, que par ce qu'on a d'esprit. L'extrême stupidité ne se connoît point. L'ignorant juge plus favorablement du sçavant, que le sot ne juge de l'homme d'esprit. Notre ignorance nous grossit ordinairement la science des autres, au lieu que notre sottise nous diminue leur esprit. On n'apperçoit l'esprit dans les autres, qu'à proportion qu'on en a soi-même.

La plûpart des sots croient n'être qu'ignorans.

IX.

Le plus grand obstacle à la connoissance du vrai, non-seulement dans l'usage ordinaire de la vie, mais encore dans la plûpart des sciences, n'est pas le peu d'esprit, ni même l'esprit faux; mais plutôt l'humeur, les passions, les préventions, les préjugés. Un homme est dans l'erreur, vous cherchez à le désabuser, vous raisonnez avec lui, & vos raisonne-

mens font fimples, clairs, évidens ;
cependant il ne fe rend point, il n'eft
pas même ébranlé, il ne paroît pas
vous entendre. Vous en êtes furpris,
& vous vous écriez : *Que cet homme a*
l'efprit faux ! Qu'il eft ftupide ! Ou bien
vous le foupçonnez de mauvaife foi.
Vous vous trompez ; & pour découvrir la vraie caufe de l'opiniâtreté de
l'homme en queftion, raifonnez avec
lui fur toute autre matière ; choifif-
fez-en une plus abftraite & plus pro-
fonde ; employez des raifonnemens
plus fins, plus compliqués ; on vous
entendra de refte, on vous applau-
dira. On demandera s'il eft poffible
qu'il y ait des gens d'une opinion contraire à celle dont vous venez d'apporter les preuves. Alors vous trou-
verez de l'efprit à celui qui vous pa-
roiffoit il n'y a qu'un moment en
manquer tout-à-fait. C'eft qu'on en
a prefque toujours affez, quand on
peut faire ufage de tout celui qu'on
a. Ainfi cette qualité qui fait qu'on

porte ordinairement des jugemens
vrais, la justesse d'esprit n'est pas
une simple qualité de l'esprit. Ce
n'est pas seulement un effet de la pénétration & de l'étendue de l'esprit ;
c'est encore une suite & une dépendance de ce qu'on appelle proprement le caractère. Ce ne sont pas
toujours les esprits les plus pénétrans & les plus étendus, en un mot
les plus grands esprits qui ont le plus
de justesse. Il s'en trouve souvent davantage dans un homme d'un esprit
médiocre, mais sans passion & sans
humeur, & d'un caractère droit,
doux & modéré.

Dire de quelqu'un qu'il est plein
de raison, c'est louer son cœur autant que son esprit.

L'esprit influe sur le cœur, & le
cœur sur l'esprit: La justesse de l'esprit & la droiture du cœur se sou-
tiennent & se perfectionnent réciproquement. Le goût du vrai mène à
celui du bon, & la forte conviction

de la vérité à l'amour de l'ordre. On a donc eu raison de dire qu'avec un bon esprit & un sens droit, on n'est pas loin d'être honnête homme.

X.

Un homme d'esprit est difficile, ou plutôt délicat, & en quelque sorte il en est fâché ; il voit ce qu'il y perd ; il tâche du moins de ne le point paroître, il dissimule. Au contraire un sot blâme tout & n'approuve rien, & fait le difficile sans l'être.

Un sot disoit beaucoup de mal d'un ouvrage médiocre. Quelqu'un lui dit: *Vous vous trompez, Monsieur ; prenez-y garde, cet ouvrage-là doit vous paroître fort beau.*

L'esprit, le goût, le sçavoir, font moins de gens difficiles que l'humeur, la vanité, la malignité.

Au reste les sots ne se seroient jamais avisés d'affecter de paroître difficiles, si la plûpart des gens d'esprit ne l'étoient pas. Ils le font donc, & il est très-naturel qu'ils le soient. Notre siècle, par exemple, est difficile & dégoûté ; & cela devroit être ainsi, n'y eût-il plus de vanité ni de malignité dans le monde. C'est l'effet nécessaire de cette multitude de bons ouvrages qui ont enrichi la République des lettres depuis environ cent ans, & qui font peut-être la plus belle portion de ses richesses. Eclairés par ces ouvrages, nous connoissons mieux, & nous sentons plus vivement les défauts de ceux qui paroissent aujourd'hui. Nous en connoissons mieux aussi les beautés ; mais accoutumés à de pareilles, ou même à de plus grandes, nous en sommes moins touchés. Les grands plaisirs de la lecture ont été pour nos peres. Après un jeûne assez rigoureux, si je puis m'exprimer ainsi, ils se sont trouvés presque tout-à-coup assis à une table chargée des mets les plus exquis. Pour nous égaler à eux en ce point, il faudroit qu'on nous donnât maintenant

des

des ouvrages très-supérieurs à ceux
que nous avons déja ; il faudroit que
notre siècle surpassât autant le siècle
passé, que celui-ci l'a emporté sur
les précédens; mais cela est peut-être
impossible.

Les grands Artistes font les bons
Juges, & les bons Juges font les grands
Artistes. Les ouvrages des Artistes
éclairent les Juges, les avis des Juges
éclairent les Artistes ; par là le goût
se forme & se perfectionne dans les
uns & dans les autres. D'ailleurs la
précieuse gloire dont les connoisseurs
récompensent le génie, le fait éclorre,
& le met en mouvement par-tout où
il est. Mais lorsque ceux-ci dégoûtés,
ou devenus trop délicats par la multitude des bons ouvrages, ne louent
plus rien & blâment tout; lorsque les
sots font de même pour paroître connoisseurs, les grands Artistes deviennent plus rares. Le génie languit &
tombe, lorsqu'il est trop intimidé par
la crainte d'une critique trop sévère,

où lorſqu'il n'eſt plus excité & ſou-
tenu par l'eſpérance de plaire, même
en faiſant bien ; & c'eſt ainſi que de
l'abondance des bonnes choſes en
peut naître la diſette.

XI.

Tel Auteur ſeroit encore plus eſtimé, ſur-tout plus conſideré qu'il ne
l'eſt, s'il n'avoit fait que la moitié de
ſes ouvrages. Ce n'eſt pas qu'ils ne
ſoient à peu près également bons,
mais ils ſont en trop grand nombre ;
ils ſe ſuivent de trop près, on en eſt
raſſaſié ; le plaiſir baiſſe, & on en conclud que les ouvrages baiſſent auſſi.
D'ailleurs on s'imaginoit qu'ils coû-
toient beaucoup à l'Auteur, & cela
en rehauſſoit beaucoup le prix. Mais
puiſqu'il en fait tant, il eſt clair, dit-on,
qu'il les fait très-facilement. Il a vû diminuer ſa gloire par ce qui devoit
y mettre le comble.

XII.

On rencontre dans des Auteurs de
génie, des expressions singulieres,
des termes nouveaux, des tours har-
dis. Quelques-unes de leurs phrases
sont composées de mots qui ne se
trouvent pas ordinairement ensemble, & qui ne paroissent pas faits les
uns pour les autres. *Quel style bisarre,*
s'écrie un Critique! *Quel jargon! Cela*
n'est point François ; cela ne se dit point.
Je réponds au Critique que si cela ne
se dit point, il seroit à souhaiter que
cela se pût dire, lorsque cela est net,
précis, vif, énergique. Or telles sont
plusieurs expressions, plusieurs façons de parler qu'on a blamées dans
quelques ouvrages modernes, par
exemple, dans M. *de Marivaux.* Elles
rendent très-bien les idées de ceux
qui les ont employées. Elles les font
passer dans l'ame du lecteur avec le
même degré de force & de vivacité
qu'elles avoient dans l'ame de l'Au-

teur. J'ai vû des gens d'esprit que ces
façons de parler blessoient un peu,
parce qu'elles leur paroissoient singulieres & peu Françoises; je les ai vus,
dis-je, essayer de les changer, & de
leur en substituer d'autres plus sages
& moins hardies. Mais ils reconnois-
soient bientôt que cette correction
du langage ne pouvoit se faire qu'aux
dépens des choses mêmes; & qu'en
faisant mieux parler l'Auteur, on le
faisoit nécessairement moins penser.
Or cet aveu est l'apologie, ou plutôt l'éloge des Auteurs censurés; &,
en un mot, dès qu'en critiquant on
est pourtant obligé de convenir qu'il
seroit à souhaiter que ce qu'on critique se pût dire, j'en conclus hardiment qu'on a dû le dire.

A raisonner sur les principes de
quelques Critiques, on a grand tort,
sur-tout ils ont grand tort eux-mêmes, de faire tant de cas du style de
Montaigne, & de le trouver si agréable. Que ne disent-ils plutôt que *Mon-*

taigne eſt un *jargonneur* pour le tems même dans lequel il a écrit ; que ſes contemporains le lui ont reproché ; qu'il ne reſpecte point ſa langue ; qu'il oſe en *diſpoſer comme de ſon propre bien ;* qu'il franchit ſans ſcrupule les bornes de l'uſage ; que c'eſt un moyen bien facile de dire tout ce qu'on veut, & qu'il n'y a perſonne qui n'eût de l'eſprit à ces conditions-là, s'il vouloit en avoir.

Mais voilà ce qu'on n'oſeroit dire, ni même penſer de *Montaigne.* Cependant combien de gens le diroient & le penſeroient de ſon plus heureux imitateur, s'il lui en naiſſoit un ! *Montaigne* a remarqué lui - même qu'on donne ſouvent, ſans le ſçavoir, des ſoufflets aux Anciens ſur la joue de s pauvres Modernes.

XIII.

Nous jugeons toujours un peu autrement d'un ouvrage dont nous connoiſſons perſonnellement l'Auteur, que nous n'en jugerions s'il nous étoit inconnu. Indépendamment de la prévention qui peut naître de l'amitié ou de la haine, cette habitude avec l'Auteur d'un ouvrage nous y fait ordinairement appercevoir des beautés ou des défauts, que nous n'y verrions pas fans cela.

Il feroit de l'intérêt de beaucoup d'Auteurs de n'être point connus de leurs lecteurs.

Ce ne font pas toujours les amis d'un Auteur qui estiment le plus fes ouvrages.

Quand un tel, difoit quelqu'un, feroit un livre qui me paroîtroit bon à moi-même, je croirois que je me trompe, plutôt que de croire que le livre fût effectivement bon.

M. * * * m'avoit parlé d'un certain livre avec beaucoup d'éloges. Deux jours après il m'en parla avec affez de mépris. Dans l'intervalle il avoit connu l'Auteur.

C'est par cette raison qu'on juge

quelquefois mieux d'un livre en Province qu'à Paris ; on n'y connoît que le livre.

XIV.

Nous voyons un homme pour la première fois ; sa conversation nous enchante, il nous paroît avoir infiniment d'esprit. Cependant il n'a dit que des choses ausquelles nous n'aurions pas fait attention dans la bouche de ceux que nous voyons ordinairement.

En estime & en amitié, de même qu'en amour, il y a bien de petites inconstances passageres, dont il ne faut pas paroître s'appercevoir.

XV.

Un homme disoit à un autre : *Je sçai ce que vous valez, & vous ne sçavez pas ce que je vaux.* C'est que le premier étoit un homme d'esprit & de goût, & le second un homme d'imagination & de génie.

Dd iv

Tous ceux qui ont de l'esprit, ne font pas de bons Juges en matière d'esprit. Ce ne seroit pas un petit éloge que de dire de quelqu'un qu'il trouve de l'esprit à tous ceux qui en ont.

Un homme d'esprit peut ne point paroître tel à un autre homme d'esprit, sans que les passions s'en mêlent, & par la seule différence de leur sorte d'esprit.

Pour bien voir chaque sorte d'esprit où elle est, il faudroit l'avoir soi-même, ou du moins un jugement exquis. Cette dernière qualité équivaut à l'esprit universel, & peut-être vaut mieux encore, quand il n'est question que de juger ; mais peut-être aussi n'en est-il point de plus rare.

XVI.

Un homme d'esprit, d'ailleurs sans préjugés & sans partialité, qui voit le pour & le contre de chaque chose, le fort & le foible des opinions, ce qu'on

peut dire de vrai, ou du moins de
fpécieux pour les appuyer, qui envi-
fage les objets par toutes leurs faces
& de tous leurs côtés ; cet homme ,
dis-je, n'eft point étonné de cette
prodigieufe diverfité de fentimens,
d'ufages, de mœurs, qui partagent
les hommes. Il le feroit beaucoup au
contraire de les voir réunis & d'accord. Il découvre les caufes de cette
diverfité dans la différence de leurs
efprits & de leurs caractères. Quand
donc cet homme qui connoît fi bien
& les chofes & les hommes, entend
dire , *un tel penfe ainfi*, quelque fingulière que foit cette manière de penfer,
& même quelqu'oppofée qu'elle foit
à la fienne propre , il dit auffi-tôt,
du moins en lui-même : *je vois bien ce*
qui peut l'avoir amené là. Au contraire
un homme vulgaire, ou un fçavant
à préjugés, ne conçoit pas comment
on peut penfer ou parler autrement
que lui. A l'en croire, ce ne peut être
l'effet que *du plus étrange aveuglement,*

ou *de la plus infigne mauvaife foi.* Voilà
en partie pourquoi ces expreffions
font fi communes dans les ouvrages
Polémiques, fur-tout dans ceux des
Théologiens.

XVII.

C'eft un talent rare que celui d'approfondir, de creufer les matières,
d'envifager les objets en entier, de
remarquer les différences qui font entre les chofes qui paroiffent les plus
femblables, & les rapports qui font
entre celles qui paroiffent les plus différentes. Cependant quelqu'eftimable que foit en lui-même ce talent,
il ne faut pas trop s'y livrer ; il eft
tout près de deux grands défauts. Tantôt on s'appefantit fur les matières,
& on devient ennuyeux. Tantôt on
fubtilife trop, & on n'eft plus entendu.

Les efprits fubtils apperçoivent ce
qui échappe aux efprits ordinaires;
ils voient des yeux de l'ame, avec

leur fubtilité, comme on voit des yeux
du corps, avec un microfcope. Mais
cet inftrument eft plus pour la cu-
riofité, que pour la néceffité. Il en eft
de même de la fubtilité d'efprit.

XVIII.

Les qualités du cœur, que nous
défirons le plus de trouver dans les
autres, & que nous y goûtons davantage, font celles que nous n'avons
pas nous-mêmes. C'eft tout le contraire par rapport aux qualités de l'efprit ; nous aimons & nous goûtons
principalement dans les autres, celles de ces qualités qui nous font communes avec eux.

Celui qui a l'efprit iufte & délicat,
aimera & goûtera plus cette forte
d'efprit, qu'une imagination brillante
& féconde en faillies. L'homme d'i-
magination lui procurera pour quelques momens un plaifir plus vif; ainfi
il fera charmé de le voir de tems en
tems, mais peut-être ne voudroit-il

point vivre avec lui, ni même le voir
trop souvent ; & cela indépendamment de la sorte de caractère qui accompagne ordinairement l'esprit d'i-
magination. Au contraire l'homme
d'un esprit juste & délicat sera pour
lui un homme de toutes les heures ;
il ne pourra en être long-tems éloigné sans peine , & il trouvera toujours
la même satisfaction dans sa société.

J'ai parlé d'*aimer*, de *goûter*. Je demande maintenant si nous estimons
& si nous prisons plus dans les autres les qualités de l'esprit que nous
avons, ou que nous nous flattons d'a-
voir, que celles que nous n'avons pas.
Il paroît d'abord que cela doit être
toujours ainsi , par un effet de l'illusion de l'amour propre ; mais d'un
autre côté il est naturel de faire moins
de cas de ce qu'on a, que de ce qu'on
n'a point; & je crois que l'indifférence
qui naît de la possession , & l'estime
envieuse qui naît de la privation, s'é-
tendent quelquefois jusqu'aux quali-

tés mêmes de l'esprit. Ainsi d'une part l'amour propre nous porte à n'estimer que les qualités que nous possédons, ou du moins à les préférer à celles d'un autre genre ; & de l'autre, l'effet de la possession est de les rabaisser à nos yeux. Voilà donc deux causes qui agissent, pour ainsi dire, en opposition l'une de l'autre, & la plus forte l'emporte. Ceux en qui l'amour propre est moins fort & moins agissant, accordent souvent plus d'estime aux qualités qui leur manquent, qu'à celles qu'ils possédent, lors même que celles-ci sont réellement les plus estimables. Les autres, & c'est le plus grand nombre, aveuglés par leur amour propre, ne font cas que des qualités qu'ils croient avoir ; nul n'a d'esprit qu'eux & leurs semblables ; ils n'estiment qu'eux-mêmes dans les autres.

Généralement parlant, ceux que nous estimons le plus, sont ceux à qui (pour me servir d'une expression

que j'ai déja employée) nous reſſem-
blons en petit. Ce ſont ceux en qui
nous voyons les qualités & la ſorte de
mérite que nous avons nous-mêmes,
mais en qui ces qualités & ce mérite ſont, de notre aveu, dans un
degré très - ſupérieur à celui dans lequel elles ſont en nous.

XIX.

Les ridicules ſont & plus frappans,
& peut - être même plus communs
dans ceux qui ont de l'eſprit, que
dans ceux qui n'en ont point. Du
moins eſt-il certain qu'il y a pluſieurs
ridicules qui ſuppoſent une certaine
meſure d'eſprit, quoiqu'il ſoit vrai
en même tems qu'ils ne partent que
d'un défaut d'eſprit.

Le ſot complet eſt un homme tout
uni, & , comme on dit, tout d'une
pièce. Il eſt ce qu'il eſt, ce que la nature l'a fait ; il n'affecte rien, ne ſe pi-
que de rien. Il eſt *automate , machine,*

reſſort*, & par conſéquent ennuyeux, peſant, déſagréable ; mais à proprement parler, il n'eſt point ridicule, ou du moins il n'eſt point riſible.

Le fat eſt plus ridicule que le ſot.

Le fat n'eſt jamais un homme de beaucoup d'eſprit, ni un homme abſolument ſot ; il manque plutôt de jugement que d'eſprit.

XX.

Les ſots tout - à - fait ſots, & les vicieux dont les vices attaquent la probité & nuiſent à la ſociété, ne ſont point de bons perſonnages de Comédie. Les uns ne valent pas la peine qu'on rie d'eux ; les autres, quand on pourroit en rire, ne ſeroient pas aſſez punis par-là. Le ſot n'eſt digne que de mépris, ou de pitié. Le vicieux, ou plutôt le vice, eſt digne de haine. Mais l'objet naturel de la moquerie & de la raillerie, ce ſont ces travers & ces ridicules qu'on voit ſi ſouvent dans des gens d'eſprit, ſur-

* *La Bruyere.*

tout lorfque ces travers & ces ridicules viennent du mauvais ufage qu'ils
font de leur efprit, de leur fçavoir,
de leurs talens.

Qu'on parcoure nos meilleures Comédies de caractère, on verra que
le principal perfonnage qu'on y expofe à la rifée publique, eft prefque
toujours un homme d'efprit, & dont
le ridicule vient en partie de fon efprit; un homme qui emploie fon efprit, moins à fe juftifier du ridicule
qu'on lui impute, qu'à juftifier ce ridicule même, & à prouver que ce
qu'on regarde en lui comme un ridicule, bien loin d'en être un, eft
une manière de penfer ou d'agir très-
raifonnable.

C'eft pour cela qu'il ne faut pas
trop charger les ridicules. Portés à
l'excès, ils ne peuvent plus être fup-
pofés avec vraifemblance dans un
homme de quelqu'efprit; & dès-lors
ils ne font guères plaifans pour les
gens délicats.

On

On a remarqué que Dom *Quichote*
n'a jamais réuſſi ſur le Théâtre, quoiqu'il nous divertiſſe beaucoup dans
le Livre qui porte ſon nom. Ce n'eſt
pas que Dom *Quichote*, tel que l'a
peint *Cervantes*, ſoit un perſonnage
abſolument chimérique & hors de la
nature ; ce bon Chevalier eſt plutôt
fanatique que fou. Or un fanatique
peut être un homme plein d'eſprit,
& même de raiſon à certains égards.
Ainſi le caractère de Dom *Quichote*,
mêlé de folie & de bon ſens, eſt poſſible à la rigueur, & dès-lors il l'eſt
aſſez pour le Roman ; mais il ne l'eſt
pas aſſez pour la Comédie, qui eſt
bien plus aſſujettie au vraiſembla-
ble que le Roman.

Dans la ſociété, le ridicule d'un
ſot à prétentions, peut amuſer quelque tems.

XXI.

C'eſt un avantage pour chaque
homme en particulier, de n'avoir pas

Tome II. E e

beaucoup d'efprit; ceux qui en ont
le moins, font communément les plus
heureux. C'eft un avantage pour les
hommes en général, qu'il n'y ait pas
dans le monde plus d'efprit qu'il n'y
en a ; & peut-être que tout n'en iroit
que mieux, s'il y en avoit moins encore. Ce qui s'y fait de plus important & de plus néceffaire, s'y fait par
des gens de peu d'efprit ; de grands
génies ne voudroient pas s'y abaiffer,
& même ne le feroient pas fi bien.

Il ne faut qu'un petit nombre de
ces grands génies pour penfer, ima-
giner & commander. Le refte des
hommes exécutera & obéira, & d'autant mieux qu'ils feront incapables de
plus*. Ajoutons que les grands génies ont caufé plus de maux que de
biens dans la fociété ; & concluons
avec un des plus judicieux des Anciens, que

*M. *de la Baumelle* a critiqué cette réflexion, pages 53
& 231 de fes *Penfées.* Il femble que l'Auteur des Lettres
d'Ofman a eu l'intention d'en prendre la défenfe,
Lettre 49.

Pluralité de Cefars n'eft pas bonne *.

XXII.

La médiocrité eft avantageufe en tout. Ordinairement il eft avantageux de n'être ni un génie fupérieur, ni un fot, comme de n'être ni riche, ni pauvre.

Heureufe, utile médiocrité d'ef-prit qui fait qu'on n'eft ni méprifé, ni haï.

Le bon ufage de l'efprit & des ta-lens eft encore plus rare que l'efprit & les talens mêmes.

Ce n'eft pas un avantage, mais un malheur, & pour autrui & pour foi, d'avoir de l'efprit & des talens, fi l'on n'a pas les qualités néceffaires pour en bien ufer.

> * *Vers d'Amyot dans fa Traduction de Plutarque.*
>
> *Le célèbre Guftave-Adolphe, Roi de Suede,* grand hom-me d'tous égards, difoit : Dieu ne s'éloigne jamais de la médiocrité pour paffer aux chofes extrêmes, fans châtier quelqu'un. C'eft un coup d'amour envers les Peuples, quand il ne donne aux Rois que des ames or-dinaires.

Ceux qui usent mal de leurs grandes qualités & de leurs grands talens, sont beaucoup plus dangereux dans la société, que ceux qui en usent bien n'y sont utiles.

Les talens sont toujours estimables, mais il n'y a de louable que le bon usage qu'on en fait.

Avoir de l'esprit & ne s'en prévaloir jamais, le supprimer en une infinité d'occasions, consentir que les autres l'ignorent, ou y fassent peu d'attention, & ne nous en considerent pas davantage ; voir toute leur sottise, tous leurs travers, tous leurs ridicules, en un mot tous leurs défauts, & ne point paroître les voir. .... Quoi de plus difficile, de plus pénible, de plus impossible même ! Cependant ce n'est qu'à ces conditions-là qu'il est permis d'avoir de l'esprit, & sans elles il n'est qu'une source de désagrémens, de malheurs même. Il est donc plus commode & plus sûr de n'avoir point tant d'esprit.

XXIII.

L'esprit a produit plus de choses purement agréables, que de choses vraiment utiles.

Un homme qui n'est que bel esprit, n'est qu'un homme agréable. Il mérite tout au plus la premiere place parmi ceux qui possédent les talens qui n'ont pour objet & pour fruit que l'amusement & le plaisir. C'est comme un bon chanteur, un bon danseur. Or on n'a point de véritable considération, de véritable estime pour ces sortes de gens. On auroit plutôt de l'admiration.

L'esprit n'est pas du mérite; ce n'est que la parure du mérite, ou le moyen de cacher qu'on en manque; encore ne sçauroit-on le cacher long-tems.

Avec le plus grand esprit, on ne fera qu'un grand esprit, & on ne fera point un grand homme, si en même tems on n'est grand par le cœur & par l'ame.

Si la feule grandeur de l'efprit ne peut faire un grand homme, fans celle de l'ame, celle-ci fuffit pour faire un grand homme, fans celle de l'efprit, fans un génie fupérieur, & avec un efprit feulement fenfé.

Tel génie fupérieur eft aufli loin du grand homme que tel fot.

Joignez beaucoup d'efprit à un caractère trifte & mélancolique ; vous n'en ferez que plus malheureux. Joignez beaucoup d'efprit à un caractère bas & méchant ; vous n'en ferez que plus haï & plus méprifé.

XXIV.

Les fots foupçonnent & accufent aifément d'orgueil un homme d'efprit ; & fouvent c'eft à tort. Quelquefois ils lui imputent ce vice fans aucun fondement & de mauvaife foi, par malice & par envie. Ils cherchent à fe venger d'un mérite qui leur eft odieux, en le rendant odieux aux autres. Quelquefois aufli leurs foup-

çons font fondés fur quelques lége-
res apparences; leurs accufations font
fincères, quoiqu'elles foient injuftes.
Un homme d'efprit n'eft prefque jamais de l'avis des fots; ou s'il penfe
comme eux, c'eft par d'autres raifons.
Souvent il méprife, ou il blâme ce
qu'ils eftiment & ce qu'ils approuvent. Or cette conduite a un air d'orgueil, fur-tout fi l'homme d'efprit,
ami du vrai & ennemi du faux à proportion, témoigne fes fentimens avec
trop de franchife & de vivacité.

J'ai connu à Paris un homme fort
aimable, qui paffoit dans fa Province
pour un orgueilleux, pour un homme difficile, & qui ne trouvoit rien
à fon gré. Il m'avoit toujours paru
d'un caractère bien différent. Ses autres amis & moi nous le raillions fouvent fur fon extrême facilité à approuver. De retour dans fa patrie, on lui
demanda ce qu'il penfoit de certains
Livres nouveaux qui faifoient alors
l'amufement de toute la Ville; il ré-

pondit bonnement qu'ils ne valoient rien, & qu'à Paris ils n'avoient eu aucun succès ; cela lui fit un tort in-fini.

XXV.

Les sots fourniffent tant d'occafions à un homme d'efprit de les contredi-re ; & ils font pour l'ordinaire fi fenfi-bles à la contradiction, qu'il lui eft très-difficile de vivre avec eux fans les offenfer, & fans s'attirer leur haine.

Il ne fuffit pas que la contradiction foit affaifonnée de beaucoup de dou-ceur & de politeffe, il faut encore qu'elle foit très-rare. Si elle revient trop fouvent, tous les adouciffemens du monde n'empêcheront pas qu'elle n'offenfe. En cette matière le fond emporte la forme.

Un homme d'efprit ne devroit pref-que jamais contredire un fot ; il l'ir-rite fans l'inftruire. Le fot ne mérite pas d'être contredit. Le dépit que les difcours des fots caufent à un hom-me me d'efprit, eft une pure foibleffe.

XXVI.

On ne veut point être connu pour ce qu'on eft ; & les gens d'efprit font clairvoyans : il n'eft pas aifé de leur cacher fes défauts. Ils ont beau, en ne difant rien, faire femblant de ne rien voir, on fe défie de leur filence. On les craint ; & de-là à la haine il n'y a qu'un pas. On appelle orgueil leurs lumières. On leur impute comme vices du cœur, les qualités de leur efprit.

Il a de l'efprit. Donc il fe connoît, & s'eftime. Donc il me connoît, & me méprife. Ainfi raifonnent les fots ; & voilà la fource de leur haine pour les gens d'efprit.

XXVII.

Les fots font fenfibles au mépris ; cela eft naturel. Ils le font ordinairement plus que les gens d'efprit ; ils doivent l'être ; c'eft, comme on dit,

la vérité qui offense. Ils haïssent ceux
dont ils sont méprisés ; cela est naturel encore. Ils croient facilement
qu'on les méprise ; ils se rendent jus-
tice. Ils imputent à orgueil ce prétendu mépris ; cela est également injuste & bizarre.

Vous me haïssez, *Licas*, & je mérite votre haine ; je n'ai pu m'empêcher de vous faire sentir que je vous
méprisois. Après vous l'avoir long-
tems caché, le dépit & l'indignation
que votre orgueil me causoient, m'ont
enfin arraché l'expression de mes vrais
sentimens à votre égard. J'ai tort ;
j'en conviens. Quelque juste que soit
le mépris, il est presque toujours injuste d'en donner des marques. Je de-
vois être plus maître de moi-même ;
& je ne cesserai point de me reprocher ma foiblesse. Voyez donc mon
repentir ; & recevez mes excuses. Ou
si elles ne vous satisfont pas, & que
vous soyez absolument déterminé à la
vengeance, dites par-tout que je suis

un impoli, & pis encore ; mais ne dites pas que je suis un orgueilleux ; ou donnez-en une autre preuve que mon mépris pour vous.

XXVIII.

Les sots n'aiment point les gens d'esprit, parce que les gens d'esprit n'estiment point les sots. Un sot pourroit aimer un homme d'esprit, si un homme d'esprit pouvoit estimer un sot, ou du moins lui faire croire qu'il l'estime. Le dernier paroît aisé ; & cependant ne l'est pas toujours. Quoiqu'un sot desire d'être estimé, il ne croit pas toujours si facilement qu'on l'estime, parce qu'au fond il sent bien qu'il n'est guères estimable.

Je demandois à quelqu'un pourquoi il n'aimoit pas un homme de mérite, qui lui témoignoit beaucoup d'amitié. *Ce n'est pas de l'amitié que je lui demande*, me répondit-il, *c'est de l'estime. Il sçait bien que j'en ai beaucoup pour lui ; c'est un ingrat. Mais il me sem-*

ble, ajoutai-je, qu'il en a aussi pour vous,
& je l'ai vû vous en donner des marques.
Je ne me fie pas à ces marques-là, me ré-
pliqua-t-il ; je pénètre sa pensée. Il croit
que j'aime à être flatté, & il me flatte. Il
joint la fausseté à l'ingratitude ; mais je
suis aussi fin que lui en bien des choses.

Un homme d'esprit aimera plutôt
un sot, qu'un sot n'aimera un homme d'esprit. En général on aime plutôt son inférieur que son supérieur ;
& cela est vrai de toutes sortes d'infériorité & de supériorité*. Cependant tel qui plairoit par son excellent
caractère, dégoûte par son extrême
sottise.

Que l'union des bonnes choses est
rare ! Cependant sans cette union,
point de véritable amitié, ni de véritable estime.

XXIX.

Je rencontre dans une compagnie

---

* Un habile homme ne sçauroit aimer un sot, ni
lui plaire. *La Reine Christine dans l'ouvrage déja cité.*

un homme que je ne connois point ;
& je lui entends dire d'un air piqué,
qu'un autre qui m'eſt également inconnu, eſt un orgueilleux. Si j'avois
à parier lequel des deux a le plus d'eſprit, je parierois pour l'abſent.

L'orgueil eſt bien commun ; mais
un de ſes principaux effets eſt de le
faire croire encore plus commun
qu'il n'eſt, en le faiſant voir où il n'eſt
pas.

L'orgueil eſt d'autant plus odieux,
qu'il eſt joint à plus de mérite.

XXX.

Quelques gens d'eſprit, comme je
l'ai dit ailleurs, parlent peu dans la
converſation, & on l'attribue ſouvent à orgueil. *Ils ne daignent pas*, dit-
on, *parler devant des gens qu'ils croient
incapables de les entendre ; il n'y a là aucune gloire à recueillir. Souvent auſſi,* ajou-
te-t on, *ils ſe taiſent parce qu'ils n'ont
rien de bon à dire, & qu'ils voudroient
toujours briller.* J'avoue que ce juge-

ment n'eſt pas toujours injuſte. On
ſe taît quelquefois en certaines occaſions, par le même motif qui fait parler en d'autres, par vanité. Mais il ne
faut pas faire des applications téméraires de cette maxime ; & comme ce
n'eſt pas toujours par vanité qu'on
cherche à dire de bonnes choſes, ce
n'eſt pas auſſi toujours par vanité
qu'on dédaigne d'en dire de communes & de médiocres. Un homme d'eſprit ſçait bien qu'il ſe feroit admirer à peu de frais ; mais l'approbation des autres ne le flatte point,
s'il n'obtient la ſienne propre. Il n'a
de plaiſir à parler qu'autant qu'il parle bien, parce qu'il n'aime que le bon.
Il eſt difficile, plutôt que vain. En
un mot, il dédaigne de dire des choſes triviales, par là même raiſon
qu'il ſouffre lorſqu'il en entend de
pareilles. Il craint, pour ainſi dire,
de s'ennuyer lui-même, autant que
d'ennuyer les autres.

XXXI.

Si j'entendois dire de quelqu'un qu'il est l'homme de sa Ville le plus estimé, & en même tems le plus aimé, je dirois que celui dont on fait un si bel éloge est un homme unique; & j'en aurois la plus haute idée. J'aurois bonne idée aussi de ses compatriotes.

Le sort d'un Prophéte dans son pays, est d'y être méconnu ou persécuté.

On n'est point Prophéte dans son pays. Tant pis pour les pays; mais tant mieux souvent pour le Prophéte.

Tel n'est point prophéte dans son pays, parce qu'il y est méconnu; tel autre, parce qu'il y est trop bien connu.

Un homme d'esprit n'est pas toujours aimé, & souvent c'est sa faute; mais souvent aussi c'est celle de ceux qui ne l'aiment pas.

Aimer beaucoup quelqu'un, & néanmoins ne l'estimer pas plus qu'il

mérite d'être estimé ; estimer beaucoup quelqu'un, & néanmoins l'aimer autant qu'il mérite d'être aimé,
ce sont deux choses presqu'égale-
lement rares.

XXXII.

La conclusion de tout ceci est,
qu'un homme d'esprit ne sçauroit
avoir trop d'attention à la manière de
se conduire avec le commun des hommes. C'est à se faire aimer qu'il doit
principalement employer & les dons
de la nature, & les fruits de l'étude.
En pourroit-il faire un meilleur usage ? L'esprit de société est préférable
à toutes les autres sortes d'esprit ; le
sçavoir - vivre à tout autre sçavoir.
Les qualités aimables sont au fond
les plus estimables. Qu'il pense donc
souvent que les loix de la société sont
plus sévères pour lui que pour le
commun des hommes, bien loin que
la supériorité de son esprit lui permette de les violer. Les mêmes cho-

ſes qu'un ſot diroit ſans offenſer, of-
fenſent dans la bouche d'un homme
d'eſprit. On ne prend pas garde à ce
que dit un ſot, parce qu'il n'y prend
pas garde lui-même, ou parce qu'on
mépriſe tout ce qu'il pourroit dire. Il
n'offenſe pas, même en voulant offenſer ; l'homme d'eſprit offenſe ſans
le vouloir. Un ſot ſe fera moins de
tort par les diſcours les plus malins,
qu'un homme d'eſprit par une parole
imprudente. Le ſot, quoi qu'il diſe,
ne ſe fait point de tort à lui-même,
parce qu'il n'en fait point aux autres.
L'offenſe ſe meſure au mérite de l'of-
fenſeur *.

* On pourroit appliquer à l'eſprit ce que *Saluſte*
a dit de la grande fortune. *Alia aliis licentia eſt,... In*
maximâ fortunâ minima licentia eſt. De Bello Catil.

DE L'ESPRIT,

CHAPITRE SECOND.

I.

IL y a plus d'efprit & moins de pro‑
bité dans les Villes capitales & dans
les autres grandes Villes, que dans
les Provinces & dans les petites Vil‑
les.

La mefure de l'efprit dépend en
grande partie de l'éducation, qui eft
meilleure dans les grandes Villes que
dans les petites. L'éducation met peu
de différence eftimable entre ceux
qui font nés fots ; elle n'eft qu'un
développement. Mais par cela même
elle en met beaucoup entre ceux qui
font nés avec de l'efprit. On ne laiffe
pas de remarquer beaucoup de diffé‑
rence entre deux hommes fans édu‑
cation, dont l'un eft né avec de l'ef‑

prit ,.& l'autre fans efprit ; entre deux
payfans, par exemple. Mais il en paroît bien davantage entre deux hommes nés avec de l'efprit, lorfque l'un
a eu de l'éducation , & que l'autre
n'en a point eu, ou n'en a pas eu une
fi bonne.

La mefure de l'efprit dépend encore de l'exercice qu'on lui donne, &
du plus ou du moins d'application au
travail. Or dans les Villes confidéra-
bles il y a beaucoup plus d'occafions
& de motifs d'exercer fon efprit, &
de s'appliquer aux chofes auxquelles
on eft propre, qu'il n'y en a dans les
petites Villes. Les occafions font les
hommes, c'eft-à-dire , découvrent &
aux autres & à eux-mêmes de quoi ils
font capables.

Un grand nombre de ceux qui font
nés avec de l'efprit & des talens, quit-
tent la Province pour la Capitale.

Enfin le commerce que les hommes
ont les uns avec les autres , réforme
leurs préjugés , étend & multiplie

leurs connoiſſances, aiguiſe leur induſtrie, en un mot, perfectionne leur
eſprit ; & par conſéquent plus ce
commerce eſt étendu, plus il eſt propre à produire tous ces effets.

Ce qu'on a dit, *Que le beſoin eſt le*
pere de l'induſtrie, doit être entendu
des faux beſoins, bien plus encore
que des vrais, des beſoins des paſſions, bien plus que de ceux de la nature. Sans les paſſions on n'auroit pas
connu tout l'eſprit de l'homme.

I I.

Il y a moins de probité dans les
grandes Villes que dans les petites.
Les hommes ont formé les ſociétés,
en partie pour s'y mettre à couvert
de la méchanceté les uns des autres;
mais réunis ils ſont devenus plus méchans qu'ils ne l'étoient ſéparés. L'effet naturel & néceſſaire du commerce
que les hommes ont entr'eux, eſt de
corrompre leur cœur, auſſi-bien que
de perfectionner leur eſprit.

Les besoins de la nature ont fait naître les sociétés, & les sociétés ont fait naître les besoins des passions, source d'industrie, comme je viens de le dire, mais aussi source de crimes. Le besoin du nécessaire en fait peut-être moins commettre que celui du superflu. D'ailleurs ce besoin du superflu est lui-même une suite de la formation des sociétés.

Je ne dis pas qu'il faille regretter le premier état du genre humain, les siècles de barbarie & d'ignorance. Notre état est bien meilleur ; notre siecle est bien préférable, à tout prendre, & même dans le point dont il s'agit ici, à la plûpart de ceux qui l'ont précédé. Parmi nous les méchans sont en plus grand nombre, & plus méchans ; mais il y a contr'eux plus de ressources. Nous vivons au milieu de bêtes féroces ; mais elles sont enchaînées* ; & pour le dire en

* Quelqu'un me disoit un jour : *Les tigres réprimés*

paſſant, l'arrangement poétique des âges du monde eſt tout-à-fait mal imaginé. La bonne Philoſophie le trouve abſurde ; & l'Hiſtoire le dément. L'âge de fer a dû être & a été en effet le premier. L'âge d'airain lui a ſuccédé. Dure-t-il encore ? Sommes-nous parvenus à l'âge d'argent ? Car on ne peut diſconvenir qu'il n'y ait un progrès, tantôt plus rapide, tantôt plus lent, ſouvent interrompu, mais qui recommence enſuite.

La nature de l'homme bien connue, peut-on regarder comme poſſible un état beaucoup meilleur, à tout prendre, que celui dans lequel ſe trouve actuellement l'Europe ? Peut-on, par exemple, raiſonnablement eſpérer l'exécution du projet de la paix perpétuelle de feu M. l'Abbé de S. Pierre ?

ſe changent en ſerpens. Or j'aime encore mieux la férocité & la violence, que les trahiſons & les noirceurs. Peut-on être ainſi la dupe des mots? Car il s'enſuit de cette belle phraſe, qu'il vaudroit mieux qu'il n'y eût ni Loix ni Bourreaux.

Ce politique moraliste penſoit très-ſérieuſement que la raiſon des hommes ſe perfectionnant tous les jours, leur bonheur devoit auſſi aller en augmentant, & que, comme ils ſeront plus éclairés, & dès-lors plus ſages, en dix mille ans d'ici, qu'ils ne le ſont à préſent, ils ſeront auſſi plus heureux. Leur raiſon, diſoit-il, ſera plus parfaite, & ils en feront un meilleur uſage. Or le meilleur uſage de la raiſon, c'eſt de l'employer à ſe rendre plus heureux *.

Un Auteur Anglois demande ſi c'étoit un bon projet que celui *du Czar*, de policer & d'éclairer ſa nation ; & il répond que la queſtion ſe réduit à ſçavoir ſi les Moſcovites plus éclairés dans les ſciences & plus habiles dans les arts, en ſeroient plus heureux.

---

* L'Abbé de Saint-Pierre, tout froid & tout ſérieux qu'il étoit ordinairement, avoit pourtant exprimé ſa penſée ſur le progrès des lumières parmi les hommes par la plaiſanterie ſuivante : *Il viendra un tems,* diſoit-il, *où les Payſans en ſçauront autant que les Capucins, & les Capucins autant que les Jeſuites.*

Mais cela lui paroît plus qu'incertain.
Le *Czar*, ajoute-t-il, forma son projet, parce qu'il avoit de l'esprit, & parce qu'il n'en avoit pourtant pas assez,
ou parce qu'il avoit plus de génie que
d'esprit. Ce projet qui ne seroit pas
venu dans la tête d'un sot, eût peut-
être été rejetté par une tête bien philosophe. Mais, continue l'Ecrivain
Anglois, ce qui étoit contraire au bonheur des sujets, pouvoit être utile à
celui du Souverain ; & quand le *Czar*
vouloit polir & éclairer les siens, c'é-
toit peut être moins pour eux que
pour lui-même.

Il ne paroît pas que la vanité, l'envie de faire du bruit dans le monde,
ou, si l'on veut, l'amour de la gloire,
soient entrés pour rien dans le projet
du *Czar* ; & cela est très-grand.

I I I.

Cette partie de l'éducation qui a
les mœurs pour objet, est meilleure
dans les grandes Villes que dans les
petites

petites, aussi-bien que celle qui con-
cerne les lettres & les sciences. Mais
il ne s'ensuit pas de-là qu'il y ait plus
de probité dans les grandes Villes,
comme il y a plus d'esprit & de sçavoir.
L'éducation met encore moins de différence entre ceux qui sont nés méchans, qu'entre ceux qui sont nés sots ;
elle peut encore moins sur le cœur
que sur l'esprit. L'éducation, par rapport aux mœurs, est une habitude
prise de bonne heure ; voilà l'idée
la plus avantageuse qu'on en puisse
donner. Mais une habitude prise contre des penchans naturels, contre
des penchans forts, & sur-tout une
habitude forcée & involontaire, ne
surmonte jamais la nature ; *Horace*
l'a dit.

> *Naturam expellas furcâ, tamen usque*
> *recurret.*

Il est vrai qu'il dit ailleurs :

> *Nemo adeò ferus est, ut non mitescere*
> *possit.*

Tome II.   G g

Si modo culturæ patientem commodet aurem.

Mais *cette oreille patiente* & docile qu'il faudroit prêter aux inſtructions d'une bonne éducation, les jeunes gens d'un mauvais naturel ne l'ont point.

Quelqu'un diſoit de N***, qu'on voyoit bien qu'il n'avoit point eu d'éducation. Un autre ajouta qu'on voyoit même qu'il lui auroit été inutile d'en avoir.

IV.

Après l'éducation des parens & celle des maîtres, l'une & l'autre aſſez bonnes ordinairement par rapport à la vertu, il y en a une troiſième qu'on reçoit du monde, quand on commence à y entrer. Celle - ci eſt contraire aux deux premieres dans pluſieurs points très - eſſentiels ; & lorſqu'elle preſcrit les mêmes choſes, c'eſt par des motifs très - différens.

Souvent les parens mêmes changent alors de langage. On parle de vertu & de religion à un enfant, d'honneur & d'intérêt bien entendu à un jeune homme.

V.

Une infinité de gens viennent des Provinces dans les Capitales pour y faire fortune ; c'est-à-dire, qu'ils y viennent la plûpart pour y faire des crimes.

Quel cœur ne s'enflâmeroit au ré- cit & sur-tout au spectacle de ce lu- xe aussi volupteux que fastueux qu'é- talent à Paris tant de nouveaux ri- ches ? Ajoutons qu'on sait l'histoire de leur fortune. De-là & l'espérance d'en faire une pareille à son tour ; es- pérance qui allume de plus en plus les desirs, & la hardiesse de la faire par toutes sortes de moyens. Quelle probité pourroit se défendre contre la séduction des objets, jointe à celle des exemples !

Paris est pour un riche un Pays de Cocagne,

dit un de nos Poëtes ; mais il ne l'est que pour un riche. La passion de s'enrichir doit donc y être très-ardente *.

VI.

Quand même le commerce que les hommes ont les uns avec les autres dans les Capitales, ne les rendroit pas réellement plus méchans, il leur donneroit lieu d'exécuter plus facilement ce que leur méchanceté

---

* Le luxe est en proportion avec la grandeur des Villes : & sur-tout de la Capitale ; ensorte qu'il est en raison composée des richesses de l'Etat, de l'inégalité des fortunes des particuliers, & du nombre d'hommes qu'on assemble dans de certains lieux.

Plus il y a d'hommes ensemble, plus ils sont vains, & sentent naître en eux l'envie de se signaler par de petites choses. S'ils sont en grand nombre, & si la plûpart sont inconnus les uns aux autres, l'envie de se distinguer redouble, parce qu'il y a plus d'espérance de réussir. Le luxe donne cette espérance ; chacun prend les marques de la condition qui précéde la sienne. On a plus de désirs, plus de besoins, plus de fantaisies, quand on est ensemble. *Esprit des Loix, L. 7, Chap. 1.*

naturelle leur inſpire, en augmentant leur eſprit & leur courage. Combien d'hommes, à ces deux qualités près, ont tout ce qu'il faut pour être de grands ſcélérats!

VII.

L'eſprit & le ſçavoir corrigent quelquefois un homme né méchant ; mais le plus ſouvent ils ne lui ſervent qu'à être plus finement, & par-là plus dangereuſement méchant.

C'eſt dans les ſiècles les plus polis & les plus éclairés, qu'on trouve les exemples des plus grandes vertus & des plus grands vices.

L'affinement des eſprits, dit *Montaigne, n'en eſt pas l'aſſagiſſement.*

VIII.

Il y a des crimes qui ne peuvent être l'ouvrage d'un ſeul homme. Tel mauvais deſſein meurt, pour ainſi dire, dans le cœur qui l'a conçu, faute d'un aſſocié & d'un complice.

Deux hommes connus par les plus grands crimes auroient été toute leur vie honnêtes gens ou plutôt auroient été méchans fans nuire, s'ils ne s'étoient jamais rencontrés. Ils font venus l'un & l'autre à Paris des deux extrémités de la France. C'est-là qu'un méchant homme trouve aisément son semblable.

I X.

Dans les grandes Villes, les passions y font plus vives, & les occasions de mal faire plus fréquentes. D'ailleurs le crime y est moins réprimé, & par les loix, parce qu'il est plus facile de s'y dérober à leur pourfuite en fe cachant dans la foule; & par la haine publique, parce qu'y étant plus commun, il y est moins odieux.

Un des principaux avantages des grandes Villes, c'est la liberté avec laquelle on y vit. L'attention partagée entre une infinité d'objets, y est moindre pour chacun en particulier.

Ainsi on y peut vivre comme on veut, sans crainte de passer pour singulier, non-seulement, comme je l'ai dit ailleurs, parce qu'on y est moins observé, mais encore parce que dans un si grand nombre de personnes, un homme, quelque singulier qu'il soit, en trouve toujours quelques autres qui lui ressemblent. Le Philosophe profite de cette liberté pour vivre à sa fantaisie, sans s'assujettir à ce qui le gêneroit. Le méchant en abuse, pour faire le mal sans être apperçu.

A degré égal de sottise & de vice, les sots paroissent plus sots, & les vicieux moins vicieux dans une grande Ville que dans une petite.

X.

Enfin il y a moins de religion dans les grandes Villes, & sur-tout dans les Capitales, que dans les petites. L'incrédulité, malheureusement si commune dans celles-là, est à peine connue dans celles-ci; elle n'y naît point, elle y eſt toujours apportée d'ailleurs. A Paris, à Londres, ceux mêmes qui ont le plus de religion, entendent dire, ſans en être fort émus, que tels & tels n'en ont point. En Province on frémit d'une juſte horreur à un pareil diſcours ; on n'oſe même y ajouter foi, la choſe ne paroît preſque pas poſſible. Or, quoi qu'en diſe une fauſſe ſubtilité, la Religion eſt un frein, & elle empêche bien des crimes. C'eſt le plus ſolide fondement des ſociétés, parce qu'elle fournit les plus puiſſans motifs de la probité. D'ailleurs ſans elle les autres motifs, qui ne ſont qu'humains, perdent beaucoup de leur force. La perte de la foi entraîne aiſément celle des ſentimens d'honneur. Quand on ne craint point de Dieu, parce qu'on n'en croit point, on craint moins les hommes, parce qu'on les mépriſe, & qu'on regarde leurs jugemens comme un effet de préjugé. On craint moins les loix mêmes, parce qu'on

craint

craint moins la mort. La religion augmente cette derniere crainte, & c'eſt
un de ſes plus utiles effets par rapport à la ſociété.

XI.

Ce qu'on vient de lire, imprimé
pour la premiere fois en 1735, peut
ſervir à l'éclairciſſement de la queſtion propoſée depuis par un Hiſto-
rien très-judicieux *, dans les termes
ſuivans :

» Par quelle fatalité arrive-t-il que
» ce qu'un ſiècle acquiert de lumières
» ſur ceux qui l'ont précédé, ne tour-
» ne jamais au profit de la vertu, &
» ne lui ſert qu'à raffiner le vice ?

C'eſt auſſi la queſtion ſur laquelle
M. *Rouſſeau* de *Geneve* a tant écrit,
mais avec plus d'eſprit, ce me ſemble, que de ſolidité. Les ſciences &
les arts épureroient les mœurs plutôt que de les corrompre. C'eſt l'a-

___

* *Nouveaux Mémoires de Sully*, *Tome* 1, *page* 459,
in-12.

bondance qui les corrompt. Mais les sciences & les arts ne fleuriffent que dans les tems d'abondance & de profpérité. Voilà ce qui a trompé M. *Rouffeau*. Il a fait le fophifme fi connu dans les Ecoles : *Après cela*, ou *avec cela*, *donc à caufe de cela*.

Si l'abondance qui s'introduit dans une nation, y corrompt les mœurs, elle les polit. Or la politeffe eft un contre-poids à la corruption. L'abondance rend le goût du plaifir plus vif & plus général ; mais la politeffe le rend plus délicat : par-là les excès deviennent plus rares. Ils le deviennent encore par le plus grand nombre de plaifirs entre lefquels on peut fe partager. La politeffe fait aimer ceux de l'efprit, des arts, &c. & par-là elle affoiblit le goût des plaifirs où l'efprit n'a point de part. Elle dégoûte auffi de ceux qui ont des fuites fâcheufes, fur-tout fi elles font déshonorantes.

Dans un fiècle poli, on eft moins

fot & moins fou, plus fenfible à l'honneur & à la diftinction qui vient des
bonnes mœurs & de la probité. De-
là plus de décence. Mais ce qui n'in-
fluoit d'abord que fur les actions,
vient peu-à-peu à influer fur le cœur
même. De - là enfin moins de mauvais exemples, & par conféquent
moins de corruption. On ne fçait
que trop qu'ils font la principale
caufe de fes progrès.

Mais il feroit fuperflu de s'étendre
davantage là-deffus, après tant d'é-
crits contre le paradoxe de M. *Rouf-*
feau, fur-tout, après les deux Difcours de M. *Borde* *. La matière y eft
traitée à fond, & parfaitement éclair-
cie.

* De l'Académie de *Lyon.*

OBSERVATIONS

SUR LES GENS D'ESPRIT,

Et en général fur les Grands Hommes.

I.

ON feroit un recueil affez ample
des bonnes penféés des fots ; mais on
en feroit un plus ample encore des
fottifes des gens d'efprit. Il y a des
fots qui n'ont jamais dit une bonne
chofe en toute leur vie ; il n'y a point
d'homme d'efprit à qui il ne foit échappé quelques fottifes. Cela eft vrai
des livres auffi-bien que de la converfation. Qui voudroit recueillir
les plus grandes fottifes qui aient jamais été écrites, ne devroit pas né-
gliger les meilleurs ouvrages. Il trouveroit dans quelques-uns d'auffi mau-
vaifes chofes que dans les plus mauvais.

II.

Que de fottifes qui ne font point apperçues dans la converfation, ni de ceux qui les difent, ni de ceux qui les entendent ; fottifes perdues pour l'homme d'efprit, qu'elles humilie-roient utilement !

III.

L'homme d'efprit qui n'a point écrit, s'eftime ordinairement beau-coup plus qu'il ne vaut ; les moins préfomptueux de tous les hommes, ce font les bons Auteurs. Un homme d'efprit fent bien qu'en écrivant il dit de meilleures chofes qu'en con-verfation ; & que s'il n'avoit point écrit, il n'auroit point tiré de fon ef-prit tout ce qu'il en pouvoit tirer. Mais auffi combien de penfées dont il eft d'abord enchanté, & qu'il ef-face enfuite en rougiffant ! De-là il conclut qu'il a dit bien des fottifes dans la converfation fans s'en apper-cevoir. L'homme d'efprit Auteur eft

Hh iij

celui qui connoît le mieux la force
& la foiblesse de son esprit.

Je me rappelle d'avoir entendu
dire à un de nos plus beaux parleurs,
qui est aussi un de nos plus ingénieux Ecrivains, qu'*il n'y a point
d'homme qui dût signer sa conversation.*
Pent-être ne l'auroit il pas dit ni même pensé avant que d'être Auteur.

I V.

Qu'on cherche l'origine de la plûpart des maux qui troublent la société, de ces maux dont les hommes
sont eux-mêmes les auteurs, on la
trouvera dans les passions secondées
de l'esprit, des grands talens, des
grandes qualités. L'origine de la plûpart des biens n'est pas si noble.

V.

Le principe qu'il n'y a point d'homme d'esprit à qui il n'échappe des sottises, n'est pas moins vrai, & même
il l'est plus encore des sottises de con-

duite & d'action, que de celles de la conversation & des livres.

Les gens d'efprit mettent tout leur esprit à bien parler, à bien écrire, à se faire la réputation de gens d'esprit. Les sots mettent le leur à se bien conduire, à faire fortune.

Il en est de la dépense de l'esprit, comme de celle de l'argent. L'une & l'autre ont également trois objets généraux, l'utilité, le plaisir, la vanité.

Le riche est celui qui l'est assez pour fournir aux dépenses utiles & aux dépenses agréables. Il en est de même de l'homme d'esprit. Il ne l'est pas assez, s'il ne l'est que dans sa conversation & dans ses ouvrages.

Le désir de faire fortune est quelquefois assez égal dans deux hommes dont l'un y travaille, & l'autre n'y travaille point ; mais le premier a de l'esprit & de l'activité, le second est un indolent & un sot.

Il y a des sot : assez fins, & beau-

H h iv

coup plus fins que les gens d'esprit, qui communément même ne le font guères. Les sots ont, comme les bêtes, une sorte d'instinct qui souvent les sert mieux que tout l'esprit du monde.

VI.

On sçait les deux règles de l'Histoire : *Ne rien dire de faux, & dire tout ce qui est vrai**. Les très-grands hommes n'ont point besoin qu'on viole la premiere en leur faveur ; ils ont même intérêt qu'on l'observe, sans quoi on en feroit des Héros Romanesques, des hommes chimériques. Mais il n'en est point dont la gloire ne souffrît de l'observation exacte de la seconde. Leurs Historiens & leurs Panégyristes ont toujours quelque chose à supprimer, ou du moins à compenser. *Si quis virtutibus vitia pensarit, vir magnus, acer, memorabilis fuit*, &c. Ainsi

---

* *Ne quid falsi dicere audeat ; deinde ne quid veri non audeat.* Cic. de orat.

parle *Tite Live* de *Cicéron* ; & c'eft un grand nombre de pareils jugemens qui l'ont fait appeller par *Seneque*, *Candidiffimus omnium magnorum ingeniorum eftimator.*

VII.

N'outrons rien pourtant contre les grands hommes & les gens d'efprit, & défendons-les plutôt contre l'injuftice du vulgaire.

Les grands hommes, dit-on fouvent, font les plus grandes fautes. Ce proverbe (car c'en eft prefqu'un) eft-il donc bien vrai ? Les grands hommes y ont-ils en effet donné lieu, & ne vient-il point plutôt de la jaloufe malignité des petits hommes, qui ont tâché par-là de remettre les grands hommes à leur niveau, & de rétablir entre ces grands hommes & eux-mêmes, une forte d'égalité & de compenfation ? Les grands hommes font des fautes, parce qu'ils ſont hommes * ; & ces fautes ſont grandes, importantes, parce qu'étant faites par gens qui occupent des poſtes conſidérables, elles ſont ordinairement en matière importante, & ont communément de grandes ſuites. De plus la même faute commiſe par un homme médiocre & par un grand homme, paroît bien plus grande dans celui-ci. Quoique légère en elle-même, elle eſt grande pour lui. La ſurpriſe la groſſit encore ; on ne s'y attendoit point. Enfin elle eſt toujours plus remarquée dans le grand homme.

VIII.

On objecte que les grands hommes ſont ſouvent plus téméraires, plus entreprenans ; qu'ils ſe confient plus en eux-mêmes ; qu'ils s'égarent ſouvent à force de raiſonner, &c. Mais

1°. Ces défauts ſe trouvent-ils ordinairement dans les grands hom-

---

* *Summi ſunt, homines tamen.* Quintil.

mes, dans les plus grands ; &, par
exemple, pourroit-on les reprocher
à *Céfar*, à M. *de Turenne* ?

2°. Les hommes médiocres en font-
ils exempts ?

3°. Ces défauts font-ils des fources plus fécondes de fautes, que des
vues bornées, des demi-connoiffan-
ces, en un mot, que la feule médiocrité d'efprit & de capacité ?

Concluons donc que les plus grands
hommes, c'eft-à-dire, ceux qui poffédent dans le plus haut degré les
qualités les plus eftimables, font ceux
qui font le moins de fautes & les
moindres fautes. Mais le vulgaire
donne fouvent mal-à-propos ce titre
de grand homme ; & fur-tout il règle
mal les rangs entre ceux qui le méritent en effet. Il eft vrai qu'avec une
ou deux qualités éminentes, on fera
plus de fautes que fi on réuniffoit
plufieurs qualités médiocres ; mais
dans le premier cas eft-on un grand
homme ? Je le répete donc : fi ce

titre avoit été accordé moins légérement, le proverbe en queftion n'auroit point eu lieu. Les vrais grands
hommes ont fouffert de ceux qu'on
leur a injúftement affociés. Or s'il eft
injufte de conclure de quelques particuliers au général, combien l'eft-il
davantage de conclure de quelques
prétendus grands hommes, à ceux
qui le font effectivement ?

IX.

Si ce font les plus grands efprits
qui font les plus grandes fottifes,
ce font du moins les plus fots qui
font le plus de fottifes.

On dit qu'un malheur & une fottife ne vont jamais feuls. Cela eft vrai,
fur-tout des malheurs & des fottifes
des fots ; & ce font eux fans doute
qui ont donné occafion au proverbe. Ordinairement l'homme d'efprit
répare fon malheur & fa fottife.

Si les fots font moins de fautes que
les gens d'efprit, c'eft dans le fens

que les bêtes en font encore moins
que les fots. Ainfi les fots l'emportent
fur les gens d'efprit, comme les bêtes l'emportent fur les fots.

Qui ne raifonne point, ne dérai-
fonne point ; mais l'homme d'efprit
fait-il plus de fautes en déraifonnant,
que le fot en ne raifonnant point ?

Quand l'homme d'efprit s'égare à
force de raifonner, c'eft qu'il n'eft
pas encore affez homme d'efprit, &
qu'il eft encore en partie fot.

Les gens d'efprit font peut-être
plus de fautes de commiffion, que
les fots ; mais ceux-ci en font beaucoup plus d'omiffion. Or ces der.nie-
res fautes font fouvent auffi grandes, & ont d'auffi fâcheufes conféquences que les premieres.

X.

Ce qui fait le grand homme ,
c'eft l'union des grandes qualités &
des grandes vertus ; mais il faut
avouer que les premieres paroiffent

lui être plus essentielles encore que
les secondes. On pardonne plutôt des
vices aux grands hommes, que des
petitesses, & même que certains défauts. Il semble que dans un sens les
vices les déshonorent moins, parce
qu'ils sont moins incompatibles avec
ces grandes qualités qui font proprement le grand homme. D'ailleurs
les vices sont moins source de fautes que les défauts.

Le principal défaut d'un grand
homme consiste ordinairement dans
l'excès de la qualité qui fait son caractère dominant, C'est aussi la principale source de ses fautes.

X I.

Quand les petits hommes veulent
rabaisser les grands hommes en général, ils disent que les grands hommes
font les plus grandes fautes ; mais
quand il est effectivement arrivé à
un grand homme de faire une grande
faute, à un homme d'esprit de dire

ou de faire une haute sottise, & qu'ils
veulent le rabaisser personnellement,
ils ne disent plus : *Les grands hommes*
font souvent les plus grandes fautes ; les
gens d'esprit disent & font quelquefois les
plus hautes sottises. Mais ils disent : *Quel-*
qu'un qui a fait une pareille faute, ne peut
être un grand homme : Quelqu'un qui a
dit ou fait une pareille sottise, ne peut être
un homme d'esprit.

XII.

Beaucoup de gens de lettres ne
font propres qu'aux lettres, & ne le
font point aux affaires ; mais c'est
quelquefois moins par incapacité que
par dégoût.

Les sots, dit-on, *font plus habiles que*
les gens d'esprit. Aussi les gens d'esprit
font ils toujours la dupe des sots. Ce n'est-
là qu'une équivoque. Quand le sot
est plus habile que l'homme d'esprit,
c'est qu'il s'agit de choses où le premier n'est point sot , & où le second
n'est point homme d'esprit.

XIII.

Je ne puis mieux terminer ce chapitre que par cette fentence de la
Reine *Chriftine.*

» Il faut compter pour rien les
» défauts & les fautes des grands
» hommes, comme les bonnes ac-
» tions des fots «.

DU RESPECT HUMAIN.

S'Il eft difficile de rendre témoi-
gnage à la vérité aux dépens de fes
intérêts, il l'eft quelquefois davantage
de fe déclarer pour elle, lorfqu'on
s'expofe par cette conduite à être
foupçonné d'agir par des vûes inté-
reffées. Des hommes d'un certain
caractère braveroient la mort & les
fupplices, & ils cédent à la crainte
d'un foupçon injurieux. Il eft pour
eux un intérêt bien plus important
que celui de leur fortune & de leur
vie

vie même, celui de leur réputation.
La vérité profcrite les auroit pour
défenfeurs, & ils n'ofent parler pour
la vérité triomphante. Ils feroient
des Sectaires intrépides & zélés; ils
font des Catholiques honteux & timides.

M. *de Turenne* & M. *Peliffon*, tous
deux nés dans le fein de l'héréfie, re-
connurent leurs erreurs long-tems
avant que de les abjurer. Il leur en
coûta bien des efforts pour fe mettre
au-deffus des jugemens d'un certain
public.

J'avoue que pour la confufion de
l'héréfie & pour l'honneur de l'E-
glife, il falloit qu'on ne pût attribuer
leur converfion à des motifs humains,
& qu'il leur convenoit de prendre de
fages mefures pour affurer à leur
exemple toute la force qu'il devoit
avoir par lui-même. Peut-être néanmoins ces mefures furent-elles un
peu trop lentes; peut-être la vûe de
leur gloire & de leur honneur y eut-

elle trop de part. Les plus légères
traces de la disgrace que M. *Pelisson*
avoit encourue à l'occasion de M.
Fouquet, étoient effacées lorsqu'il se
déclara Catholique ; &, malgré tous
ces délais, il fut encore soupçonné. M.
de Turenne étoit parvenu aux premiers
honneurs de la Guerre, lorsqu'il
renonça publiquement au Calvinis-
me. Il ne voulut pas qu'on pût croire
avec le moindre fondement, que son
changement eût contribué à son élévation, ou que le désir de son élévation eût contribué à son changement.
L'un eût été contraire à sa gloire,
l'autre à son honneur. Ce grand Homme qui tant de fois avoit vû la mort
sans effroi, fut peut-être un peu trop
sensible à la crainte d'une interpré-
tation maligne. Je regarderois sa con-
version comme la plus glorieuse action de sa vie, si elle avoit été plus
prompte. Elle auroit sans doute été
suspecte à ceux qui le connoissoient
mal ; mais qu'il y auroit eu de gran-

deur d'ame à braver ces injustes soup-
çons! Qu'est-ce en effet qu'une action glorieuse? C'est une action bonne, une action juste, mais difficile.
Et qu'est-ce que le difficile pour les
hommes d'un certain ordre? Est ce
d'exposer leurs biens & leur vie? Non
sans doute; c'est d'exposer, c'est de
sacrifier leur gloire *. M. *de Turenne*
l'a fait en bien des occasions. Ses Panégyristes, parlant d'après le Public,
lui ont donné la plus belle & la plus
rare de toutes les louanges, lorsqu'ils ont dit que sa propre réputation lui étoit moins précieuse que le
bien de l'Etat, que la vie même des
soldats. Semblable à *Fabius*, il étoit
sourd à tous ces vains bruits qu'en-
fante la malice ou l'ignorance, &
qu'adopte quelquefois la sagesse elle-

---

* *Inventi multi sunt qui non modo pecuniam, sed vitam*
etiam profundere pro patriâ parati essent : iidem gloriæ jac-
turam ne minimam quidem facere vellent, ne republicâ
quidem postulante. Cicero lib. 1. de Officiis.

même, trompée par de fausses apparences*.

Du motif qui nous anime, dépend la règle qui nous conduit. Il n'est donc pas étonnant que les jugemens des hommes soient la règle de ceux qui n'agissent que dans la vûe de se rendre ces jugemens favorables. Or tels sont beaucoup de prétendus grands hommes ; l'amour de la gloire est leur principal motif. Celui de M. *de Turenne* étoit l'amour du devoir.

Voilà son caractère. De-là, pour me servir de l'expression d'un de nos Poëtes,

> *Cette héroïque indifférence*
> *Que détermine le devoir* ** ;

Cette disposition générale à tout bien, que le devoir seul appliquoit, selon les circonstances.

Si M. *de Turenne* a tenu une con-

---

* *Non ponebat enim rumores ante salutem.* Ennius.
** M. *de la Motte, Ode du Devoir.*

duite un peu différente, quand il s'est
agi de son retour à l'Eglise Catholique, c'est qu'il étoit plus jaloux des
qualités qui font l'honnête homme,
que de celles qui font le grand Capi-
taine; plus délicat sur l'honneur que
sur la gloire *.

Au reste, c'est ici la seule faute de
cette nature qu'on puisse lui imputer:
Peut-être même s'est-on trompé sur
celle dont il s'agit. Peut-être que
la mauvaise honte & le respect humain n'y eurent aucune part, & qu'il
ne faut l'attribuer qu'à la déférence
de M. *de Turenne* pour son Epouse;
déférence excessive sans doute, &
néanmoins excusable en quelque sorte
par le rare mérite de celle qui en étoit
l'objet. Le dernier Historien du Héros dont je parle, nous a bien éclair-
ci ce point important de sa vie **.

---

* *Justin*, L. 6. C. 8. dit d'*Epaminondas. Fuit incertum*
vir melior, an dux esset... Gloriæ quoque non cupidior
quàm pecuniæ.

* * Voyez l'Histoire du Vicomte de *Turenne*, par
M. *Ramsay*.

INCERTITUDE des jugemens sur les actions humaines. Que l'homme n'agit d'ordinaire que par sentiment.

I.

UNE grande expérience, l'étude réfléchie de l'Histoire, de profondes méditations sur les vertus & les passions humaines, & sur les différentes manières dont elles peuvent être combinées entr'elles (car c'est de cette combinaison que résultent les actions) voilà les moyens de parvenir à connoître l'homme du côté du cœur. Mais avec tous ces secours, cette connoissance est encore bien imparfaite. Il reste toujours quelque chose d'inconnu au fond du cœur que nous croyons avoir le mieux pénétré; & quelque parfaite que pût être cette connoissance, elle ne pourroit nous permettre que des conjec-

tures fort incertaines fur les motifs
des actions paſſées, & fur les actions
futures.

II.

Pour deviner ſûrement le motif
d'une action , il ne ſuffit pas de bien
connoître celui qui l'a faite ; il faut
encore être pleinement inſtruit des
circonſtances dans leſquelles il a agi.
Il en eſt de même de la prévoyance
des actions futures. On ne peut les
prévoir qu'à l'aide des mêmes connoiſſances par leſquelles on peut découvrir les motifs des actions paſſées. On riſqueroit donc beaucoup
de ſe tromper, en jugeant des diſpoſitions où étoit un homme , par
ce qu'il a fait; ou en jugeant de ce
qu'il fera , parce qu'on connoît de
ſes dipoſitions. Une légère circonſtance qui vous eſt inconnue, a cau-
ſé cette détermination dont vous
cherchez à deviner le motif : vous le
cherchez donc envain. De même

c'eſt inutilement que vous travaillez
à deviner quel parti prendra un homme en telle ou telle occaſion, c'eſt-
à-dire, en tel ou tel aſſemblage de
circonſtances ; car il peut ſe trouver
d'autres circonſtances que celles ſur
leſquelles vous raiſonnez , & dès-lors
vous raiſonnez en l'air. Cet homme,
déterminé par une circonſtance qui
n'entroit point dans votre ſuppoſi-
tion, va démentir toutes vos con-
jectures, en faiſant ce que vous ſoup-
çonniez le moins qu'il pût faire.

En Morale, auſſi bien qu'en Phyſique, la ſolidité d'un ſyſtême dépend quelquefois d'une bagatelle,
ou plutôt tout eſt important quand
il s'agit de former un ſyſtême. Il
faut auparavant s'être bien aſſuré des
faits qui en doivent être le fondement, & qu'on entreprend d'expliquer
La moindre incertitude à cet égard
doit arrêter, parce que la plus légère
mépriſe ſuffiroit pour renverſer tout
l'édifice,

l'édifice, & même pour donner du ridicule au syfême *.

III.

Pour expliquer ou pour prévoir les actions humaines, il faut toujours raifonner, dit-on. fur des fuppofi-tions qui n'ôtent pas à l'homme le fens commun. Mais fouvent nous n'avons de la peine à accorder une certaine conduite avec le fens commun, que parce que nous ne voyons pas tout. Ainfi des événemens qui n'ont point étonné les contemporains, nous pa-roiffent incompréhenfibles, parce que nous ne connoiffons pas toutes les caufes qui y ont contribué. Si nous les connoiffions, nous verrions, ou que les hommes n'ont point manqué de fens commun dans les occafions

---

* L'art de pénétrer les hommes eft rare. . . . . Il faut employer cet art avec réferve, & ne le croire pas in-faillible. *La Reine Chriftine dans l'ouvrage deja cité.*

Les expreffions des hommes ne fignifient rien ; à peine peut-on fe fier à leurs actions. *Ibid.*

Tome II. K k

dont il s'agit, ou qu'il étoit très-naturel qu'ils en manquaffent. On a vû des gens fans religion fe déclarer ouvertement pour une Secte profcrite, jufqu'à s'expofer à de très-grands maux. Ceux qui les connoiffoient intimement, voyoient bien ce qui les faifoit agir ; c'étoit une énigme pour tous les autres.

IV.

Il faut être très-réfervé à fixer les bornes du poffible, dans tout ce qui dépend de la manière de penfer des hommes. Les prodiges font communs en cette matière, ou plutôt quand on connoît bien l'homme, on ne s'étonne de rien. Les paffions combinées en une infinité de manières les unes avec les autres, & avec la foibleffe de l'efprit humain, produiront tous les jours la conduite la plus bizarre en apparence.

Les Chrétiens ont-ils le fens commun de faire ce qu'ils font, en croyant

ce qu'ils croyent ? Non fans doute. Il
eft certain qu'ils n'agiffent pas raifon-
nablement ; mais ils agiffent néanmoins d'une manière très-conforme
à la nature, qui eft de fe laiffer em-
porter à des fentimens vifs & préfens.
Au lieu donc de dire : *Il faut fuppofer*
que les hommes agiffent felon le fens com-
mun , il feroit plus jufte de dire : *Il*
faut fuppofer que les hommes agiffent felon
leur nature. Il ne faut pas renverfer
leur nature pour expliquer leurs actions ; toute fuppofition qui va là,
dès-lors eft non-recevable. Mais la
nature de l'homme, depuis le péché
du premier homme, eft d'agir plus
par fentiment que par raifon. Quelquefois la raifon & la paffion s'uniffent, parce que celle-ci féduit l'autre. Quelquefois auffi il eft tellement
évident qu'il feroit raifonnable de
faire ou de ne pas faire telle ou telle
chofe, que la raifon ne peut être
féduite. Mais fi la paffion eft forte à
un certain point, elle n'en eft pas

moins la maîtresse de l'action ; & à peine cette résistance de la raison à la passion est-elle pour l'homme la cause de quelqu'inquiétude. Les réflexions seules ne troublent point sa paix. Il ne commence à être agité que lorsque le sentiment se joint à la lumière , lorsqu'il vient à craindre vivement les malheurs ausquels il s'expose en suivant ses passions. Mais toute vûe de ces malheurs ne produit pas cette crainte , & cette crainte n'est pas toujours de durée. Si elle dure , alors il y a combat entre le sentiment de la crainte & celui de la passion ; & à la fin le sentiment le plus fort l'emporte. Souvent la victoire est long-tems incertaine , & la vie se passe le plus malheureusement du monde dans ces agitations.

L'homme ne se gouverne donc pour l'ordinaire que par le sentiment; c'est par-là qu'il faut le prendre, si l'on veut en venir à bout. Aussi l'éloquence, qu'on a appellée *la maî-*

treffe des volóntés, l'éloquence proprement dite, n'eft-elle que l'art d'exciter des fentimens. C'eft pour cela
qu'elle doit parler à l'imagination,
en nous repréfentant les objets fous
des images fenfibles, feules capables
d'ordinaire d'exciter des fentimens ;
en forte qu'on la pourroit définir *l'art*,
ou plutôt *le talent d'aller au cœur par*
l'imagination. C'eft encore en partie
pour cette raifon que, toutes chofes égales d'ailleurs, un Sermon fur
l'enfer touchera beaucoup plus qu'un
Sermon fur le Paradis. Outre que la
crainte eft un motif plus fort que l'efpérance, on nous donne des idées
fenfibles de l'Enfer, & on ne fçauroit nous en donner de telles du Paradis. Il n'entre aucun bien fenfible
dans ce que la Religion nous enfei-
gne touchant la récompenfe deftinée
aux bons ; & elle raffemble au contraire les plus terribles maux que nous
connoiffions par les fens, dans la pu-
nition dont elle menace les méchans.

Vaines menaces cependant pour la plûpart des Chrétiens les mieux perfuadés, & fouvent même les plus fenfés en toute autre chofe ! Mais le Chrétien eft homme ; la foi ne détruit point les paffions. Ce qu'on ne voit que dans l'éloignement, change en quelque forte de nature, ceffe d'être fenfible, fe fpiritualife, pour ainfi dire, & par-là s'anéantit à des yeux charnels.

V.

Je ferois plus circonfpect à conclure de l'action au caractère, à l'égard d'un François, qu'à l'égard d'un Anglois. Celui-ci agit plus en conféquence de fon propre caractère, & fe détermine plus par fes propres réflexions, que celui-là. Son ame eft plus ferme, plus indépendante d'autrui, & des circonftances actuelles & paffagères. Le François au contraire, plus vif & plus léger, a une ame plus molle, plus flexible, plus

dépendante du dehors, fur-tout plus
fufceptible des impreffions qu'on veut
lui faire prendre. Elle eft plus aifément féduite, ou fubjuguée. C'eft
ainfi qu'un François fait une mauvaife action avec un bon caractère,
& une bonne avec un mauvais.

DES RICHESSES.

I.

QU'EST - CE que bien ufer des
richeffes ? C'eft premiérement, felon le mot connu d'un Pere de l'E-
glife *, en ufer fimplement & n'en pas
jouir ; c'eft-à-dire, comme s'exprime
l'Ecriture, n'y point mettre, n'y point
attacher fon cœur. Les richeffes ne
nous font pas données pour être ai-
mées. Quiconque les aime, en ufe
mal, du moins en cela qu'il les aime.
Au contraire le détachement des ri-

* *S. Auguftin.*

Kk iv

cheffes comprend tout ce qui eft néceffaire pour en bien ufer. Elles n'inf-
pireront point un ridicule orgueil à
celui qui ne les aime pas ; il ne re-
gardera pas comme un mérite, ce
qu'il ne regarde pas même comme
un bien. S'il n'aime pas les richeffes, c'eft qu'il n'aime pas ce qu'elles
procurent, les honneurs, les plaifirs;
& par conféquent il ne s'en fert pas
pour arriver aux honneurs, pour jouir
des plaifirs. Ainfi celui qui n'aime
pas les richeffes, n'aime rien de criminel. Exempt de cette paffion, il
faut qu'il le foit de toutes les autres,
ou qu'il les ait vaincues ; car toute
paffion conduit, du moins indirec-
tement, à celle des richeffes, parce
qu'elles font un moyen de la fatisfaire. En effet elles fervent à tout.
De quelque côté qu'on tourne fes
pas, elles applaniffent, elles abré-
gent le chemin ; elles facilitent l'ac-
quifition même de la gloire. Enfin
celui qui n'aime ni les richeffes ni

l'éclat, & les délices qui les accom-
pagnent ; également éloigné de l'avarice fordide qui les réferve, & de l'a-
veugle prodigalité qui les confume
en dépenfes toujours condamna¹les,
quand elles ne feroient qu'ir utiles ;
celui-là, dis-je, ne les employera que
pour fa vraie utilité, pour l'utilité
de ceux qui lui font unis par les liens
du fang & de l'amitié, enfin pour la
plus grande utilité publique. Elle eft
le principal objet, le principal motif,
la principale règle de la charité même chrétienne.

II.

Le défintéreffement & l'humilité
font des vertus fi effentielles au bon
ordre de la fociété, qu'il n'eft trou-
blé que par les vices contraires. En
effet, qu'eft-ce qui divife les hommes entr'eux ? Qu'eft-ce qui s'op-
pofe au penchant naturel qui les porte à s'aimer les uns les autres ? L'orgueil & l'intérêt ; voilà la fource des

haines, des combats. Otez ces deux paſſions du cœur des hommes, vous établirez entr'eux une paix inaltérable. L'homme ne verra plus dans l'homme ſon rival, ſon concurrent; il n'y verra que l'homme; il s'y verra, pour ainſi dire, lui-même.

En général toutes les paſſions arment les hommes les uns contre les autres. Je ſuis l'ennemi né de quiconque prétend au même bien que moi. L'amour, par exemple, a quelquefois produit, par la jalouſie, des événemens bien funeſtes. Mais outre qu'il y a ſouvent dans la jalouſie plus de vanité que d'amour, ces événemens ſont aſſez rares en comparaiſon de ceux dont l'orgueil & l'intérêt ſont chaque jour la cauſe.

L'homme déſintéreſſé verra preſque tous les hommes courir après la fortune; il les plaindra, & d'autant plus amérement qu'ils courront avec plus de ſuccès; mais il ne les haïra pas. Il ne marche pas dans la même

voie; il ne cherche point à augmenter ses richesses, ou s'il les augmente
par son travail & par une sage économie, la Religion même lui prescit
ce travail; & la Morale de l'Evangile,
aussi-bien que la Morale purement
humaine, met cette économie au
nombre des vertus. Elle ne condamne dans l'acquisition des richesses,
que l'avidité des desirs & l'injustice
des moyens. Ainsi le riche Chrétien
agit en plusieurs occasions à peu près
comme les autres hommes, il fait
extérieurement les mêmes choses;
mais comme il agit dans d'autres
vûes, & par d'autres motifs que ceux
que la cupidité leur inspire, il regarde avec indifférence le bon ou
le mauvais succès de ses soins & de
ses travaux ; il voit sans envie que
d'autres soient plus heureux (pour
parler le langage ordinaire,) ou qu'ils
aient été plus habiles. Les injustices
mêmes qu'ils commettroient à son
égard, ne seroient pas pour lui une

raison de les haïr. Ils ne sçauroient
lui enlever ce qu'il aime. Le dépouil-
lassent-ils de la meilleure partie de
ce qu'il possède, ce ne seroit que le
décharger de ce qui lui pese, & le
délivrer d'un embarras dangereux.
Comme il usoit moins de ses richesses pour lui-même que pour les autres, le changement de sa condition
changeroit peu de chose à sa manière
de vivre. Il ne s'appercevroit guères
qu'il n'est plus riche, que parce qu'il
ne pourroit plus donner. L'impuissance de soulager les misérables, seroit pour lui le seul grand mal de sa
propre misere.

III.

L'orgueil est encore plus puissant
que l'intérêt pour bannir du cœur des
hommes l'amour qu'ils se doivent réciproquement ; & c'est parce que ces
deux passions se réunissent dans la
plûpart des contestations, qu'on
pousse la haine aux derniers excès,

& qu'on devient ennemi irréconciliable. La perte du bien n'eſt pas toujours ce qui touche le plus dans la
perte d'un procès. On s'étoit fait un
point d'honneur de vaincre ; on eſt
humilié d'être vaincu. Il y a des gens
qui, pour obtenir un Jugement favorable dans une affaire d'intérêt, ſacri-
fieroient volontiers la valeur de ce
qui fait l'objet de la conteſtation.

Il en eſt de même du jeu ; c'eſt en
partie l'intérêt qui l'a établi. Cependant la vanité ne laiſſe pas d'avoir
quelque part au plaiſir de gagner &
à la peine de perdre ; & cela eſt vrai
des jeux, même *de pur hazard.*

IV.

Quoiqu'en certaines occaſions l'orgueil & l'intérêt ſe trouvent oppoſés,
& qu'on ſoit quelquefois déſintéreſſé
par orgueil, cependant le détachement des richeſſes ſuppoſe ordinairement l'exemption d'orgueil, & l'a-
mour des richeſſes eſt une ſuite natu-

relle de l'orgueil & de la vanité. Ce
n'est pas seulement pour jouir des
plaisirs des sens qu'on désire les richesses ; leur principal avantage pour
la plûpart des hommes plus orgueilleux, plus vains encore que sensuels,
c'est la considération qu'elles attirent
à ceux qui les possèdent, le respect
qu'elles leur font rendre, l'indépen-
dance où elles le mettent. Et la preuve qu'on aime encore plus les richesses par orgueil que par sensualité,
c'est que si par quelque diminution
de fortune, on est obligé de retrancher de sa dépense, on prend plutôt
sur la sensualité, sur la nécessité même, comme je l'ai dit ailleurs, que
de rien ôter à l'orgueil,

  En combien de manieres les richesses ne le flattent-elles pas ? Premiérement, les places d'honneur &
d'autorité ne font guères que pour
les riches ; la plûpart s'achetent, &
ne se méritent point ; mais sans digni-
tés & sans titres, les richesses donnent

un état, un rang. C'est une belle
place, dit-on, que cent mille livres
de rente. Tout riche est un grand.
Tout *Crésus* est presqu'aussi Roi que
celui de *Lydie*. Ce ne sont que com-
plaisances assidues, éloges flatteurs,
profonds respects. Et ces hommages
ne sont pas toujours purement exté-
rieurs ; souvent même ceux qui les
rendent, vont jusqu'à une estime très-
sincère. L'éclat dont brille le riche,
éblouit tellement leurs foibles yeux,
qu'il les aveugle sur ses défauts, leur
fait voir en lui des qualités qui n'y
sont pas, leur grossit infiniment celles qui y sont en effet.

Le flatteur du riche est à-la-fois &
trompeur & trompé.

Ces distinctions que l'orgueil du
rang, du crédit & des richesses est
toujours prêt à usurper, la bassesse
est toujours prête à les prodiguer.

Souvent l'homme est caché sous
le riche, sous le grand, non-seulement à lui-même, mais encore aux
autres.

Ce n'est pas tout. Quelques-uns peut-être seroient peu flattés d'une eſtime non méritée ; mais les richeſ-es ſont d'un grand ſecours pour ar-iver à la réputation la plus légitime-ment dûe, en aidant le mérite à ſe produire. Il attire tout autrement l'attention dans le riche que dans le pauvre; & il eſt bien plus vrai en-core des richeſſes que de la beauté, qu'elles donnent aux qualités de l'ame un nouveau luſtre & un nouvel agré-ment, aux yeux mêmes des plus Phi-loſophes. Mais cette dépendance des autres à notre égard , cette eſtime & cette conſidération doivent nous plai-re à proportion de notre orgueil ; & par conſéquent nous aimerons, ſe-lon le degré de cet orgueil, les ri-cheſſes qui procurent des avantages ſi flatteurs.

V.

La plûpart des hommes déſirent plus la conſidération & le reſpect,

que

que l'eſtime & la gloire. Ils déſirent plus les honneurs que l'honneur. Leur ambition n'eſt que vanité.

Vous dites à ce riche qui s'enorgueillit de ſes richeſſes, qu'il n'en eſt pas plus eſtimé pour avoir cent mille livres de rente. Cela n'eſt pas vrai. Dites-lui ſeulement qu'il n'en eſt pas plus eſtimable. Retranchez-vous dans le droit, car le fait eſt inconteſtable.

La plûpart des hommes, dit un Auteur Anglois, meſurent le reſpect qu'ils nous rendent, à l'argent qu'ils nous croient, & ils ont grande attention que l'un n'excède pas l'autre.

Si j'étois riche, diſoit un homme d'eſprit, dont la fortune étoit très-médiocre, j'en vaudrois mieux, par-ce que cela me donneroit plus de confiance & de hardieſſe ; & ce que je vaux, ſeroit mieux ſenti.

V I.

Un poëte l'a dit : Ce qu'il y a de plus *dur* dans la pauvreté, c'est qu'elle est un aviliffement, un déshonneur, un *ridicule* même *. De-là tant de pauvres, moins affligés de l'être, que honteux d'être connus pour tels. On exhortoit un de ces pauvres à déclarer fon état à des perfonnes qui pouvoient le fecourir : *Attendez encore un peu*, leur répondit-il. *Le fentiment de ma mifère, quand elle fera extrême, étouffera, ou du moins furmontera en moi celui de la honte qu'il y a à la faire connoître ; & dans les autres, le fentiment de la pitié furmontera peut-être celui du mépris qu'excite naturellement la pauvreté connue. Aujourd'hui je n'ai ni le courage de demander, ni l'efpérance d'obtenir. Le mépris eft dur & avare ; la pitié feule eft fecourable.*

Qu'il eft douleureux , à moins

---

* *Nil habet infelix paupertas durius in fe,*
  Quàm quòd ridiculos homines facit. Juv.

qu'on n'ait une vertu éminente, d'ê-
tre obligé de dire : *Je me suis donc humilié en vain !*

Il y a une manière dure & humiliante de donner, qui, en diminuant
la misère, augmente le malheur.

Voulez-vous sçavoir comment il
faut donner ? Mettez-vous à la place
de celui qui reçoit.

Un pauvre vertueux remercioit un
riche vertueux qui lui avoit fait un
don considérable. Celui-ci lui répondit : *C'est Dieu seul que vous deve ̧z
remercier, parce que c'est lui qui m'a donné & la volonté & le pouvoir de vous
être utile. Pour moi je vais lui rendre graces de m'avoir fait connoître votre vertu
& vos besoins.*

On a dit d'un homme de Lettres
fort pauvre, qu'il parloit de sa pauvreté sans honte, & de ses talens sans
vanité.

VII.

On peut bien user des richesses, ja

veux dire, en ufer utilement pour la
fociété, par un motif d'orgueil. Eh!
que deviendroient les miférables, fi
la charité feule les fecouroit! Que
deviendroit la fociété, fi les paffions
n'avoient fouvent les effets des vertus ! Il y a donc une libéralité orgueilleufe qui fupplée au bon cœur,
ou au cœur chrétien ; orgueilleufe,
non-feulement en ce fens qu'elle infpire l'orgueil, ce qui arrive aux plus
juftes, mais encore en cet autre fens
plus littéral, qu'elle n'a que l'orgueil
pour principe. Mais alors on n'eft
point véritablement détaché des richeffes ; on les aime, du moins pour
la gloire de les donner. Je dis *pour la
gloire*, car fi on ne les aimoit que pour
le plaifir de faire par elles le bonheur
des autres, indépendamment de leur
reconnoiffance ou de leur eftime, ce
motif feroit très-louable. Si l'on m'ob-
ecte que c'eft trop exiger des hommes, que de vouloir qu'ils ne foient
fenfibles, en donnant, qu'au plaifir

d'être utiles, je conviendrai que, quoiqu'ils doivent aller juſques-là pour être exactement dans l'ordre, il eſt néanmoins à ſouhaiter pour le bien de la ſociété, qu'ils ſoient ſenſibles à toutes les ſortes de plaiſirs que peu faire goûter l'exercice de la libéralité.

V I I I.

Dans ce détachement des richeſſes, fondé ſur l'exemption ou ſur la ſoumiſſion des paſſions qui ont beſoin des richeſſes pour ſe ſatisfaire ; dans le retranchement des obſtacles les plus conſidérables à l'amour des autres hommes par un déſintéreſſement & une humilité ſincères, ce ne ſera pas un nouvel effort de vertu pour le riche de leur faire part de ſes biens. C'eſt une double facilité pour donner, que d'aimer beaucoup ceux à qui l'on donne, & d'aimer peu ce qu'on leur donne. Il n'eſt donc pas néceſſaire d'exhorter ce riche à don-

ner généreusement ; il ne faut que lui
apprendre à donner avec discernement & avec prudence. Son cœur est
bien disposé, il n'y a plus qu'à éclairer son esprit ; & il est d'autant plus
important qu'il soit bien instruit des
régles que la raison & la Religion
prescrivent également à la libéralité,
qu'on donne ordinairement avec
d'autant moins de précaution, qu'on
fait moins de cas de ce qu'on donne.

On a peu de besoin, quand on
est bien vivement touché de ceux
d'autrui.

I X.

La libéralité conduite par la prudence, est le moyen le plus assuré
d'acquérir l'amour & l'estime de tout
le monde. Cette estime, je l'avoue,
est fondée en partie sur l'amour propre, qui porte à estimer, à consacrer
en quelque sorte tout ce qu'on regarde comme un bien pour soi ; & il
est vrai que cet amour propre a sou-

vent trompé les hommes, en leur faisant donner le nom de vertu à des
qualités simplement utiles, & peu
louables au fond. Mais quant à la libéralité éclairée, dont je parle ici,
le Philosophe joint son suffrage à ceux
du reste des hommes ; & même il connoît bien mieux qu'ils ne le peuvent
faire, tout le prix de cette vertu,
parce qu'il en juge plutôt par la noblesse de ses principes & la pureté de
ses motifs, que par les bons effets
qu'elle produit. Le Philosophe, &
j'entends le Philosophe chrétien, voit
toutes les vertus où le vulgaire n'en
voit qu'une.

X.

Mais parmi les bons effets de la
sage distribution que le riche fait de
ses biens, le vulgaire ne voit encore
que les moins importans, &, pour
ainsi dire, les plus grossiers. Il voit
un homme qui rétablit sa fortune presque ruinée, à la faveur d'un don qu'un

ami généreux lui a déguiſé ſous l'apparence d'un prêt. Il voit des mala-
des guéris ou ſoulagés, des pauvres
revêtus & nourris par d'abondantes
aumônes. Il voit des bâtimens ſuper-
bes, dignes d'être la demeure des Rois,
habités par les derniers de leurs ſujets ; mais il ne voit pas mille crimes
prévenus, mille vertus occaſionnées
par ce bon uſage des richeſſes. Cet
homme ruiné eût peut-être cherché
à réparer ſes pertes par l'injuſtice.
Maintenant redevenu riche, & touché par l'exemple de ſon bienfaiteur,
il uſe comme lui de ſes richeſſes, &
lui témoigne ſa reconnoiſſance en l'i-
mitant. Ce Soldat que l'âge ou les
bleſſures ont mis hors d'état de ſervir le Prince & la Patrie, ne trouve
pas ſeulement la récompenſe de ſes
travaux dans l'aſyle que la pieuſe ma-
gnificence d'un grand Roi lui a procuré ; il y trouve encore une reſſour-
ce à ſon ſalut, après une vie ordinairement paſſée dans la licence.
                                    Cette

Cette fille qui sous le voile de la Religion s'est élevée à une sainteté éminente, auroit peut-être trouvé dans sa beauté & dans sa misère des tentations invincibles, si quelqu'un moins touché de ses appas que des dangers ausquels ils l'exposoient, ne lui eût ouvert l'entrée du Cloître, que sa pauvreté lui fermoit. Ce Ministre de l'Evangile qui l'annonce avec tant d'éloquence & de fruit, ce sçavant dont les ouvrages font honneur à son siècle & à sa Nation, ne seroient peut être maintenant occupés qu'aux plus vils travaux, si quelque riche, aussi habile à connoître le mérite, qu'ardent à le protéger, n'eût apperçu en eux à travers les ténébres de l'enfance, & malgré la grossiéreté de leur premiere éducation, la semence des plus rares talens, & ne leur eût procuré le moyen de les faire éclorre par l'étude.

Voilà les grands avantages de la libéralité chrétienne. C'est par rapport à l'ame qu'il faut prendre

Tome II. M m

foin du corps. C'eft l'autre vie, c'eft
l'éternité qu'il faut avoir en vûe dans
le bien qu'on fait à des êtres créés
pour elle. Le riche fpirituel porte
fon intention plus loin que les défirs
du pauvre. Il veut lui donner plus
qu'il ne lui demande.

X I.

Il faut excepter les richeffes de ce
qu'on dit des autres biens, que la
jouiffance en dégoûte. On fe dégoûte
d'un bien pour un autre bien, des
honneurs pour les plaifirs ; mais dans
ce changement de goûts, celui des
richeffes fubfifte & fe fortifie de plus
en plus, parce que ce n'eft que par
elles qu'on peut contenter tous les
autres. Plus on vit, plus (à ne penfer qu'humainement) on fe convainc
de l'utilité, & même de la néceffité
des richeffes ; plus on éprouve que
fans elles on ne peut rien, & qu'avec
elles on peut tout. Auffi eft-ce un langage affez ordinaire dans la bouche

même de beaucoup de prétendus Phi-
loſophes, qu'il n'y a de ſolide avantage dans le monde que les richeſſes.
Elles excitent & fortifient toutes les
paſſions, par les moyens qu'elles procurent de les faire jouir de leurs objets ; & les paſſions excitées, fortifient
à leur tour l'amour des richeſſes. C'eſt
ainſi que les richeſſes attachent aux
richeſſes, & que l'accroiſſement des
richeſſes en augmente l'amour, en
augmentant le nombre & la force
des paſſions, & par-là les beſoins.

XII.

On n'aime point les richeſſes pour
les richeſſes ; & ceux qui les amaſſent
avec le plus d'avidité, ſans en uſer,
pour qui les richeſſes entaſſées ſont
un ſpectacle ſi charmant, & que par
cette raiſon on accuſe de les aimer
pour elles-mêmes, ne les aiment au
fond que pour les beſoins & les commodités de la vie. La crainte de n'y

pouvoir fournir un jour, eſt la cauſe de leur avarice.

L'illuſion des avares, dit Made***, dont nous avons les Réflexions parmi celles de M. *de la Rochefoucauld* ; *l'illu-ſion des avares eſt de prendre l'or & l'ar-gent pour des biens, au lieu que ce ne ſont que des moyens pour en avoir.* Cette pen-ſée eſt ingénieuſe, mais je ne ſçais ſi elle eſt bien vraie. Certainement l'or & l'argent ne ſont par leur na-ture que des moyens ; mais les plus avares ne l'ignorent pas. Leur illu-ſion & leur ridicule n'eſt pas d'aimer l'or & l'argent pour eux-mêmes, & de les prendre pour des biens, mais de craindre au milieu des monceaux d'or & d'argent, de manquer un jour du néceſſaire, & de s'en priver ac-tuellement par cette crainte. Ainſi quand on dit que les avares font leur fin de ce qui n'eſt qu'un moyen, cela veut dire ſeulement que les avares font conſiſter leur bonheur, non pas à jouir des plaiſirs & des commodi-

tés de la vie ; mais à pouvoir en jouir
quand ils le voudront, & à s'aſſurer
la poſſibilité de cette jouiſſance pour
l'avenir le plus éloigné. Il ne s'agit
donc pas, pour corriger un avare,
de le déſabuſer ſur la nature des richeſſes ; il faudroit, s'il étoit poſſible,
le raſſurer contre les frayeurs de l'avenir, & l'incertitude des événemens*.
Mais on dit communément qu'il n'y
point de reméde contre la peur ; &
c'eſt pour cela qu'il n'y en a point
contre l'avarice ; elle eſt moins une
erreur de l'eſprit qu'une foibleſſe du
cœur. La plûpart des avares ont de
l'eſprit, mais ils ſont preſque tous
timides & poltrons ; ils réfléchiſſent
& raiſonnent beaucoup, & c'eſt ce
qui les égare. Guidés dans leurs réflexions & leurs raiſonnemens par la
crainte qui les agite, ils voient, comme prêts à fondre ſur leur tête, tous
les malheurs poſſibles. Les apparences les plus fortes d'une proſpérité

* *Cogitatus præſcientiæ avertit ſenſum.* Eccl. 31. 2.

Mm iij

durable ne leur suffisent pas pour
l'espérer ; mais ils se croient bien
sages de craindre tout, & en conséquence de se munir contre tout.

XIII.

Les richesses sont souvent le fruit
& la source d'une infinité d'injustices;
injustices d'autant plus criantes, que
le pauvre en est ordinairement l'objet
& la victime. Tel riche ne voit pas
seulement avec envie les richesses des
autres riches ; la médiocrité la plus
voisine de l'indigence, excite encore
ses criminels désirs. De tous les riches
il voudroit n'en faire qu'un en sa personne. Mais ces mêmes richesses qu'il
brûle d'envahir, mettent ceux qui les
possèdent à couvert de ses coups. La
victoire sur le pauvre est plus facile ;
& si sa dépouille est peu considérable, il s'en dédommage par le nombre des vaincus. Dans le choix des
moyens de grossir ses trésors, il examine s'ils sont prompts & sûrs, tout

au plus fi l'injuftice n'en pourroit point être découverte & punie. L'équité n'eft préferée au crime que lorfqu'elle eft également utile.

Il n'eft donc pas feulement difficile de faire un bon ufage des richeffes ; il eft difficile de n'être pas criminel dans la poffeffion des richeffes. Il n'eft pas feulement difficile de foulager les miférables ; il eft difficile de n'en pas faire. Etrange renverfement ! Le riche, dans les deffeins de la Providence, n'eft riche que pour le pauvre ; & fouvent le pauvre n'eft pauvre que par le riche.

X I V.

L'idée précife de la vertu, c'eft la juftice acquife & confervée par des efforts pénibles. Si la juftice ne coûtoit rien à l'homme, elle feroit fon bonheur plutôt que fon mérite ; elle feroit en lui une perfection plutôt qu'une vertu.

Mais il y a divers degrés dans la

juſtice, & il y a auſſi plus ou moins
de difficultés à l'acquérir & à la conſerver, ſelon les états, les tempéra-
mens, les caractères différens. Or la
vertu de l'homme juſte ſe meſure
également ſur ces deux titres, ſur le
degré de ſa juſtice, & ſur la force
& le nombre des obſtacles qu'il lui
a fallu vaincre pour y arriver, & qu'il
lui faut encore ſurmonter pour s'y
maintenir. Ainſi le plus vertueux de
tous les hommes, c'eſt celui qui eſt
le plus juſte, & à qui il eſt le plus
difficile de l'être ; celui qui eſt parvenu à une plus grande juſtice, &
qui y perſévère par de plus grands
efforts.

Or d'une part le bon uſage des richeſſes ſuppoſe la plus parfaite juſtice;
les vertus les plus éminentes & les
plus néceſſaires ; & de l'autre la poſſeſſion des richeſſes eſt le plus grand
obſtacle à la juſtice, aux vertus. Par
conſéquent le riche qui uſe le mieux
de ſes richeſſes, eſt le plus vertueux

de tous les riches, & dès-lors de tous les hommes.

Auffi l'Ecriture traçant le caractère du riche vertueux, s'écrie: *Qui eft-il cet homme heureux ? Où le trouverons-nous? De quels éloges n'eft-il point digne ? Il a fait des chofes admirables. Il a été éprouvé par les richeffes, & trouvé parfait.* Mais quelle eft donc une vertu fi rare, & en quoi confifte-t-elle ? *Il a pû violer le commandement de Dieu, ajoute le Texte facré, & il ne l'a point violé; il a pu faire le mal, & il ne l'a point fait* *. L'éloignement du crime dans un état où tout le favorife, tout y entraîne; l'alliance d'une volonté conftamment attachée au bien, avec le pouvoir toujours préfent de faire le mal, voilà ce qui éleve le

---

* *Beatus dives qui inventus eft fine maculâ, & qui poft aurum non abiit, nec fperavit in pecuniâ & thefauris ! Quis eft hic, & laudabimus eum ? Fecit enim mirabilia in vitâ fuâ Qui probatus eft in illo, & perfectus eft, erit illi gloria æterna. Qui potuit tranfgredi, & non eft tranfgreffus, facere mala, & non fecit. Eccli. c. 31, v. 8. & fuiv.*

riche vertueux au-dessus de tous les autres hommes. L'impuissance de mal faire en ôte souvent jusqu'à la pensée ; elle étouffe dans leur naissance d'injustes désirs ; elle détruit des penchans dangereux, du moins elle les tient comme renfermés & assoupis au fond de l'ame. Mais la facilité de le s satisfaire par les richesses, les réveille, les met en liberté, les crée, pour ainsi dire. On voit éclorre tous les vices dans un cœur où la nature avoit jetté la semence de toutes les vertus. La liqueur corrompt le vase *.

Il est encore plus difficile à un riche d'acquérir ou de conserver la sagesse, qu'à un sage d'acquérir les richesses. D'ailleurs les richesses viennent quelquefois au pauvre, sans qu'à proprement parler il les acquiere. La sagesse est toujours une acquisition

---

* Epicure *disoit au sujet des richesses, que c'étoit le vase qui corrompoit la liqueur.* L'un & l'autre est vrai ; la corruption est réciproque.

pour celui qui ne l'avoit pas ; elle
coûte toujours.

X V.

Ne peut-on ſe ſervir des richeſſes
pour goûter d'innocens plaiſirs, pour
jouir des douceurs de la vie ? En les
employant à faire des heureux, n'eſt-
il pas permis d'y trouver auſſi ſon
propre bonheur ? Et quand à la juſtice qui ne nuit point, on joint la charité qui ſert, n'eſt-on pas irrepréhen-
ſible ? On l'eſt devant les hommes,
mais on ne l'eſt pas toujours devant
Dieu. On l'eſt ſelon les maximes de
cette morale tout humaine, qui ne
juge du bien & du mal que par rapport à la ſociété civile, & qui ne
règle que ce que l'homme doit à
l'homme ; mais on ne l'eſt pas ſelon
les principes de cette morale ſublime qui définit la juſtice, la confor-
mité à l'ordre éternel, qui nous apprend que l'homme étant fait pour
Dieu, & Dieu étant l'unique bien de

l'homme, l'ordre exige que l'homme n'aime que Dieu ; qu'ainſi tout plaiſir naturel eſt dangereux , parce quil attache à l'objet qui paroît en être la cauſe, ou plutôt au plaiſir même : bien plus, que tout plaiſir non néceſſaire, & recherché par le ſeul motif du plaiſir , ne peut être appellé innocent, parce qu'il n'eſt pas permis d'aimer le plaiſir pour le plaiſir , & d'en faire ſa fin dans aucune action ; qu'il faut donc , non - ſeulement n'uſer des créatures que dans les bornes de la néceſſité, mais encore reſſerrer ces bornes le plus qu'il eſt poſſible , & retrancher en quelque ſorte de la néceſſité même. Tout cela eſt compris dans le bon uſage des richeſſes.

XVI.

Les Chaires chrétiennes retentiſſent tous les jours des anathêmes prononcés par JESUS - CHRIST contre les riches & les richeſſes. Comment ac-

corder ces idées effrayantes , ces terribles portraits de l'état de l'opulen
ce , avec les promeſſes conſolantes
faites à l'aumône , à l'aſſiſtance du
pauvre , en tant d'endroits de l'Ecriture ? Car ſi le ſalut eſt attaché à l'aumône , à qui doit-il être plus facile
qu'aux riches , qui la peuvent faire
ſi facilement ? Il eſt vrai que rien n'eſt
plus facile aux riches que de faire
l'aumône , s'ils le veulent ; mais rien
ne leur eſt plus difficile que de le
vouloir , ſur-tout de le vouloir par
des motifs vraiment chrétiens ; parce que rien ne leur eſt plus difficile
que de conſerver dans la poſſeſſion
des richeſſes , les deux diſpoſitions
qui ſont les principes de la charité
chrétienne , je veux dire le détachement de leurs richeſſes , & la ſenſibi-
lité aux beſoins des pauvres ; l'amour
de Dieu qui leur commande l'aumône , & l'amour du prochain qui la
leur demande. Ou ſi quelquefois un
reſte de compaſſion naturelle ſe fait

encore sentir au fond du cœur ; si
leurs entrailles s'ouvrent pour ainsi
dire, à la vue ou au récit de certaines miseres dont on ne peut s'empêcher d'être touché, l'avarice, plus
forte que le sentiment, ferme la main.
Ainsi pendant que les richesses pré-
sentent aux riches un moyen assuré
de salut, du moyen même naît un
obstacle presqu'insurmontable à la
volonté de s'en servir.

Il faut l'avouer, cette extrême difficulté de bien user des richesses, qui
fait le mérite des riches vertueux,
excuse un peu ceux qui ne leur ressemblent pas, & doit par conséquent
corriger ce zèle amer avec lequel on
s'élève souvent contr'eux. On seroit
plus indulgent si on étoit plus éclairé. Quand on connoît bien l'homme, on fait aisément grâce au criminel ; on le plaint sans le haïr. Mais
cette même difficulté rend inexcu-
sables ceux qui dans un état médiocre envient l'état des riches, & font

tous leurs efforts pour y parvenir. Du
mépris & de la haine pour la plûpart
des riches, devroit naître le mépris,
ou du moins la crainte des richeſſes
mêmes. Cependant les déſirer eſt une
diſpoſition ſi commune, qu'en être
exempt, c'eſt la perfection du Chriſ-
tianiſme. Qu'eſt-ce donc que notre
foi? Car parmi les vérités qui en font
l'objet, en eſt-il une plus clairement
& plus ſouvent exprimée dans les
Livres ſaints, que la difficulté du ſalut pour les riches? En eſt-il une ſur
laquelle la raiſon s'accorde mieux
avec la Religion?

XVII.

On s'éleve avec un zèle apparent
contre un homme qui a fait fortune
par des voies criminelles, & au fond
du cœur on lui porte envie. On lui
prodigue les noms les plus odieux;
on dit tout haut qu'il eſt un ſcélérat,
& tout bas, qu'il eſt bienheureux.

Le crime heureux paſſe pour vertu

dans les Grands, les Rois, les Con-
quérans, &c. Dans les petits, dans
nos égaux, le crime nous paroît d'autant plus odieux, d'autant plus crime, qu'il a procuré plus d'avantages à celui qui l'a commis.

XVIII.

C'eſt un grand malheur pour autrui & pour foi-même, d'être très-
riche ou très-pauvre avec de mauvaiſes inclinations.

La pauvreté fait commettre des crimes. Les richeſſes donnent des vices.
Il eſt difficile au pauvre d'être conſtamment honnête homme, & au riche
d'être homme de bien. La pauvreté
eſt dangereuſe à l'homme, & les richeſſes au Chrétien. Le danger de la
pauvreté vient de ce qu'on veut en
ſortir, & celui des richeſſes de ce
qu'on veut en jouir.

DE

DE L'INCRÉDULITÉ.

I.

LA plûpart des incrédules me sont suspects du côté des mœurs & de la probité ; & s'ils vouloient parler sincérement, ils avoueroient qu'ils se défient tous les uns des autres à cet égard. Mais il n'y en a point qui me le soient plus que ces Déistes inconséquens, qui nient les peines & les récompenses futures ; qui croient que Dieu n'exige d'eux que le stérile aveu de son existence, & même qu'il ne l'exige pas, parce qu'il n'exige rien. S'il est des Athées de systême, leur systême est mieux lié. En effet, quand on reconnoît un Dieu auteur du monde, s'arrêter là, & ne pas reconnoître en même tems un Dieu vengeur des crimes & rémunérateur des vertus, ce ne peut être l'ef-

fet que de cette espèce d'aveuglement qui a sa source dans le cœur. Ou
Dieu est juste, ou il n'y a point de
Dieu ; ou Dieu n'est pas juste, ou il
y a une Providence. Mais si après cette vie l'homme de bien infortuné n'a
rien à espérer ; & le coupable heureux rien à craindre, la Providence
n'est plus qu'une chimère ; & cet at-
tribut de la divinité, par lequel principalement elle existe pour nous,
reste sans défense contre les objections de l'Athée. Un Dieu, un Dieu
juste, une Providence, une autre
vie, toutes ces vérités tiennent l'une
à l'autre par un enchaînement nécessaire ; & ne les pas admettre également, c'est rompre le fil des conséquences, c'est renverser toutes les
loix du raisonnement.

Funeste, mais ordinaire effet des
passions ! Il n'y a point d'évidence
qu'elles n'obscurcissent. Le cœur laisse croire à l'esprit ce qui ne le menace en quelque sorte que de loin,

Il le laisse décider les questions, tant
qu'elles demeurent dans une certaine généralité qui ne l'intéresse
point, & qu'elles n'ont pas encore
été amenées à ce point précis où il
y va de tout pour lui, si la décision
ne lui est pas favorable. De ce nombre est la question de l'existence de
Dieu, tant qu'elle n'est qu'une pure
question de Physique ou de Métaphy-
sique. La décision vague qu'il y a un
Dieu, n'emporte pas encore le sa-
crifice du cœur; il ne s'y oppose point.
Mais veut-on faire un pas plus avant,
& examiner les rapports de cette vérité, jusqu'alors indifférente, avec
la Morale? S'agit-il de sçavoir s'il
y a une autre règle de nos actions
que le plaisir? Demande-t-on si ce
sentiment que nous avons tous du
juste & de l'injuste, est une Loi du
Créateur, ou un préjugé de l'éducation? Si nous sommes libres, & si
notre destinée éternelle dépend du
bon & du mauvais usage de notre

liberté ? Alors s'éteignent souvent les lumières de l'esprit le plus éclairé; alors s'élèvent d'un cœur corrompu des vapeurs qui dérobent la vûe du vrai à l'esprit le plus perçant. Cet homme dont on admire le grand sens & la pénétration dans les affaires, dans les sciences humaines, & qui même raisonnant en Philosophe, sçait mettre dans un si beau jour les preuves de l'existence d'un Etre suprême, sans lequel on ne peut expliquer l'origine, la conservation & le bel ordre du monde; ce rare génie, dis-je, n'est plus en matière de Religion qu'un faux bel esprit, un vain discoureur, un raisonneur pitoyable. Pour échapper à des vérités gênantes, tantôt il admet les principes les plus absurdes, & en tire les plus ridicules conséquences; tantôt il nie les conséquences les plus simples & les plus évidentes des principes qu'il est forcé d'admettre. Il dévore les contradictions les plus étranges. Il prend

pour des démonftrations les paralo-
gifmes les plus groffiers. Vous qui
l'entendez pour la premiere fois cet
homme d'une fi grande réputation,
qui frémiffez , qui gémiffez tout
enfemble de fes difcours également
ment impies & extravagans, vous
êtes bien éloigné de lui trouver de
l'efprit, & vous demandez avec fur-
prife comment il peut paffer pour
en avoir. Votre étonnement eft jufte;
mais un mot va le faire ceffer, fi
vous connoiffez bien le cœur humain & le pouvoir des paffions. Ce
grand efprit eft un homme fuperbe
& voluptueux.

II.

Un homme fort connu par fon incrédulité, d'ailleurs d'un caractère
affez doux, difputoit un jour fur la
Religion avec aigreur & emportement; mais il n'en étoit venu-là que
fur la fin de la difpute, & il avoit
paffé d'abord d'une manière affez

modérée. Monsieur, lui dit son Antagoniste en le quittant, vous m'avez effrayé au commencement de notre conversation. Au sang froid dont vous parliez, je vous croyois convaincu ; mais le ton que vous avez pris ensuite, m'a rassuré. Peut-être voudriez-vous ne point croire ; c'est une disposition bien fâcheuse : mais enfin vous croyez encore, ou du moins vous n'êtes pas allé plus loin que le doute. Courage, Monsieur, votre état n'est point désespéré. Vous avez senti la force de mes preuves & la foiblesse de vos difficultés ; votre colère me l'a dit.

III.

Il est peu d'incrédules bien affermis dans leur incrédulité ; la Religion a trop de preuves, & des preuves trop frappantes. La plûpart avoue-toient, s'ils étoient sincères, qu'ils n'en sont encore qu'à douter. La plûpart de ceux qui doutent de la Religion, avoueroient encore qu'ils souhaitent qu'elle soit fausse. Ils peuvent donc dire : Je suis incrédule, mais j'ai intérêt de l'être ; je souhaite de l'être de plus en plus ; j'aime à trouver des raisons qui me confirment dans mon incrédulité ; celles qui la combattent, me font une secrette peine, à proportion qu'elles me paroissent plus fortes : j'évite d'y penser le plus qu'il m'est possible, & en matière de Religion je m'occupe plus volontiers des objections que des preuves ; je cours après les livres impies. N'est-ce donc point mon intérêt qui me rend incrédule ? Je devrois craindre que mon cœur ne me fît illusion, quand même la Religion me paroîtroit évidemment fausse. Mais je suis bien éloigné de cette évidence ; la Religion ne me paroît ni évidemment fausse, ni évidemment vraie. Or je sçai que dans les occasions où il n'y a évidence de part ni d'autre, le cœur décide ordinaire-

ment. Il eſt donc probable que je ne
ſuis incrédule que par le coeur, c'eſt-
à-dire, que je joins à des diſpoſitions
très criminelles, l'imprudence la plus
groſſière.

Raiſonnement ſimple, mais fort;
capable de ſe faire ſentir aux hommes de l'eſprit le plus borné, & dé-
frayer les plus intrépides.

VI.

Il eſt impoſſible d'accorder la Religion avec les paſſions; elle les condamne trop clairement. On peut bien
ſe faire illuſion ſur certains points
plus difficiles & plus obſcurs; mais
on ne ſçauroit s'aveugler entiérement
ſur ſes devoirs eſſentiels; & d'ailleurs
il ſeroit trop long d'examiner en détail ſur tout ce que la paſſion ſug-
gère, s'il eſt permis ou défendu. Il
y a une méthode plus abrégée;
c'eſt l'Athéiſme, ou cette eſpèce de
Déiſme dont je viens de parler, qui
ne connoît point d'autre vie; ce point
entraîne

entraîne tous les autres. On prononce donc hardiment qu'il n'y a point de Dieu, ou que Dieu ne se mêle point de nos actions ; & par ce seul mot toutes les questions sont terminées, ou plutôt prévenues, tous les doutes sont levés ; tout est ouvert à la passion. Mais comme il n'est pas moins difficile de croire fermement qu'il n'y a point de Dieu, ou même que la Religion est fausse, que de se persuader qu'elle ne condamne pas nos déréglemens, il n'y a de paix constante, ni pour l'impie qui nie la vérité de la Religion, ni pour le mauvais Chrétien qui en viole les loix.

V.

La Religion enseigne des vérités spéculatives, & des vérités pratiques : celles-ci font douter des autres. Ce qu'il y a de contraire aux passions dans la Morale du Christianisme, fait faire attention à ce qui paroît de contraire à la raison dans ses mystères.

La vraie cause de l'incrédulité, c'est la sévérité de la Morale chrétienne ; l'obscurité des mysteres n'en est que le prétexte. On croiroit sans peine, & même sans réflexion, s'il suffisoit de croire pour être sauvé.

Les preuves de la Religion sont tout ensemble & assez fortes pour obliger les plus habiles à soumettre leur raison, & assez claires pour dispenser les plus simples de raisonner ; c'est le cœur qui les affoiblit & qui les obscurcit. L'impie dit qu'il n'y a point de Dieu ; mais il ne le dit que dans son cœur. Il ne le croit pas, il le desire ; & sa raison lui reproche sans cesse l'impossibilité de ses desirs.

VI.

Les Dieux des Payens étoient puissans & corrompus ; c'est qu'ils étoient en partie ce que l'homme est, en partie ce qu'il voudroit être.

L'homme fait à l'image de Dieu,

ayant cessé de lui ressembler, fit des
Dieux à l'image & à la ressemblance
de l'homme.

VII.

La raison est à l'égard de la Foi,
ce que font les sens à l'égard de la
raison ; & le Chrétien ne doit pas
avoir plus de peine à soumettre sa
raison à sa foi, que le Philosophe à
préferer sa raison à ses sens.

VIII.

Y a-t-il quelque chose de plus absurde que les mystères de la Religion,
dit un incrédule ? Oui, peut-on lui
répondre ; & ce font vos objections
contre la Religion, fondées sur la
prétendue absurdité de ses mystères :
car la plus absurde de toutes les manières de raisonner, celle qui marque
le plus de mauvaise foi, ou de faux
dans l'esprit, c'est de raisonner hors de
la question. Quels que soient en eux-
mêmes ces raisonnemens, le raison-

neur est toujours très-ridicule, & il
ne mérite pas qu'on lui réponde. Or
tels sont les raisonnemens de la plûpart des incrédules ; ils ne touchent
pas l'état de la question. Je veux qu'ils
soient sans réplique à certains égards ;
ils n'en sont pas moins sans force contre la Religion, qui convient qu'elle
propose à croire des choses incompré-
hensibles ; mais qui offre d'en prouver la vérité par des preuves de fait,
qu'elle consent qu'on examine à la
rigueur. Quelques objections qu'on
puisse faire contre les mystères de
la Religion, il faut les croire, disent
ses défenseurs, si Jesus-Christ & ses
Apôtres qui les ont annoncés, ont
fait les miracles racontés dans le nouveau Testament. Or Jesus-Christ &
ses Apôtres ont fait ces miracles,
Donc, &c. Que répond à cela l'incrédule ? Attaque-t-il la première ou
la seconde partie de cet argument ?
Non sans doute. La premiere est évi-
dente par les seules lumières natu-

telles ; la seconde est certaine de toute la certitude que comporte l'Histoire ; & d'ailleurs cette discussion demanderoit des connoissances qui lui
manquent ordinairement. Que fait-il
donc ? Il fait des objections contre
les mystères.

J'ai vû quelquefois des libertins,
beaux esprits, aux prises sur la Religion avec de sçavans Théologiens ;
& si un mouvement de compassion ne
m'avoit arrêté, j'aurois été tenté de
rire. Il me sembloit entendre une
femme nier les Antipodes à un Géo-
graphe.

I X.

C'est une foiblesse d'esprit de croire
sur des preuves foibles ; c'en est une
aussi de ne pas croire sur des preuves
démonstratives ; or telles sont les
preuves de la Religion : donc les esprits forts sont des esprits foibles*.

* Quand je parle de démonstrations au sujet de la
Religion, je prends ce mot dans le sens où l'a pris M,

Il me femble même qu'il y a quelque chofe de plus humiliant à ne pas appercevoir l'évidence où elle eft, qu'à la voir où elle n'eft pas ; & que celui qui ne fe rend pas à la raifon, quand on la lui montre clairement, eft plus méprifable que celui qui embraffe une opinion fauffe fur de foibles raifons.

On difoit de deux hommes, qu'on pouvoit quelquefois tromper l'un, mais qu'on ne pouvoit jamais détromper l'autre. J'aimerois mieux être le premier que le fecond.

Il y a de la foibleffe à croire tout ; il y a de l'emportement & de la brutalité à nier tout.

Celui qui croiroit tout, feroit un imbécille ; celui qui douteroit de tout feroit un fou.

On dit, *croire aveuglément.* On pour-

Nicole à la tête de l'écrit qui a pour titre : Qu'il y a des démonftrations d'une autre efpèce , & auffi certaines que celles de la Géométrie , & qu'on en peut donner de telles pour la Religion Chrétienne. Cet Ecrit fe trouve à la fin des penfées de M. *Pafcal.*

roit dire auſſi, *nier aveuglément*, &
l'expreſſion trouveroit ſon application.

X.

Les erreurs les plus ridicules ſont
celles qui ſont oppoſées à des vérités
généralement reçues. Les erreurs
communes, quelque deſtituées de
preuves qu'elles puiſſent être, ont au
moins pour elles l'autorité du grand
nombre.

Ou les incrédules ont étudié les
preuves de la Religion, ou ils ne les
ont pas étudiées. Dans le premier cas,
ils ſont bien ſtupides ou bien corrompus, de n'en avoir pas ſenti la force.
Dans le ſecond ils ſont bien fous d'a-
voir pris leur parti ſans connoiſſance
de cauſe, ſur une matière où l'erreur a de ſi terribles conſéquences.

XI.

Il y a des incrédules beaux eſprits;
c'eſt le grand nombre. Il y en a de

sçavans. Je conviens même qu'il s'en trouve qui ont des principes d'honneur & de probité, des vertus de tempérament. Mais qu'il y en ait beaucoup qui joignent à la pureté du cœur & des mœurs, un esprit solide & un grand sçavoir; voilà ce que j'ai bien de la peine à croire.

XII.

Il y a des occasions (elles sont très-rares à la vérité, mais enfin il y en a;) il y a, dis-je, des occasions où l'incrédule né avec les penchans les plus vertueux, agira contre ces penchans, s'il veut agir conséquemment à ses principes. Donc les vertus de tempéramment ne suffisent pas sans les motifs de la Religion, pour être constamment & invariablement vertueux.

XIII.

Il n'y a rien de plus insensé que les discours contre la Religion. Ceux qui la pratiquent, ont intérêt qu'elle soit vraie ; ceux qui ne la pratiquent pas, ont intérêt qu'elle soit fauſſe ; tous ont intérêt qu'elle soit crue.

L'Athéiſme même a ſes fanatiques, témoin *Vanini* ; car la vraie idée du fanatiſme, c'eſt un zéle furieux pour des opinions folles. Si les fanatiques en général ſont les plus odieux & les plus mépriſables de tous les hommes, que penſer des fanatiques athées ?

CONCLUSION.

I.

LES Ouvrages de la nature de celui qu'on vient de lire, les Livres de Réflexions, ne ſont pas les plus propres à réuſſir. Premièrement ce genre d'écrire eſt peu agréable par lui-même ; il eſt trop froid, trop ſérieux, trop appliquant. Quant à ceux qui aiment les réflexions, parce qu'ils

ſçavent eux-mêmes réfléchir, ils ſont
bien avancés de ce côté là , & par
conſéquent très-difficiles à ſatisfaire.
Pour leur plaire il faudroit leur donner du nouveau ; mais qu'eſt-ce qui
peut paroître nouveau à des gens qui
ont lû & médité tout ce que nous
avons de meilleur en ce genre ? Que
peut-on ajouter à ce tréſor immenſe
de réflexions qu'ils ſe ſont fait des
penſées de tant de bons eſprits, &
des leurs propres.

Il eſt vrai que par cela même qu'ils
ſçavent ce qui a été dit de meilleur,
ils ne manqueront pas de connoître
ce qui n'a pas encore été dit ; au lieu
que beaucoup d'autres Lecteurs ne
ſont point en état de diſtinguer ce
qui eſt nouveau d'avec ce qui ne l'eſt
pas. Il y a ſans doute à gagner auprès de ceux ci ; mais il y a auſſi à
perdre. S'ils prennent ſouvent pour
nouveau ce qui ne l'eſt point , ſouvent auſſi ils prennent pour des penſées aſſez communes des penſées très-

nouvelles, parce qu'elles font d'un vrai fi frappant & fi fimple, qu'il leur femble qu'elles ont dû venir à tout le monde. Ils avoient eu eux-mêmes ces penfées-là, difent-ils ; & en le difant ils fe trompent, mais ils ne mentent pas. Il y a des réflexions dont nous ne nous étions jamais avifés, & qu'il eft pourtant fort naturel que nous croyions avoir faites, quand on vient à nous les préfenter. Or de pareilles réflexions n'excitent pas l'admiration. Nous approuvons toujours un Auteur lorfqu'il penfe comme nous ; mais nous ne l'admirons que lorfqu'il nout fait penfer comme lui, & comme nous ne penfions pas auparavant, foit par erreur, foit par fimple ignorance. Ainfi pour réuffir à un certain point, il faut penfer mieux, non-feulement que les autres ne penfent, mais encore mieux qu'ils ne croient penfer.

D'un autre côté, fi des réflexions neuves font d'un vrai plus fin, plus recherché, plus reculé des idées communes, elles paroiffent fauffes à beaucoup de Lecteurs, ou du moins trop fubtiles.

Au refte, rien n'eft plus ordinaire, & mon livre en fera peut-être une nouvelle preuve, rien n'eft plus ordinaire que de donner dans le faux & dans le chimérique, en cherchant le neuf, & de demeurer dans le commun, en craignant de fortir du vrai. Mais je ferois beaucoup plus fâché qu'on me reprochât le premier de ces défauts, que le fecond, fur-tout par rapport à celles de mes réflexions qui roulent fur la morale.

II.

Dès ma premiere jeuneffe j'ai lû & relû nos meilleurs Moraliftes, & leurs livres ont produit fur moi celui de tous les effets qui caractérife le plus fûrement les bons ouvrages : ils m'ont fait penfer. J'ai pris enfuite

quelque plaisir à écrire mes penſées,
& j'ai retiré de l'utilité de les avoir
écrites. Les différentes régles qu'elles contiennent, par exemple, ſur
l'eſprit de ſociété, (on a bien vû que
c'étoit ma matière favorite) en ſont
devenues, non-ſeulement plus pré-
ſentés à mon eſprit, mais encore plus
puiſſantes ſur mon cœur ; & la honte
qu'il y auroit eue à commettre des
fautes que j'avois condamnées moi-
même, m'en a ſouvent préſervé.

Quelqu'un diſoit, & je le redis après
lui : *J'ai fait mon livre, & mon livre
me fait tous les jours.*

III.

Si pluſieurs de ces penſées ne ſont
pas nouvelles, ſi elles ſont même
communes, je ſçai qu'elles le ſont,
& j'oſe eſpérer qu'on ne me ſoup-
çonnera pas de l'avoir ignoré. Mais,
comme je l'ai déja dit au commencement de cet ouvrage, outre que je

me flatte qu'il y a ordinairement quelque chose de nouveau dans la manière dont je les ai rendues, ne fût-ce que plus de justesse, j'avoue que je répéte volontiers une vérité très-utile, parce que je crois cette répétition utile elle-même, sur-tout quand c'est quelqu'une de ces vérités que les préjugés ou les passions contestent encore, sinon ouvertement, du moins dans le fond du cœur. Quoique communes, quoique dites cent fois, elles ne l'ont pas encore été assez souvent, ou assez bien, tandis qu'elles ne sont pas encore généralement crues, ou qu'en les croyant, on n'agit pas en conséquence.

Les meilleures choses qu'on puisse dire aux hommes, sont peut-être déja écrites ; mais on ne les cherche point où elles sont, on ne lit que les livres nouveaux. On a grand tort sans doute ; mais enfin on l'a ce tort. Il n'y a donc point d'au-

tre moyen pour faire lire ces bonnes chofes, que de les récrire, &
de les mettre dans les livres nouveaux.

Si le défir de l'utilité publique ne
fe fent pas dans le mien, je n'y au-
rai pas exprimé (qu'on me permette de le dire,) ce qui domine
dans mon cœur. Je ne m'y ferai pas
peint moi - même.

I V.

On me blâmera peut-être d'avoir
quelquefois répété mes propres penfées, auffi bien que celles d'autrui;
mais outre que je ne l'ai fait que
lorfqu'elles m'ont paru le mériter,
tant pour le fond, que par la nouvelle forme que je leur ai donnée
en les répétant, j'ai cru que ce qui
pourroit déplaire dans des difcours
fuivis, ne déplairoit pas dans des
penfées détachées. Il eft aifé d'en

sentir les raisons, en faisant attention au différent caractère de ces
deux sortes d'ouvrages.

Fin du Tome second.

PRIVILÉGE DU ROI.

LOUIS, par la grace de Dieu, Roi de
France & de Navarre: A nos amés & féaux
Conseillers, les Gens tenans nos Cours de
Parlement, Maîtres des Requêtes ordinaires de
notre Hôtel, Grand Conseil, Prévôt de Paris,
Baillifs, Sénéchaux, leurs Lieutenans Civils
& autres nos Justiciers, qu'il appartiendra :
Salut, notre amé Antoine-Claude
Briasson, Libraire à Paris, Nous a fait
exposer qu'il désireroit faire réimprimer & donner au public : *Le Traité de l'Opinion & autres
œuvres de M. de S. Aubin : le Théâtre Italien,
ancien & nouveau, avec les Parodies : les Essais
de Littérature & de Morale, par M. l'Abbé
Trublet : les Mœurs & Usages des Romains, par
le sieur Lefebvre de Morsan.* S'il nous plaisoit
lui accorder nos Lettres de renouvellement de
Privilége pour ce nécessaires. A ces causes,
voulant favorablement traiter l'Exposant,
Nous lui avons permis & permettons par ces
Présentes, de faire imprimer lesdits ouvrages autant de fois que bon lui semblera, & de les vendre, faire vendre & débiter par tout notre
Royaume pendant le temps de six années con-
sécutives, à compter du jour de la date des

Préfentes. FAISONS défenfes à tous Imprimeurs,
Libraires, & autres perfonnes, de quelque qualité & condition qu'elles foient, d'en introduire
d'impreſſion étrangere dans aucun lieu de notre
obéiſſance : comme auſſi d'imprimer, ou faire
imprimer, vendre, faire vendre, débiter, ni
contrefaire leſdits ouvrages, ni d'en faire aucun extrait, fous quelque prétexte que ce puiſſe
être, fans la permiſſion expreſſe & par écrit
dudit Expofant, ou de ceux qui auront droit
de lui, à peine de confiscation des Exemplaires contrefaits, de trois mille livres d'a-
mende contre chacun des contrevenans, dont
un tiers à Nous, un tiers à l'Hôtel-Dieu de Paris, & l'autre tiers audit Expofant, ou à celui
qui aura droit de lui, & de tous dépens, dom-
mages & intérêts, A LA CHARGE que ces Préfentes feront enregiſtrées tout au long ſur le
Regiſtre de la Communauté des Imprimeurs &
Libraires de Paris, dans trois mois de la date
d'icelles; que l'impreſſion deſdits ouvrages fera
faite dans notre Royaume & non ailleurs, en
beau papier & beaux caracteres, conformément aux Réglemens de la Librairie, & no-
tamment à celui du dix Avril mil ſept cent
vingt-cinq, à peine de déchéance du préfent
Privilége; qu'avant de les expofer en vente,
les manuſcrits qui auront fervi de copie à l'impreſſion deſdits ouvrages, feront remis dans le
même état où l'Approbation y aura été donnée, ès mains de notre très-cher & féal Chevalier, Chancelier de France, le fieur DE
LAMOIGNON, & qu'il en fera enfuite remis deux
Exemplaires dans notre Bibliothéque publique,
un dans celle de notre Château du Louvre, un

dans celle de notredit fieur DE LAMOIGNON, & un dans celle de notre très-cher & féal Chevalier, Vice-Chancelier & Garde des Sceaux de France, le fieur DE MAUPEOU : le tout à peine de nullité des préfentes ; DU CONTENU defquelles VOUS MANDONS & enjoignons de faire jouir ledit Expofant & fes ayans caufes, pleinement & paifiblement, fans fouffrir qu'il leur foit fait aucun trouble ou empêchement. VOULONS que la copie des préfentes qui fera imprimée tout au long, au commencement ou à la fin defdits ouvrages, foit teuue pour dûement fignifiée, & qu'aux copies collationnées par l'un de nos amés & féaux Confeillers, Secrétaires, foi foit ajoutée comme à l'original. COMMANDONS au premier notre Huiffier ou Sergent fur ce requis, de faire pour l'exécution d'icelles, tous actes requis & néceffaires, fans demander autre permiffion, & non-obftant clameur de haro, charte normande & lettres à ce contraires ; Car tel eft notre plaifir. DONNÉ à Paris le premier jour du mois de Juin, l'an de grace mil fept cent foixante-huit, & de notre Regne le cinquante-troifiéme. Par le Roi en fon Confeil.

LE BEGUE.

Regiftré fur le Regiftre XVII de la Chambre Royale & Syndicale des Libraires & Imprimeurs de Paris, N°. 77, fol. 447, conformément au Réglement de 1723. A Paris, ce 14 Juin 1768.

G A N E A U, *Syndic.*

De l'Imprimerie de CHARDON. 1768.

www.ingramcontent.com/pod-product-compliance
Lightning Source LLC
Chambersburg PA
CBHW070748030726
47504CB00003B/473